# Las chicas ocultas

Rebecca Whitney

# Las chicas ocultas

Traducción de
Eva Carballeira

SUMA de letras

Papel certificado por el Forest Stewardship Council®

MIXTO
Papel procedente de fuentes responsables
FSC® C117695

Penguin Random House Grupo Editorial

Título original: *The Hidden Girls*
Primera edición: septiembre de 2021



Maquetación: Miguel Ángel Pascual

Printed in Spain – Impreso en España

ISBN: 978-84-9129-535-8
Depósito legal: B-10594-2021

Impreso en Unigraf, S. L.
Móstoles (Madrid)

SL 9 5 3 5 8

*Para mi madre, Jean Whitney,*
*que nos mantiene unidos*

Hace días que se oyen los golpes. Vienen de detrás del lavabo del baño de abajo, donde hay un hueco tapiado bajo las escaleras. Ruth posa la mano sobre la pared y siente las vibraciones procedentes del otro lado; es un repiqueteo constante, como si alguien estuviera intentando salir.

—¿Tam? ¿Eres tú? —pregunta, acercando la boca a la pared.

Toc. Toc, toc.

Ruth intenta descifrar el código, pero su mente va a tal velocidad que es imposible que aterrice sobre algo concreto. Sin embargo, ella y Tam siempre sabían lo que la otra quería decir: a veces les bastaba una mirada para comunicarse; era como si tuvieran una especie de telepatía. Es algo habitual entre hermanas, o al menos lo había sido entre ellas en plena adolescencia, ya que Ruth era solo un año menor y se llevaban tan pocos meses que la gente creía que eran gemelas. Y ahora, después de tanto tiempo, Tam por fin la había encontrado. Qué lista era.

Toc, toc, toc. Toc.

Acerca los labios a la pared y deja que las vibraciones entren en ella.

—Vale, Tam. Creo que ya lo entiendo.

Se oye otro ruido procedente del salón; se trata de algo que también reclama su atención, aunque Ruth no cae en la cuenta de qué puede ser. Abre la puerta del baño para echar un vistazo. Allí, en el suelo, en un capazo, hay un bebé —madre mía, es Bess, su bebé; se había olvidado por completo de ella— y la pequeña está haciendo un ruido infernal. Ruth se tapa los oídos con las manos, cierra con fuerza los ojos e intenta que la cabeza deje de darle vueltas, pero el llanto es tan estridente que se mete en su interior, inundándola casi hasta ahogarla. Si Bess se callara, aunque fuera solo un rato, tendría margen para pensar, pero ese bebé no se cansa nunca. Seguro que Tam habría sabido qué hacer. Ella siempre tenía solución para todo.

Detrás de Ruth, el repiqueteo se ha transformado en golpes fuertes, como si Tam estuviera dándole puñetazos a la pared.

—¡Vale, vale, ya voy! —grita.

Va a la cocina y abre el cajón de los cubiertos para sacar el cuchillo más largo, el que Giles y ella usan para cortar sandía o trinchar el pollo asado los domingos. El cuchillo está hecho en su totalidad de una única pieza de metal y forma parte de un juego carísimo que le regalaron los compañeros de trabajo por su boda. Lo empuña y el mango helado casi hace que le duela la mano ardiente. Atraviesa el salón mientras el bebé la observa con los ojos llorosos y la boca abierta, gimiendo, con el rostro penosamente sofocado. «A lo mejor ni es mía», piensa Ruth. Después de que le practicaran la cesárea, hacía cuatro semanas, estaba tan aturdida que el cirujano bien podría haberle entregado a cualquier otra niña, o incluso cualquier otra cosa, como un bebé alienígena o el mismísimo diablo.

—Chist —dice, intentando hacerlo con cariño, pero le sale un sonido brusco y el llanto de Bess se vuelve histérico; Ruth desea de corazón ayudar a ese bebé, pero le da pánico tocarlo, porque es tan diminuto que podría aplastarlo con una sola mano—. Por favor, por favor, cállate de una vez.

Pasa por delante de la pequeña, entra en el baño de abajo y cierra de un portazo para aislarse del llanto del bebé, que se queda al otro lado. Sobre el lavabo hay una estantería con lociones hidratantes, cremas para las escoceduras del pañal y jabón líquido. Ruth lo tira todo con un golpe de muñeca y los botes se esparcen por el suelo. Ahora tiene el espacio que necesita. Se lanza hacia la pared con el cuchillo y la pintura salta y se desconcha cuando clava la hoja en la superficie.

—Ya voy —dice, jadeando por el esfuerzo—. Esta vez no te voy a abandonar, Tam.

La pared es de escayola, no de ladrillo, como ella creía, y la hendidura se va haciendo rápidamente más grande y profunda a medida que ella la ataca con fervor, satisfecha por liberar a Tam, que va a resultar mucho más sencillo de lo que imaginaba. Tras solo unos segundos, el cuchillo atraviesa la pared. Ruth retrocede, a la espera de una corriente de agua que vacíe el hueco oculto, pero no cae ni una sola gota. Pasa la mano por encima de la incisión: la pared está completamente seca.

—Tam, ¿estás ahí? —Pega la boca al agujero—. Lo siento, ¿vale? Pero deberías haber dejado que se lo contara.

Al otro lado solo hay silencio. Ruth acerca un ojo al orificio. Dentro está oscuro, pero se percibe una ocupación furtiva del espacio, como si algo acabara de pasar y hubiera agitado el aire. Introduce un dedo en la cavidad. Su piel entra en contacto con algo de carne y hueso. Grita, aparta el dedo de golpe y el cuchillo se le resbala de la mano sudorosa y cae estrepitosamente al suelo. Respira hondo, se agacha, recoge la hoja afilada y brillante, y contempla en ella el reflejo de la mujer más trastornada que ha visto en su vida.

—Dios mío. —Ruth se palpa la cara llena de salpicaduras de pintura y su reflejo en el cuchillo la imita—. ¿Qué me está pasando?

Entre la fuerza que posee y su mente desbocada, podría hacerle cualquier cosa a cualquiera, incluido a su bebé, y no sería capaz de controlarlo.

# 1

Un grito rompe el silencio de las tres de la mañana; se trata de dos alaridos prolongados, estridentes y feroces. El chillido de una mujer. Incluso mientras Ruth lo está escuchando, recostada en la cama sobre unas almohadas empapadas con su bebé de seis meses succionando lo que queda en el biberón, duda que el grito sea real; no es más que su cerebro privado de sueño, que está volviendo a fantasear. Pero va a tener que llamar a la policía, aunque solo sea para confirmar que el ruido es producto de su imaginación.

Deja a Bess sobre la cama, al lado de Giles, y se va con el teléfono a la habitación de al lado. No quiere despertar a la niña y tampoco tiene fuerzas para aguantar los reproches de su marido.

—¿De dónde ha dicho que venía el ruido? —le pregunta el operador cuando ella le cuenta lo que ha oído.

Ruth mira hacia el techo mientras piensa en todos los ruidos que se oyen en su casa durante el día: los trenes interurbanos que pasan a toda velocidad por delante de los huertos que hay en la parte de atrás; el murmullo constante del tráfico de la Circular Norte; las voces de los hombres que trabajan en el lavadero de coches del final de la calle...

—De la gasolinera —responde ella.

—¿Del interior del edificio?

—No estoy segura. Ya no es una gasolinera, ahora es un lavadero de coches y solo trabajan durante el día. Pero el ruido venía de esa zona. Bueno, al menos me ha parecido oír algo. ¿Alguien más ha informado de algún incidente?

—No, señora, solo usted.

Le toman los datos, la llamada finaliza y Ruth regresa a la habitación y espera al lado de la ventana con las cortinas abiertas. La camiseta vieja del gimnasio que ahora usa para dormir tiembla con su pulso acelerado y tiene una sensación en el pecho similar a las mariposas que sentía con los primeros movimientos de su bebé, solo que estas han migrado hacia su corazón, como si estuviera embarazada de ansiedad. Va a acabar llorando si le presta demasiada atención a esa sensación, así que apoya la cara contra el cristal frío para concentrarse en el exterior. En el inframundo nocturno, los minutos se deforman y se aplanan hasta que por fin una luz azul parpadea sobre el asfalto, como una premonición del subsiguiente coche patrulla. El vehículo entra en el campo de visión de Ruth y, desde el interior del coche, los agentes iluminan con las linternas el seto que bordea el lado opuesto de la calle. Ella se imagina a los o las policías maldiciendo y parpadeando con los ojos cansados mientras responden a otra de sus llamadas. El coche se pierde de vista y el ruido del motor gira en el callejón sin salida que hay al final de la calle, en el número ciento y poco de las casas adosadas, antes de que el vehículo vuelva a pasar de nuevo por delante de su casa, dejando tras de sí un silencio en cierto modo más vacío que el anterior.

Ruth espera unos minutos a ver si la policía regresa. Pero no. Se mete en el reducido espacio que queda en la cama, donde Bess se agita entre su madre y su padre, como la pequeña de sueño ligero que es. Si la cambia a la cuna se despertará, así que es mejor acostarse aun estando incómoda que hacer que el bebé se ponga a llorar de nuevo. Los minutos avanzan lentamente en el reloj. Ruth está extenuada y anhela la vieja costumbre de dormir, pero le han quitado el botón de apagado y se ve obligada a quedarse mirando al techo. En menos de tres horas tendrá que volver a levantarse.

Por fin su respiración se tranquiliza y entra en un pequeño sueño —un viento siniestro agita un círculo de árboles mientras Ruth persigue a una figura que corre entre la maleza, fuera de su alcance—, pero de nuevo la despierta otro grito. Esa vez, no reacciona. La policía ha confirmado que el ruido no es más que un fallo de su cerebro, una nueva réplica de la enfermedad que sufre desde que ha dado a luz. Ahora que tiene la certeza de la incertidumbre, siente cierta camaradería hacia esa alucinación auditiva o «paracusia», como le han dicho que se llama. En esa hora bruja solamente existen ella, su bebé y el grito; el resto de los miembros del mundo cuerdo están soñando con amor y dolor, o con la metedura de pata del día anterior. Ruth se pregunta qué pasaría si todos los bosques se incendiaran, si el humo y las cenizas ocultaran el sol y esa oscuridad se perpetuase. No se podría cultivar nada. Se acabarían las provisiones y ella se vería obligada a buscar comida llevando a cuestas a su hija, ese ser al que está inexorablemente ligada, pero al que todavía no ama. ¿Cuál de sus vecinos sería el primero en abrir brecha? ¿Durante cuánto tiempo pasarían hambre antes de empezar a comerse unos a otros?

Cierra los ojos con fuerza para ahuyentar la espiral de pensamientos e intenta ahuecar la almohada de forma que le resulte cómoda. Giles se gira hacia ella y Ruth lo observa: una sonrisa onírica parpadea en sus labios. Ella aprieta los dientes al pensar en el tipo de cansancio que tiene él, fruto de un día duro en la oficina, con demasiadas tareas y tiempo insuficiente. Recuerda cuando ella se sentía así y creía que no había nada comparable a ese agotamiento; cómo se desplomaba en el sofá con una copa de vino tras la embestida de la semana, quejándose de la política de la oficina y de las expectativas de los clientes, mientras para sus adentros se decía que los había machacado a todos. Eso era antes de ese nuevo tipo de extenuación, de esa necesidad de sueño que vibra en cada célula de su cuerpo, pero que raramente puede satisfacer. Tiene los nervios a flor de piel por el agotamiento.

Giles murmura y se ríe como si estuviera continuando alguna conversación fascinante del bar. Ruth extiende una mano para tranquilizarlo y evitar que despierte a Bess, pero teme que eso también pueda molestar a la pequeña, así que aparta el brazo y lo deja divagar. En Japón dicen que un niño es un río que fluye entre los padres y completa su paisaje, pero el valle que se ha horadado en el matrimonio de Ruth tiene la profundidad de un cañón. La pareja se llama a gritos desde orillas opuestas, esforzándose por entender el nuevo lenguaje de su cónyuge.

Son las seis de la mañana cuando empieza el día y Bess se despierta con un grito que es imposible ignorar, a menos que seas un padre dormido. Esta mezquina división del tiempo —quién obtiene qué y en qué cantidad— desalienta a Ruth. No es la persona que quiere ser y tampoco queda nada reconocible de su antiguo yo, aunque eso la molestaría menos si tuviera las fuerzas necesarias para cambiarlo. Lleva a su hija al piso de abajo para darle el biberón y se sienta con ella en el sofá, repasando mentalmente la llamada nocturna a la policía, más avergonzada si cabe por haber expuesto de nuevo sus miedos al escrutinio público. Llevaba ya bien varias semanas y estaba convencida de que por fin había vencido a los monos que se habían instalado en su cabeza tras el nacimiento de Bess, pero parece que las viejas paranoias aún siguen teniendo algún poder. O puede que simplemente sea el insomnio lo que las ha hecho volver. Quién sabe.

Ruth tiene puesta de fondo la televisión con el volumen bajo y en el canal de noticias repiten una y otra vez las imágenes de una isla flotante de desechos plásticos, retroiluminados por el cielo azul y la luz del sol. Al menos el mundo sigue girando más allá de las cuatro paredes de su casa, aunque aquello en lo que se está convirtiendo la llena de desesperanza. Giles baja tranquilamente una hora después y la pareja comparte el desayuno, por llamarlo de alguna manera. Él prepara té y tostadas y acerca triángulos carbonizados con mermelada a la boca de Ruth, entre correos electrónicos del trabajo. Ella ha dejado la taza sobre un muestrario de colores de pintura y folletos de accesorios de cocina y baño, aunque las reformas que habían empezado con tanto entusiasmo se han quedado empantanadas por la falta de tiempo y de dinero. Antes de la llegada de Bess, ella y Giles habían estado demasiado ocupados afianzando su carrera profesional y divirtiéndose como para tener la previsión de ahorrar una cantidad decente de dinero, dando siempre por hecho que se subirían al carro de la propiedad inmobiliaria cuando el mercado se estabilizara, pero este nunca dejó de subir. Entonces, con un bebé en camino y ella a punto de coger la baja por maternidad, la pareja cambió apresuradamente su espacioso piso alquilado cerca de sus amigos y de las cafeterías por una casa en un barrio asequible, demasiado alejado como para que ninguno de sus conocidos vaya a visitarlos. Ruth se pasa el día mirando fijamente las paredes de escayola vacías y las cochinillas que acechan donde el rodapié debería juntarse con el suelo.

—¿Qué tal te encuentras hoy? —le pregunta Giles, con una sonrisa tan exigua que resulta casi imperceptible—. Se te ve un poco más animada. Parece que la medicación nueva te sienta de maravilla —añade, imitando el tono cantarín que usan todos los médicos para ponerse a la altura de ella, como si fuera idiota—. ¿Qué te parece si hacemos una pequeña excursión el fin de semana?

Su amable cautela cala hondo en Ruth, como si un cubito de hielo avanzara hacia su estómago. Se pregunta si ella y Giles han llegado a conocerse de verdad en algún momento o si siempre han sido niños jugando a ser adultos. Antes de que Bess naciera, su piedra angular era la pasión por la aventura y la fe en el amor, pero ahora que la cosa se ha puesto seria lo máximo a lo que llega Giles es a darle un beso cortés en la mejilla. Ella tiene ganas de zarandearlo y gritarle: «¿Recuerdas cuando nos reíamos de las parejas que comían en silencio a la luz de las velas en San Valentín?». Giles está sentado en el sillón de enfrente con la espalda recta, las piernas juntas y las manos apoyadas sobre las rodillas, como si se estuviera preparando para algún horror nuevo que fuera necesario mantener a raya.

El biberón del bebé se resbala de la mano sudorosa de Ruth, que lo aprieta con más fuerza.

—La verdad es que me encuentro fenomenal —asegura ella con excesivo entusiasmo; se da cuenta y pisa un poco el freno—. Estoy volviendo a ser la de antes.

Giles frunce el ceño, pero disimula esbozando su sonrisa recién aprendida, esa en la que enseña todos los dientes. Siempre presente en la habitación, con ellos, se encuentra la enfermedad de Ruth, una niña salvaje que los ha arrastrado a lugares atroces y a la que todavía están empezando a domar. Ni ella ni Giles se presentaron voluntarios para recalificar el amor y convertirlo en deber, aunque ninguno de los dos tiene escapatoria. Ella sigue ahí porque Bess es su nueva realidad y Giles no puede marcharse porque es responsable de su esposa y, a su vez, de la seguridad de la hija de ambos.

—¿Seguro que no te importa quedarte sola un rato? —le pregunta Giles mientras se inclina para darle un abrazo laxo; ella huele su pelo revuelto y de repente recuerda aquellos largos fines de semana, los maratones de cine y comida a domicilio, las escapadas al dormitorio cuando les apetecía y las cosas que se susurraban porque su amor tenía la capacidad de dejarlos sin sentido—. Solo me voy a pasar un momento por la oficina —añade; lleva un mes probando a dejar sola a Ruth durante períodos cortos de tiempo, como si fuera una niña pequeña a la que dejan en la guardería unas cuantas horas—. Puedo volver a casa si lo necesitas, solo tienes que llamarme.

Ella ya lo sabe, se trata de la misma charla que le da siempre antes de irse con ensayada inexpresividad, pero Ruth capta su ansia por salir de allí y saborear la normalidad. Esas semanas que lleva ocupándose de su mujer nunca habían formado parte del trato y el estrés le ha pasado factura. Pero el hecho de que él pueda tomarse un respiro para sumergirse en el mundo real es como una brasa ardiente de resentimiento dentro del puño de Ruth. Normal, ella también saldría por patas si pudiera.

—Estaré bien, tranquilo —asegura.

Pero esas palabras nunca son fieles a la verdad. Se trata de un hábito de autosuficiencia que tiene su origen en mucho antes del inicio de esa relación, fruto de un estoicismo casi compulsivo que se remonta a su adolescencia, cuando había tenido que reunir hasta la última gota de sus fuerzas para sobreponerse a una tragedia que ella misma había desencadenado. Últimamente, sin embargo, después de haber caído tan bajo, fingir que puede arreglárselas sola tan bien como antes es lo único que le queda para conservar su dignidad.

Ruth visualiza las horas de soledad que le quedan por delante, la muerte de un día en el que se consumirá entre tareas que se reactivan en cuanto han sido completadas —el cambio de pañales, los biberones, los baños, la colada, la cocina...—, como los hongos que vuelven a brotar de una tubería rota.

—Pues de buten.

Ruth nunca había oído a Giles decir eso y su primera reacción es la de burlarse, imaginando la carcajada que soltará él y las risas que compartirán. Pero el nuevo tono medicalizado de la conversación y la alegría torpe de Giles la vencen, aunque al menos él lo está intentando. Es de agradecer que se preocupe por ella, porque ¿acaso alguien lo había hecho antes?

Giles le da una palmadita en el brazo antes de ir al baño del piso de abajo. Allí, colgado en la pared, sobre el lavabo, está el armario de las medicinas. Su tos no es lo suficientemente fuerte como para disimular el chirrido de las puertas al abrirse. Su interior le revelará si Ruth se ha tomado la medicación que le toca. Lleva con las pastillas ya casi cinco meses y, aunque ya ha superado lo peor, tomarlas a diario mantiene su enfermedad a raya. La psicosis ha eliminado fragmentos enteros de su memoria y ha dejado tan solo una imagen clara de esa época: la de la hermana que Ruth creía que estaba emparedada en el hueco de debajo de las escaleras y que parecía comunicarse con ella mediante golpes en la pared. En una ocasión, había intentado liberarla. «¿Se siente atrapada por la maternidad?», le había preguntado la psiquiatra que la había diagnosticado. «¿Aprisionada por las expectativas?». «¿Hay alguna parte de usted que desea ser rescatada?». Solo ahora, en el momento más liviano de la enfermedad, Ruth es capaz de asimilar en su totalidad el mensaje que se estaba enviando a sí misma.

Así que las actuales migajas de independencia son un gran avance en comparación con las semanas que pasó en la unidad maternoinfantil, seguidas por la supervisión en casa las veinticuatro horas del día; además, teniendo en cuenta la situación en la que la enfermedad de Ruth puso a su pequeña familia, que Giles controle su medicación es comprensible, solo que ella no puede evitar sentirse humillada por el hecho de que eso sea necesario, algo que demuestra su fracaso constante e irreversible como madre. Con lo temprano que es y ya le duelen los músculos de la mandíbula. En cuanto Bess haya acabado el biberón, tendrá que ir a por la férula de descarga, o acabará con los dientes convertidos en muñones.

Supuestamente satisfecho porque la dosis haya llegado a su destinataria, Giles vuelve al salón, guarda el ordenador y los cables enrollados en las alforjas de la bici, y se abrocha el casco. Los extremos del casquete de plástico duro le oprimen la cara y le empujan las mejillas hacia la nariz. Alguna que otra cana asoma por los laterales. Ha envejecido un año por cada mes de vida de su hija, en parte por haber tenido que hacer desde casa un trabajo que requería de su presencia a tiempo completo en la oficina, pero sobre todo por la preocupación por que lo que sea que le haya arrebatado a su esposa nunca más se la devuelva.

—Debo irme —dice Giles—. Tengo una reunión a las nueve.

—Ten cuidado ahí fuera —responde Ruth; es un chiste que compartían antes de ser padres—. No te mueras ni nada de eso.

—Lo intentaré —dice él, riéndose; sigue haciéndole gracia—. Te quiero, Ruth —le susurra Giles al oído, acercándose a ella.

Ella se para a procesar la frase y responde con un poco de retraso.

—Yo también te quiero.

O al menos eso espera. Sabe que sus sentimientos no pueden haber ido muy lejos; solo están enterrados en algún sitio y, cuando tenga cabeza para ello, enviara un equipo de búsqueda.

Giles le da un beso en la cabeza a Bess.

—Adiós, bichito. —Sus ojos resplandecen de amor—. Sé buena con mamá. —Le acaricia la mejilla a Ruth y se va.

Ella observa desde la ventana delantera cómo le quita el candado a la bici en el patio de cemento de su casa victoriana adosada. Siempre se habían planteado la búsqueda de una propiedad en términos de «encontrar algo a su medida» y «enamorarse», pero al final la decisión de comprar esa microcasa londinense al lado de las vías del tren se debió tanto al presupuesto y la urgencia como al ADN que pudiera tener la casa. Giles empuja la bici a través del portal del patio y se sube al sillín con la emoción de un niño que sale a jugar.

—Pasadlo bien —le dice con una sonrisa a Ruth antes de desaparecer calle abajo para dirigirse a su puesto de trabajo en la organización benéfica que tanto había luchado por conseguir.

Bess, saciada y agotada, deja de succionar el biberón, pero mantiene la tetina en la boca a modo de chupete. Tiene las mejillas húmedas y le tiemblan los párpados, colocada como una yonqui tras su dosis de comida. La paz que sigue a los biberones es de lo más placentera y el hecho de sentarse con un bebé en brazos, tranquilo y pesado por la leche que acaba de ingerir, le permite a Ruth transmitirle a su hija una pizca de amor. Pero es un sentimiento efímero y desaparece en cuanto los temores vuelven a arremolinarse en su interior. La piel aterciopelada de Bess, sus rasgos de tamaño muñeca y la dulce calidez de su cabecita se presentan ante Ruth como un código abstracto aún por descifrar. Besa a su hija, rozándole apenas con los labios la fontanela.

—Estoy mejorando. Las cosas van a cambiar mucho —le asegura Ruth.

Ojalá más tiempo del que comparten fuera tan fácil como cuando Bess duerme.

En el exterior, un coche blanco emite un destello al pasar por la calle. A Ruth le da un vuelco el corazón. ¿Era un coche de policía o uno de esos todoterrenos blancos grandes? Liam, el vecino, se ha comprado hace poco un Range Rover blanco, pero vive al principio de la calle y la casa de Ruth le queda demasiado lejos como para que esté buscando aparcamiento. Si se trata de la policía, es que ha pasado algo, puede que relacionado con el grito de la noche anterior, una amenaza que podría poner en riesgo a Bess. Estira el cuello para mirar por la ventana mientras un hombre pasa en dirección opuesta al coche con un cigarro en la boca y envuelto en una nube de humo del volumen de sus pulmones. Es Barry, el vecino de al lado, uno de los numerosos paseadores de perros que deambulan por la calle arriba y abajo en lugar de molestarse en ir al parque del barrio. Este echa un vistazo por encima del hombro en dirección al coche. No hay temor en sus pasos ni preocupación en su cara. La emergencia que Ruth ha imaginado no es más que su adrenalina de gatillo fácil.

Extiende la mano para coger la taza de té tibio, intentando no separar a su pequeña del biberón al estirarse. Bess se despierta, empieza a llorar, su rostro se pone colorado en un instante y Ruth llega a la conclusión de que es más fácil renunciar a la infusión. Al lado del té se encuentra la esquina de una tostada untada con mantequilla y mermelada, justo como a ella le gusta. Se le hace la boca agua. La medicación ha venido acompañada del ansia de comer alimentos dulces y ricos en hidratos de carbono, lo que ha hecho que su cuerpo rebose como un champiñón por encima de los pantalones. Las estrías en la barriga y en los muslos son las cicatrices de una guerra que nunca va a ganar. Sigue usando la ropa elástica de premamá porque es la única que le sirve con su nueva figura y tampoco tiene dinero para comprarse cosas nuevas porque se le ha acabado la baja y Giles se ha convertido en el único sustento de la familia. Tiene una chaqueta de punto llena de bolitas que odia y que ha tirado en más de una ocasión, pero siempre acaba rescatándola de la bolsa para la tienda benéfica porque es con la que más cómoda se encuentra. A Ruth nunca le ha preocupado ganar peso, lo que pasa es que siempre ha sido delgada y su nuevo cuerpo le resulta tan ajeno que no se reconoce. Ha perdido parte de su identidad con el cambio; se ha largado a tal velocidad que a Ruth le da la sensación de que se ha marchitado.

Llaman a la puerta. Va arrastrando los pies hacia la entrada, sujetando aún con una mano el biberón vacío en la boca de Bess para que el bebé no vuelva a despertarse. En la puerta principal, que da directamente a una cocina pequeña, larga y estrecha, se encuentra una mujer uniformada en cuya chaqueta se puede leer: «AGENTE DE APOYO COMUNITARIO».

—¿Señora Woodman? —pregunta la policía, arqueando las cejas.

—Sí. Soy yo. ¿Qué sucede?

—No se alarme, solo he venido a entregarle esto. —La mujer le tiende una tarjeta de visita—. Un número al que puede llamar cuando no se trate de una emergencia. Es mi extensión. Si no contesto, puede dejar un mensaje o probar con el 101.

Ruth se queda mirando la tarjeta mientras sopesa si debería explicarle que, desde la llegada de Bess, todo es una emergencia.

Al otro lado de la cancela del jardín, dos vecinos pasean por la acera con un bebé en un carrito: Sandra y Liam, los amigos que ella y Giles hicieron al mudarse allí. El cabello de Sandra es una cortina sedosa negra que le llega hasta la mitad de la espalda. Se gira hacia Ruth, la saluda discretamente con la mano y le pregunta sin articular palabra: «¿Estás bien, cielo?». La buena de Sandra, su ángel guardián, la única amiga que la ha cuidado de verdad, aunque ella tiene también un bebé del que ocuparse. Últimamente su amistad pasa por un momento delicado; Ruth ha percibido un alejamiento por parte de Sandra; casi nunca contesta al teléfono y, cuando lo hace, es obvio que duda cuando le propone quedar. Además, cancela a última hora cualquier plan que esta intente hacer con ella, probablemente algo comprensible dada la dependencia de Ruth, ya que esta es incapaz de identificar nada que pudiera haberla ofendido. A ella le reconforta esa breve conversación y se pregunta si, una vez más, simplemente lo habrá malinterpretado todo, si puede seguir contando con Sandra como siempre. Asiente rápidamente mirando a su amiga antes de volver a meterse dentro con intención de ocultar su atuendo desaliñado y su pelo sucio, sintiéndose culpable a pesar de no haber hecho nada malo, solo porque la culpa es algo innato en ella. Le preocupa que la pareja crea que ha robado algo en una tienda o, peor aún, que le ha hecho daño a su hija. Saben que ha estado enferma. No le extrañaría que sacaran conclusiones precipitadas.

—¿Señora Woodman?

—¿Sí?

—La tarjeta —dice la agente de policía, ofreciéndosela.

Sandra ya se ha ido. Ruth piensa que ha sido muy amable por su parte intuir que necesitaba privacidad. Liam le rodea con un brazo los hombros a su mujer y empuja el carrito de forma un poco torpe con la otra mano, como un mayordomo a su princesa. Es excesivamente atento con su familia y su necesidad de interpretar el papel de padre perfecto en público resulta un poco falsa. Se para y saca el teléfono para hacer un selfi de todos juntos. Los dos son guapísimos y parecen tener tan claro que todo va a salir bien que la palabra *decepción* ni siquiera debe de formar parte de su vocabulario vital. Cuando Liam va a hacer la foto, Sandra lo interrumpe y se recoloca para conseguir su mejor ángulo; luego él vuelve a levantar la cámara y le da a su mujer uno de esos besos incómodos y cursis para recordarse a sí mismo y a todos sus seguidores la intensidad de su amor y el tesoro que posee. Una vez más, a Ruth le resulta inquietante la necesidad de Liam de dejar patente que esa familia le pertenece. Dentro del cochecito va su pequeño Ian, que siempre duerme cuando le toca, engulle toneladas de comida a dos carrillos, es de carácter alegre y sonríe a todo el mundo. La sensación de fracaso de Ruth se agudiza por un momento. «No es justo», piensa. Aprieta los labios con la esperanza de no haber dicho aquello en voz alta.

—¿Se encuentra bien? —le pregunta la agente.

Ruth coge la tarjeta.

—Sí, gracias.

—Señora Woodman, la próxima vez que oiga algo, haga el favor de llamar a este número. Nos ocuparemos de ello en cuanto tengamos tiempo. —La agente sonríe, pero sus ojos no encajan con la curvatura de su boca.

—Lo siento mucho. Estaba segura de que había oído un grito.

—El registro de llamadas desde su casa ha sido abundante este último mes y necesitamos reservar a nuestro personal para problemas reales, no para sospechas. Si recibimos más falsas alarmas, me temo que nos veremos obligados a imponerle una sanción. —La agente cambia el peso corporal al otro pie y continúa hablando en el mismo tono desenfadado—. ¿Cuántos pedófilos pueden vivir en una calle?

Tras los labios de Ruth, su cerebro se dispara: «Antes yo era alguien. Tenía responsabilidades, presupuestos, un asistente... Salía a comer y compraba en Liberty». No se había tomado con calma ni los días previos al nacimiento de Bess; de todos modos, se habría aburrido tras unos segundos con los pies en alto. Siempre se le había dado bien trabajar con ahínco, quedarse con los clientes más difíciles, echar más horas que nadie.

La agente le da unas palmaditas en el brazo con una sonrisa y Ruth sospecha que esta vez ha dicho algunas de esas palabras en voz alta.

—Lo siento, señora Woodman —le dice la mujer hablando más lentamente y pronunciando cada sílaba como si estuviera enseñando fonética—. No pretendía incomodarla. Solo se trata de la rutina en estos casos. ¿Puedo llamar a alguien? ¿Tiene algún amigo cerca que pueda quedarse con usted?

La última persona de la que Ruth quiere saber nada es Giles, que tomará nota de su fracaso con su resignación y su hastío habituales. Además, él piensa que está mejorando y no puede soportar decepcionarlo. La otra amiga disponible es Sandra, cuya figura menuda va menguando mientras se aleja con paso rápido y despreocupado, como si estuviera llena de helio y Liam tuviera que sujetarla para que no saliera volando. Si viniera Sandra, podría absorber un poco de su optimismo, pero hoy prefiere estar sola antes que poner de manifiesto su propia ineptitud. Ruth ya le ha pedido demasiado y percibe el malestar de Liam por la cantidad de tiempo que le quita a su mujer; él irradia una hostilidad muda cada vez que se ven y ella está constantemente intentando adivinar qué estará pensando. El resto de sus conocidos está trabajando y su vida sigue un ritmo diferente, pero, si no fuera así, no hay ninguno con el que Ruth quiera sentarse esa mañana. Si va a fracasar, será mejor hacerlo sin que nadie la vea. Dejar entrar a la gente, admitir su necesidad, siempre le ha resultado difícil; incluso en el pasado aquellos que tenían potencial para convertirse en buenos amigos al final habían acabado quedándose en meros conocidos. «Es difícil llegar a ti», le comentó una vez una compañera. Claro que, teniendo en cuenta su adolescencia y el agujero negro que se había abierto en su universo, era necesario que una parte de sí misma mantuviera las distancias. Nadie podría jamás acercarse tanto a ella como su hermana.

—Estoy perfectamente. No volveré a llamar —le asegura Ruth antes de respirar hondo y mirar a la policía a los ojos—. Tengo que irme.

Mientras esta hace ademán de cerrar la puerta, la agente se acerca a Bess.

—¡Qué monada! Tiene una hija preciosa. —La mujer le acaricia la cabeza al bebé y levanta la vista hacia Ruth—. Lo siento, no he podido resistirme. —Vuelve a sonreír, esta vez con más amabilidad—. Es maravilloso cuando nos necesitan todo el tiempo, ¿verdad? Yo no quería que el mío creciera. Es la mejor edad, ¿no le parece?

Ruth se da cuenta de que las lágrimas empiezan a rodarle por las mejillas. Aunque se las seca, no dejan de brotar; es curioso que siempre le resulte más fácil abrirse ante desconocidos, cuya compasión le resulta soportable porque seguramente nunca más va a volver a verlos.

—Es durísimo. —Ruth se ríe un poco entre lágrimas, molesta consigo misma porque ahora la agente de policía pensará que es una pesada—. Me refiero a que me da la sensación de que me he vuelto invisible y se me ha olvidado cómo es ser normal. ¿Cómo es posible que todo el mundo sepa qué hacer menos yo?

La mujer mete las manos en los bolsillos, preparándose para un tipo de sesión que no esperaba y que, a juzgar por su expresión, tampoco desea.

—Sé que a veces puede parecerlo, pero nadie nos está examinando.

—Bueno, a mí sí —declara Ruth antes de taparse la boca con la mano como para volver a tragarse las palabras.

La policía retrocede un poco.

—Algún día echará la vista atrás y deseará haber disfrutado de estos momentos. Antes de que se dé cuenta tendrá entre manos a una adolescente malhumorada que no querrá saber nada de usted. —La radio que la agente lleva sujeta a la chaqueta cobra vida y ella manipula el dial, acerca una oreja para escuchar y pone los ojos en blanco—. ¡Ni un momento de paz! —Ruth desea aferrarse a la mujer, obligarla a que se quede allí un poco más, alejada de cualquier acceso a la vida que pueda haber fuera de su patio diminuto; pero, en lugar de ello, se clava las uñas en la palma de la mano con tal fuerza que, si presiona un poco más, se va a hacer sangre—. Sea amable consigo misma, señora Woodman —le recomienda la agente—. Prepárese una taza de té. Tómese el resto del día libre. Y, por favor, sobre todo, deje el trabajo policial para la policía.

La esbelta portezuela de madera chirría al cerrarse detrás de la agente mientras esta echa a andar por la calle para regresar a su coche y a su vida plena. Ruth cierra la puerta, vuelve al salón lleno de ropa sucia y se abre paso entre cajas cerradas llenas de libros y trastos, algunas de ellas con etiquetas que dicen «COCINA» y «DORMITORIO», apiladas en tres alturas contra la pared. Varias han sido abiertas para rebuscar en la superficie los básicos de limpieza y cocina. Ruth mira dentro de una y ve una foto de la boda en un marco roto y un tarro de canicas antiguas compradas en una tienda benéfica de segunda mano. Hay tantas porquerías que ha olvidado qué es todo aquello; desde luego, nada que necesite o eche de menos. Casi que podría tirar todos los enseres de su antigua vida a un contenedor en lugar de sacarlos para acumular polvo. Si la niebla de la medicación se disipara, al menos tendría ganas de ordenar, aunque no tuviera la oportunidad de hacerlo. ¿Cómo puede un ser tan diminuto acaparar tanto tiempo?

Hay un montón de revistas viejas en el suelo, al lado del sofá. La luz del sol incide sobre los lomos e ilumina el grupo de escaloncitos dorados. Ruth coge el teléfono y mueve el visor de la aplicación de la cámara para conseguir el mejor ángulo. Agita los dedos como si los estuviera desperezando. Pulsa el botón y el instante se congela en la pantalla; el fotograma eleva lo mundano y lo transforma en un momento de belleza. Cuando Bess nació, Ruth colgó algunas fotos suyas en las redes sociales, pero ahora tiene prohibido entrar en Instagram y en Facebook; compararse con las demás la estaba haciendo tocar fondo. Después, en el momento en el que más enferma estaba, había dejado de tener filtro para su amargura. «Tus ataques verbales están envenenando mi canal», le había dicho una de sus examigas. Ahora que no tiene presencia en las redes, sin embargo, Ruth se siente como si hubiera desaparecido de la vida de la mayoría de la gente o, al menos, como si sus experiencias fueran menos válidas —hasta para sí misma, aunque lo que publicaba fueran mentiras—, porque ya nunca recibe esos pequeños chutes de endorfinas de aprobación del botón «me gusta». Pero ni ella ni Giles han fijado ninguna norma acerca de hacer fotos para uso propio y Ruth fantasea con poder exponer esas imágenes algún día, cuando todo haya pasado; unas instantáneas que para entonces serán historia y le permitirán reflexionar sobre lo lejos que ha llegado, sobre la montaña que ha conquistado.

Bess agita las piernecitas arriba y abajo y se le pone la cara colorada. Se trata del tipo de llanto que la leche no es capaz de satisfacer. El médico dice que son gases —lleva así desde que tenía un par de semanas—, pero, por muchas palmaditas que Ruth le dé, nunca sale nada. El único sistema que funciona es ponérsela sobre el hombro y dar vueltas por la habitación hasta que se calma. Deja el teléfono a un lado y se lleva al bebé a la cocina, donde pone a hervir agua para hacer otra taza de té con tres cucharadas de azúcar. La infusión se derrama y se quema la mano que tiene libre. Se le llenan los ojos de lágrimas, pero se niega a prestarles atención; seguramente, a lo largo del día tendrá problemas más importantes y más graves. Deja la taza para que se enfríe y camina por la avenida trillada que discurre entre el caos del salón, tropezando con el cinturón de la bata y resignándose a pasar un día más en las trincheras de la maternidad.

# 2

Son las diez y media de la mañana cuando Ruth por fin sale de casa, después de que todas las tentativas anteriores se vieran frustradas por un nuevo biberón u otro cambio de pañales. Cruza la puerta del patio y gira a la derecha para recorrer las cuarenta casas adosadas alineadas a un lado de la calle que la separan de la gasolinera que hay al final, un negocio que ha sido desmantelado y que de repente se ha convertido en un lavadero de coches. Después, Ruth continuará por la calle principal para recorrer las tiendas de segunda mano y comprar un café para llevar.

El sol de la mañana diluye los temores de la noche anterior y el grito queda relegado a las profundidades de su memoria. El aire fresco la hace revivir y acelera el paso mientras las ruedas del carrito discurren sobre los adoquines como un tren sobre las vías, arrullando a Bess, y Ruth suspira con la tranquilidad de quien cree poder ser la madre que aspira a ser.

Hay ciertas normas que debe seguir mientras se recupera de su enfermedad y salir de casa sola sería un punto negativo. Caminar, sin embargo, es una de las pocas cosas que bloquea su ansiedad. Ahora que Giles ha empezado a volver al trabajo de vez en cuando, se convence a sí misma de que salir está justificado; no irá muy lejos, no se perderá y llevará todo lo necesario. Antes de que la diagnosticaran, le encantaba llevar a Bess a dar una vuelta alrededor de la manzana en el carrito, aunque después de la cesárea se suponía que debería guardar cierto reposo. Pero, a medida que la enfermedad había ido remitiendo, avanzar se había convertido en algo hipnótico, por lo que en varias ocasiones se había encontrado perdida a kilómetros de casa, sin dinero y sin saber cómo había llegado hasta allí. La noche se le echaba encima mientras llamaba desesperada a Giles para que la rescatara, con Bess histérica, porque Ruth tenía tantas cosas en la cabeza que había olvidado darle de comer. La tercera vez que eso sucedió, iba sentada en el coche después de que Giles la hubiera localizado, retorciéndose las manos sin parar y observando su piel, que se había vuelto hipersensible de codos para abajo, como si sus extremidades ya no fueran suyas. El terror se había apoderado de ella; ¿de qué serían capaces esas manos, ahora que estaban fuera de control? Le había rogado a Giles que detuviera el coche, que le diera una bofetada, que le atara los brazos, que hiciera cualquier cosa que la obligara a regresar a su cuerpo, pero la única reacción había sido la del indicador de velocidad, que había subido a ochenta mientras Giles se saltaba un semáforo en ámbar para llevarla directamente al servicio de urgencias más cercano. Nadie les había advertido a Ruth y a Giles que existía la remota posibilidad de sufrir psicosis posparto y, aunque lo hubieran hecho, ese tipo de cosas no les sucedían a personas normales que acababan de gastarse los pocos ahorros que tenían en una casita y estaban encantadas de estar formando una familia. La ilusión de Ruth de divertirse haciendo pan, pintando con los dedos y yendo de pícnic desapareció de un plumazo con un simple diagnóstico. A partir de ese momento, empezó a invertir toda su energía en mantenerse a flote. De eso no hacía ni cinco meses.

A su izquierda, en la acera, hay un seto alto que oculta los jardines traseros de las casas de una calle paralela. El verano anterior, el arbusto se había llenado de vida con un montón de pájaros que entraban y salían volando de entre las hojas. Ahora, sus ramas invernales están desnudas y llenas de nudos. A su derecha, Ruth entrevé los patios delanteros de los vecinos a través de las vallas de listones de madera, como en un zoótropo victoriano, pero sin gimnastas bailando ni caballos corriendo, solo cubos de basura y jardines descuidados. Cuando Giles y ella se mudaron a esa calle, les encantaron las matas puntiagudas de colas de caballo que nacían en sus bancales de flores elevados; lo que no tuvieron en cuenta entonces fue que los brotes se ponían feos rápidamente y se marchitaban. Así que se habían puesto a arrancar esas plantas del jardín, pero, cada vez que Ruth quitaba una, otras dos crecían en su lugar, procedentes de la red de raíces que reforzaba toda la calle, un imperio subterráneo que crecía a diario, y pronto les había quedado claro por qué la mayoría de sus vecinos habían dejado de arrancar las malas hierbas. Tendrían que envenenar aquel suelo pantanoso un kilómetro a la redonda para mantener la invasión bajo control.

Durante las primeras semanas en su casa nueva, Giles estuvo en varias hemerotecas buscando planos antiguos del distrito y, como un niño que descubre un reino perdido, empapeló el suelo con un mapa geológico y escrituras de propiedad amarillentas. «¡Mira, estamos aquí!». Su rostro se encendía mientras señalaba el punto en el que se encontraba ahora su casa, donde hace ciento cincuenta años en lugar de la calle había un río con un valle situado a los pies de unas colinas amables que formaba parte del cinturón verde de Londres. Giles había trazado con el dedo otra línea a través de un bosque. «Esta era una de las rutas comerciales principales de entrada y salida de Londres. Cuentan que los salteadores esperaban agazapados entre los árboles para emboscar a los viajeros». Le brillaban los ojos de emoción mientras miraba por la ventana hacia los metros de vías muertas que eran todo lo que quedaba de ese bosque, donde aún resistían unos cuantos árboles añejos. «Quién sabe cuántos asesinatos se habrán cometido ahí. Cuántos cadáveres por descubrir seguirán enterrados en esas tierras». La línea de ferrocarril había sustituido convenientemente a la antigua carretera y se habían construido casitas para los trabajadores después de canalizar el agua por un conducto subterráneo, que todavía corre bajo sus pies. A veces, a Ruth le parece escuchar el río oculto, como si fuera el grifo de un baño que se han dejado abierto en una habitación lejana. Pero, como ya no hay un valle natural en el que el clima pueda desahogarse y las colinas circundantes ahora están pobladas de asfalto y ladrillos, no hay nada que absorba la lluvia, por lo que su calle se ha convertido en el tanque de tormentas del noroeste de Londres, un vórtice energético en el que se amontonan todo tipo de desechos.

Una bandada de pájaros cruza el cielo, alejándose de Londres como una exhalación. Ruth sigue adelante, fisgando en los jardines, intentando adivinar por los tiestos, los ciclomotores, las neveras viejas o los muebles de exterior qué tipo de gente vive en cada casa. Apenas conoce a un puñado de vecinos. La casa adosada de Monica y Barry es la que está pegada a la suya por la izquierda. La pareja tiene cuatro hijos, el último de ellos recién nacido. Monica es amable pero distante y Ruth tiene la sensación de que está en fase «madre primeriza», ahora que sus otros hijos ya son mayores y sus portazos resuenan en la pared medianera. No tiene tiempo para las tonterías de su vecina. Monica la mira con cara de estar de vuelta de todo cuando charlan por encima de la valla, pero aun así sus ojos revelan cierta bondad y cansancio. El marido de Monica, Barry, es flaco y menudo, como si nadie se hubiera molestado en alimentarlo de niño. Se dedica a lanzar piedras a un zorro que merodea por las aceras y por una pequeña franja de terreno que hay justo detrás de los jardines traseros y que allí todo el mundo llama «los huertos». «Los zorros son peores que las ratas», dice Barry, sin dejar de mirarle los pechos a Ruth al hablar. «Una plaga. Atacan a los niños. El ayuntamiento debería poner trampas». En verano, ella veía al zorro desde la ventana del cuarto de Bess; dormía hecho un ovillo sobre el tejado de un gallinero destartalado que hay en su propio huerto, pegado a la reja del tren, y su pelaje brillaba, recalentado por el sol. Desde que el tiempo ha cambiado, el zorro ha adelgazado. Ruth deja las sobras en el jardín trasero por la noche y por la mañana el cuenco está limpio como una patena.

Una anciana camina por la acera hacia ella: es la otra vecina de al lado. Un callejón separa sus casas adosadas, así que, afortunadamente, no comparten pared. Esa mujer es la madre de Liam, la suegra de Sandra, la amiga de Ruth. Solo la ve en el jardín o en el huerto, cuidando su plantación de verduras, haciendo fotos a los pájaros con una cámara anticuada de la era soviética o paseando por la calle, como ahora. La mujer siempre lleva la cabeza inclinada hacia delante, como si esperara tener problemas con el viento o con cualquier otra cosa que quisiera atacarla. Liam dice que su madre está como una regadera y Sandra frunce el ceño con solo oír su nombre. «Maldita bruja», dice. «Como le des la oportunidad, Ruth, lo intentará también contigo. Te llenará la cabeza de disparates sobre nosotros, así que mejor que la ignores». Ruth mira hacia el horizonte por si la madre de Liam decide saludarla. Evitar a la enemiga, por muy vecina que sea, es lo mínimo que puede hacer para agradecerle a Sandra su amistad. Se cruzan sin establecer contacto visual y vuelve a respirar.

La última casa de la calle es la de Sandra y Liam. Se encuentra a tan solo unos metros del hogar de la infancia de él, lugar donde su madre lo engañaba de pequeño, un comportamiento que Sandra dice que continúa a día de hoy. Él compró la casa por cuatro duros hace diez años; «antes de que todos vosotros hicierais que los precios se dispararan», decía su madre. Su madre tiene problemas de salud, así que por lo visto él tiene que estar cerca de ella, aunque lo cierto es que parece que solo va a visitarla cuando tiene que recoger piezas de ordenador que entregan en su casa porque el trabajo de él lo hace estar constantemente de aquí para allá, arreglando ordenadores portátiles y otros aparatos electrónicos en las casas de «esos inútiles», como le gusta llamar a sus clientes. De vez en cuando, cuando la vecina de Ruth no está, el cartero le entrega los paquetes a ella, que los acepta a regañadientes. Los envíos van dirigidos a la atención del señor Smith, número 40 —la casa de la madre de Liam—, y Ruth siempre tiene la sensación de que los bultos emiten una especie de electricidad estática desde la encimera de la cocina que anuncia la aparición de la silueta de Liam al otro lado del cristal esmerilado de la ventana delantera. Cuando este por fin llega, ella es incapaz de dejar de pedirle disculpas mientras le entrega los paquetes; por qué se disculpa, no lo sabe, pero hay algo en el silencio expectante de él que hace que desee llenar el vacío con palabras.

En lugar de una valla, un muro tosco de ladrillo, con rejas en la parte superior que impiden ver el interior, rodea la propiedad de Liam, un perímetro fortificado que cuenta con una sólida puerta con timbre para acceder desde la calle. A Ruth nunca la han invitado a ir allí y siempre que ambas parejas han quedado lo han hecho en casa de ella o en el bar, aunque imagina que por dentro la vivienda estará impoluta, no como la suya. Sandra es todo pulcritud y estabilidad y Ruth se muere por ir a casa de su amiga, donde tiene la certeza de que la purificaría una ósmosis de calma. Hace poco, Sandra ha reconocido que es a Liam a quien no le gustan las visitas —«Ya sabes cómo son los tíos, me quiere solo para él»— y lo ha hecho hasta un poco orgullosa de que él la quiera tanto como para no necesitar a nadie más en su vida. Una vez, en la época en la que Ruth estaba realmente mal, se cogió una rabieta por no haber estado allí nunca y le entró la paranoia de que Sandra le ocultaba algo —aunque no tenía ni idea de qué—, así que decidió rodear la casa a hurtadillas por la parte de atrás, levantar el teléfono por encima del altísimo muro y pulsar el botón de la cámara unas cuantas veces. Aún ahora, varias semanas después y en el mejor momento de su enfermedad, Ruth se ruboriza al pensar en su delirio y por la vergüenza de haber espiado a una amiga.

Ahora, al pasar por delante de la casa de Sandra y Liam, baja la cabeza por temor a encontrarse con alguno de ellos y tener que explicarles la razón de esa última visita de la policía; además, está demasiado cansada como para inventarse una excusa más racional y menos humillante por la que la agente pueda haber llamado a su puerta. Por otra parte, le da miedo que el hecho de que la policía ronde por el barrio haga que Sandra le retire su amistad recién recuperada, ya que por allí a nadie le gusta la policía ni confía en ella. Ruth había decidido preguntarle directamente a

Sandra qué le había sentado mal y, ahora que ya no tendrá que hacerlo, prefiere dejarlo así. Empuja el carrito a toda velocidad.

Hay un coche abandonado en la calle y los añicos del parabrisas roto están tirados por el suelo. Seguramente unos niños que se aburrían han rajado los asientos y quitado los neumáticos porque les ha dado la gana. ¿Y por qué no? Allí no hay nada más que hacer, aunque Ruth no entiende por qué se empeñan en tirar piedras contra su propio tejado cuando unas cuantas calles más allá hay casas más pijas y cada una de ellas es un filón de oportunidades. La mayoría de las noches, hay grupos de chavales que van y vienen haciendo carreras por esa calle tan larga y recta en moto, cuyo ruidoso motor parecen avispas en un tarro, y a veces queman los contenedores de basura. Para cuando llegan los bomberos, los pandilleros ya han huido por algún callejón y han escondido las motocicletas en los huertos de la parte trasera antes de volver corriendo a casa. A ningún vecino de la calle le gusta lo que hacen, pero tampoco van a dar el soplo a las autoridades; solo hay algo peor que ser una víctima y es involucrar a la policía. En alguna ocasión, Ruth ha visto personas en las vías muertas del ferrocarril y una vez hasta una fogata. Al menos los chavales cuentan con un poco de naturaleza, un lugar al que escapar y ser niños de verdad sin molestar a nadie más.

El carrito de Bess cruje sobre los cascajos de cristal y un par de fragmentos picudos se incrustan en las ruedas de plástico. Ese es el día a día de Bess; puede que sea lo único que llegue a conocer. Ruth se pregunta por enésima vez cómo a ella y a Giles se les ocurrió pensar que el cinturón industrial de la ciudad era un buen sitio para formar una familia, un barrio del noroeste tan profundo que probablemente ni siquiera pertenezca a Londres. Pero, antes de tener una hija, colonizar zonas de la ciudad que consideraban alternativas o por descubrir les parecía emocionante, como si fueran misioneros de la secta de la gentrificación. Ellos habían sido los primeros en lanzarse, los pioneros de lo todavía asequible, solo que esa calle aún no ha visto ni un atisbo del lugar en el que se supone que acabará convirtiéndose. Hay rumores de que van a construir una gran urbanización nueva en las hectáreas de terreno que hay a los lados de las vías que discurren paralelas a las traseras de las casas, aunque por el momento la Oficina de Urbanismo del ayuntamiento ha denegado todos los permisos. En la calle principal todavía no hay ningún Costa ni ningún M&S Foodhall, pero, cuando esas tiendas lleguen, Ruth y Giles habrán hecho negocio y podrán largarse, si quieren. Hoy en día las casas son inversiones, no hogares, y esa compra tan particular es un paso más hacia su sueño de conseguir un chalet adosado espacioso en algún barrio de las afueras lleno de zonas verdes. No es de extrañar que las familias que llevan viviendo aquí generaciones frunzan el ceño al ver el arce japonés que tiene Ruth en un macetón y la regadera de color pastel. Perciben la ambición, saben lo que se avecina. No quieren que nada cambie, están bien así.

Bess se ha quitado el gorro y lo está agitando en la mano. El viento frío le barre la cabeza y su cabello oscuro y escaso, que la hace parecer un polluelo con las plumas a medio crecer. Ruth baja la vista hacia la piel blanda que le cubre el cráneo, todavía en proceso de formación, a su hija. Solo unos milímetros de células separan la esencia del bebé del mundo exterior —qué diseño más cutre— y a ella se le encoge el corazón con una sensación más parecida al pánico que al amor. Se detiene para volver a ponerle el gorrito, se agacha para darle un beso en la mejilla y sus labios se hunden en la piel mullida del bebé, que tiene un lunarcito en la mejilla que la hace parecer aún más mona. Ruth empieza a desplegar la funda de plástico para la lluvia para evitar que le dé el viento, pero Bess adivina lo que va a pasar, empieza a patalear y tira al suelo el gorro de *mohair* —su favorito, un regalo caro de una compañera de trabajo—, que cae en un charco de agua negra. La lana absorbe la suciedad. Por mucho desinfectante que le eche, nunca conseguirá volver a limpiarlo. Ruth se incorpora, se pone en marcha y deja el gorro donde está.

Más adelante se encuentra el lavadero de coches que ha sustituido a la gasolinera. Hay un cartel mugriento atado a la pared del fondo donde pone: «RAY, LAVADO A MANO Y SERVICIO A DOMICILIO». Un lado del cartel se ha soltado y ondea al viento. Hay una pequeña fila de coches que llega hasta la calle principal esperando para entrar en la cadena de remojado, frotado, aclarado y aspirado. El proceso tiene lugar bajo un tejadillo flotante sostenido por una columnata de yeso descascarillado, como si de una Acrópolis moderna se tratara. Ruth se pregunta cuánto tiempo llevará la gasolinera fuera de servicio, cuántos años le habrá llevado al clima estropear así la pintura. Hay un rodillo viejo en una esquina del patio delantero y los empleados giran la manivela para escurrir el agua oscurecida de los paños antes de frotar con ellos los coches.

Se escuchan gritos y pitidos cuando el resto de los vehículos reducen la velocidad para pasar al lado de la cola de la carretera. Los hombres que están en la explanada se llaman los unos a los otros por encima del siseo mecánico del agua a presión. Esos mismos ruidos llegan a casa de Ruth a diario, marcando el inicio de un mundo que se mueve a un ritmo diferente al suyo, en el que su jornada laboral no parece acabar nunca. Uno de los hombres sacude el trapo en el aire y la explosión sonora la alcanza como un disparo, haciéndole recordar de repente el grito de la noche anterior. El grito que se ha dicho a sí misma que debe ignorar; el grito que no existió y cuya mera escucha demuestra su fragilidad. En su mente se superpone la imagen de la explanada y la de una mujer corriendo en la oscuridad mientras alguien la persigue, la atrapa y la tira al suelo. Ruth se detiene en seco y aprieta con fuerza las empuñaduras de la sillita. Pero anoche no pasó nada; lo sabe, aunque en parte se niegue a creerlo. Bess da pataditas para seguir adelante y ella se pone en marcha bruscamente.

Los clientes esperan sentados en unas sillas de plástico delante del local mientras les lavan el coche y levantan la vista hacia Ruth a medida que se acerca. La licencia para hacer una pausa bajo el sol frío en aquella calle llena de humo parece estar proporcionándoles un inmenso placer. Hay una mujer vestida de traje, con un maletín al lado, hipnotizada por el móvil. También un hombre apoyado en la pared comiendo patatas fritas, que observa cómo aspiran su coche. Este le echa un vistazo rápido a Ruth antes de regresar a su interesante jornada.

—¡No olvide levantar los asientos para aspirar las migas! —le grita a un hombre que está usando una aspiradora industrial con unos ojos dibujados que parecen seguir a Ruth al pasar.

El hombre de la limpieza asiente y el dueño del coche le devuelve el gesto. Ella se pregunta si el conductor tendrá hijos y si estos sabrán que quiere más a su coche que a ellos. A un lado del establecimiento hay dos Mercedes aparcados, relucientes como espejos. Están allí casi todos los días y deben de pertenecer a los dueños. Al lado de ambos vehículos se encuentra el Range Rover blanco de Liam, un gran progreso comparado con el sedán anodino que tenía cuando Ruth lo conoció. Sandra dice que tienen un acuerdo con la gasolinera para aparcar allí, porque es más fácil encontrar sitio que delante de su casa.

Está sedienta y rebusca en el bolso la botella de agua que ha rellenado antes de salir. Ha metido un artículo para cada posible «Bessemergencia», pero ha olvidado lo único que necesita para ella. Una parte de la antigua tienda de la gasolinera está abierta al público y vende lo básico: papel higiénico, pan de molde, margarina radiactiva… La mayoría de los clientes son personas que van a lavar el coche y niños que pasan por allí; Ruth también la usa en caso de emergencia y en ese momento es más fácil comprar agua que volver a casa. Varias tapas de alcantarilla parchean la explanada y hay tablones sobre la superficie desigual donde antes estaban los surtidores de gasolina. La cabeza de Bess se tambalea con el cuellito escondido dentro de una bufanda de piel rechoncha mientras cruzan el asfalto deshecho y lleno de baches. La grava desprende un olor fuerte y añejo a gasolina y Ruth tiene que esforzarse para no salir corriendo y escapar de aquella niebla tóxica; la única opción que le queda es irse a casa y prefiere estar ahí que volver a encerrarse entre sus cuatro paredes tan pronto.

En la calle principal, un vehículo se cuela en un hueco de la cola. Ruth abre la puerta de la tienda mientras, a su espalda, dos hombres se gritan desde la ventanilla del coche. Dentro del establecimiento, un tipo con un chándal de colores chillones lee el periódico detrás del mostrador mientras otro, vestido de traje, repone las estanterías. Ambos levantan la vista cuando ella entra. El hombre del pasillo está embutiendo las latas al lado del pan, aplastando las hogazas hasta dejarlas invendibles. El compañero del mostrador va muy arreglado; tiene las pestañas largas y oscuras, como si llevara rímel, y casi podría decirse que es guapo. Detrás de él, una puerta acristalada conduce a una salita donde hay varios hombres con un plato de comida sobre el regazo. Están charlando tranquilamente —puede que sea su hora de descanso— y tienen la ropa sucia por haber estado limpiando. Varias polillas disecadas oscurecen el plástico de una lámpara de tubo fluorescente y al fondo de la sala hay una mesa desordenada con un montón de periódicos sensacionalistas con las esquinas dobladas, además de un par de teléfonos móviles. Ruth se fija en un pañuelo de seda de lunares que cuelga de la manilla de la puerta, una nota discordante femenina en un entorno descaradamente masculino. Puede que se le haya caído a alguna clienta y lo hayan dejado ahí por si vuelve a buscarlo.

Ella piensa que la empresa debe de ir viento en popa si puede permitirse contratar a toda esa gente, pagar los sueldos y comprar coches caros. ¿Cuánto pagarían por trabajar en un sitio así? ¿Necesitarían complementar sus ingresos con otro trabajo? Puede que algunos de los hombres tengan que dormir allí en el suelo, y, si es así, tal vez hayan oído el grito de la noche anterior, el grito que Ruth ya se ha asegurado a sí misma que no ha existido, aunque asegurarse y convencerse son dos cosas distintas. Le gustaría preguntarles si alguno ha oído algo y se imagina la pregunta flotando en el aire; unas palabras perversas en ese pequeño paraíso donde reinan Heinz, Hovis y Cadbury. Entonces, como si no le perteneciera, su boca empieza a moverse.

—¿Se queda alguien aquí por las noches? —pregunta, ruborizándose.

—No —responde el hombre guapo, frunciendo el ceño detrás del mostrador—. Claro que no, esto es un lavadero de coches.

Ruth echa un vistazo a su alrededor sin mirar a nadie en concreto.

—Ya, pero me preguntaba si... Por seguridad, me refiero. —Pellizca las empuñaduras de espuma del carrito—. Es que me pareció oír algo por la noche y me preocupé —comenta, levantando la vista—. Llamé a la policía.

Uno de los hombres que están sentados en la trastienda la mira y deja de comer. El individuo que repone las estanterías va hacia el mostrador. Es más alto y ancho que el otro y está hinchado y pálido por la bebida. El traje que lleva tiene arrugas en los codos y en las rodillas, como si hubiera dormido con él puesto. Ambos forman una barrera delante de Ruth.

—Habrán sido los zorros —dice el reponedor con voz suave y tranquilizadora—. Gritan como si fueran personas. Por aquí hay muchos animales, por las vías del tren y los terrenos. Hay mucho campo abierto.

Reflejada en la cristalera de la puerta que está a sus espaldas, se encuentra Katty, la hija mayor de Monica. Aunque solo tiene trece años, parece mayor, probablemente porque siempre anda por ahí sola, desesperada por alejarse de sus hermanos y su casa diminuta. Katty está detrás de Ruth y esta ve en su reflejo que se lleva el dedo índice a la cabeza, girándolo para indicar que le falta un tornillo. Se da la vuelta y Katty baja la mano de inmediato, como la adolescente experta en el arte de burlarse de los demás y salir airosa que es. En la otra mano, Katty tiene un cigarrillo electrónico. Esta va hacia el mostrador, elige un paquete de gominolas Haribo del multiverso de chucherías, lo abre y se lo come, aunque todavía no lo ha pagado.

—Hola, Katty. —Ruth intenta disimular el nerviosismo de su voz—. ¿Cómo está tu madre? ¿Y tu hermano pequeño?

—Está en el hospital, con un buen trancazo. —Katty la mira de arriba abajo sin alterar su postura distendida—.

He ido a verlo hoy —dice, con la boca llena de golosinas—. Los médicos no saben qué es, pero tiene la garganta llena de ronchas.

—¡Madre mía, qué horror! Lo siento muchísimo.

—Ya. —La niña se vuelve hacia el mostrador y sigue comiendo.

Los hombres miran a Ruth en silencio. Ella deja el carrito al lado del mostrador para coger un botellín de agua de la nevera y se le hace la boca agua al ver las latas de Coca-Cola. Coge dos de esos botes deliciosamente resbaladizos por el frío. Bess gime. Ruth se da la vuelta y ve a Katty con el dedo en la boca de la niña. Bess succiona con fuerza mientras Katty sonríe a Ruth.

—A todos los bebés les encanta que les haga esto —asegura Katty—. Mi hermano ha estado sin llorar un buen rato cuando se lo he hecho en el hospital.

Ruth agarra las empuñaduras de la sillita y la gira rápidamente para obligar a Katty a sacar el dedo de la boca de la pequeña. Bess llora. Ruth se dispone a decir algo, pero las palabras se le quedan atascadas en la garganta. Empuja el carrito hacia la puerta mientras las bebidas se le resbalan por la mano libre.

—Tiene que pagar —dice el hombre guapo.

—Claro. Sí, lo sé. Perdón. —Una de las latas se le cae al suelo mientras busca a tientas las monedas en el bolso. El llanto de Bess aumenta de volumen—. Bueno, da igual. —Se ríe en un tono más agudo del pretendido mientras deja la segunda bebida sobre un montón de periódicos que hay al lado de la puerta—. Ahora las cojo.

La lata caída rueda hasta el centro de la tienda. Nadie hace ademán de recogerla. Ruth mantiene el rictus de una sonrisa mientras abre la puerta con fuerza y sale precipitadamente.

Empuja el carrito en dirección a la consulta del médico y, cuando ya no pueden verla desde la tienda, se detiene para echarle crema antiséptica a Bess en los labios y en las mejillas. El bebé grita, dibujando con su boquita rosada una O de contrariedad, mientras Ruth unta la pomada sin escatimar. Limpia el exceso para que Bess no se lo trague, sin saber si servirá de algo, pero siempre será mejor que nada, así que exprime el tubo para aplicarle un poco más. Entonces recuerda que no puede aparecer así como así en la consulta del médico, porque le contarán a Giles que ha salido sin permiso. Va hacia casa, urdiendo una excusa mientras corre. Llamará al médico y le contará que Katty se ha pasado por casa; seguramente tendrán constancia de la enfermedad del hermano de la niña y entenderán que se trata de algo urgente. Ruth insistirá para que le hagan una visita a domicilio y lo harán porque está de las primeras en su lista de «personas a las que estar atentos». Seguramente Bess necesite antirretrovirales. Las ruedas del carrito se deslizan a toda velocidad sobre la acera irregular.

Cuando llega a casa, mete atropelladamente el cochecito en la vivienda y deja a Bess sentada en él. La pequeña sigue llorando, pero al menos lleva puesto el cinturón y está a salvo, lo que le permite llamar al médico. Contesta la recepcionista. Ruth intenta explicarle lo que ha sucedido, pero no encuentra la forma de eliminar la histeria de su voz.

—Necesito hablar con un médico. Por favor, páseme con uno. Es una emergencia.

—Todos los médicos están con pacientes en este momento. Si es urgente, tiene que llamar al 999.

A Ruth le viene a la cabeza la agente de policía que le ha dicho esa mañana que no vuelva a llamar por una emergencia. ¿Incluiría eso las urgencias médicas? ¿A cuántas ambulancias ha llamado desde que Giles ha empezado a trabajar otra vez? Se imagina a los paramédicos asintiendo y pensando «A ver qué mosca le ha picado a esta hoy» mientras cruzan tranquilamente el patio.

—¿Es la señora Woodman? —le pregunta la recepcionista—. ¿Quiere que me ponga en contacto con su marido?

Giles no debe enterarse de que ha perdido los nervios; creerá que no le va bien la medicación. Querrá quedarse en casa para vigilarla, irascible por no poder seguir yendo al trabajo, porque ella es incapaz de ser normal, porque su actitud como madre sigue estando muy lejos de ser mínimamente satisfactoria... Ruth cuelga de golpe.

Hace dos columnas en un cuaderno, una encabezada por una *P* de *probable* y la segunda por una *I* de *improbable*. Debajo de la *P* escribe: «Manos asquerosas de Katty / Gérmenes que atacan al sistema inmunitario de Bess / Envenenamiento por pomada antiséptica». Pero no hay nadie a quien pedirle que lo verifique, nadie que pueda aconsejarla sin hacer saltar la alarma sobre su salud y sin levantar una ventisca inevitable de interferencias. O puede que los médicos finalmente decidan que ya es hora de apartar a Bess de la inepta de su madre, que al parecer no es capaz de pasar ni un solo día sin que se le venga el mundo encima. Deja en blanco la columna de la *I* mientras saca a la pequeña de la sillita para llevársela al baño del piso de abajo y lavarle la cara en el lavabo. El agua hace chillar a Bess mientras Ruth la frota y la enjuaga igualmente con una mano enjabonada.

—Lo siento mucho, cielo. Ya casi estás limpita.

Con el grifo todavía abierto, Ruth recuerda cómo la han mirado los hombres de la tienda al verla reaccionar como una loca. Está a punto de volver a meter la mano bajo el agua, pero el chorro sale hirviendo y aparta los dedos mientras se le enciende una bombilla en medio de la preocupación.

Ella solo les ha dicho que anoche oyó algo; han sido ellos los que han hablado de un grito.

# 3

Ruth deja a Bess en la alfombra de juegos sobre el suelo de madera y le examina el interior de la boca para ver si tiene alguna roncha. No hay espacio dentro de su pánico inmediato para desgranar lo que se ha dicho o no se ha dicho en la tienda. A Bess le tiembla el labio inferior y ella le da un beso en la frente para tomarle la temperatura con sus propios labios; está caliente, pero podría ser porque ha estado llorando. Se echa hacia atrás sobre los talones, intentando ralentizar su respiración. Justo debajo de donde se encuentra tumbada Bess, donde su preciosa cabecita toca el suelo, se hallan los cimientos y su vacío polvoriento.

Cuando Ruth y Giles se mudaron allí, tuvieron que aislar la casa de la humedad y los trabajadores levantaron algunas de las tablas de pino viejas del suelo para ver si había alguna fuga en las tuberías. Lo único que encontraron fue una raíz anémica de una planta de cola de caballo que se había abierto camino hasta allí, un tirabuzón del grosor de un dedo que buscaba a tientas un rayo de sol. A Ruth le había sorprendido que los cimientos que había bajo sus pies no fueran más que un hueco de unos treinta centímetros, antes de llegar a la capa de hormigón que apuntalaba el barro. Qué cerca viven de la tierra, qué poca sustancia sostiene su mundo. Unos centímetros por debajo de los cimientos, el suelo es un batiburrillo de cosas muertas; un recuerdo molecular de todos y todo lo que ha pasado por ese lugar y que tal vez genera una suerte de interferencia energética que ha estado zarandeando la intuición de Ruth, como un barco que pierde el contacto con tierra firme mientras navega por el Triángulo de las Bermudas. ¿Y si alguno de los salteadores estuvo en el punto exacto en el que ahora Bess está acostada? ¿Y si asesinó y enterró a alguien ahí? Coge en brazos a su hija y pasea por la habitación con la pequeña apoyada en el hombro.

Con una mano, enciende el ordenador y busca en Google «virus, índice de contagio, período de incubación». Inspecciona un sarpullido infantil tras otro mientras cae por agujeros de gusano virtuales cada vez menos relacionados con el tema. Los dedos se le vuelven pegajosos, como si el teclado estuviera tan infectado como las imágenes que invoca. Ruth se obliga a cerrar el portátil y posa la mano sobre la tapa, que se la calienta. En los últimos meses, ha aprendido a identificar sus disparadores mentales, conoce a conciencia su enfermedad y ese comportamiento obsesivo es una señal de alarma. Su ansiedad, asombrosamente creativa, engendra un sinfín de catástrofes en potencia, aunque ella todavía no alcanza a comprender el propósito de tan prolífico ejercicio de inverosimilitud. Hay veces en las que casi le gustaría que sucediera lo peor, así al menos podría enfrentarse a un problema real y dar salida a su adrenalina desbordante. Pero no que Bess se pusiera enferma, eso sería demasiado terrible.

Se lleva a su hija al piso de arriba y consigue que se acomode en la cuna. Con el bebé finalmente dormido, la casa se queda en silencio y el nivel de nerviosismo de Ruth vuelve a descender a cotas medianamente normales. Entra en el aseo de la planta baja y se refresca la cara con agua fría. A pocos centímetros de su nariz, hay una zona de pared con alicatado tosco que evidencia que una vez intentó abrirse paso hasta el hueco que hay bajo la escalera, donde estaba convencida de que se encontraba emparedada su hermana. Ese día, del que han pasado ya meses, utilizó el cuchillo grande de cocina para cortar la placa de yeso y hacer un agujero, a través del que solo se veía oscuridad. «Tam, ¿estás ahí?», había susurrado Ruth a través del hueco, con la esperanza de que su hermana le respondiera. «Lo siento, ¿vale? Pero deberías haber dejado que se lo contara».

Ruth cierra el grifo y, sin secarse apenas las manos, cierra la puerta del baño al salir. Incluso en ese momento de desvarío recalcitrante, una pequeña parte de ella había permanecido al margen del resplandor que irradiaba el engaño de su cerebro. Recuerda haber contemplado su reflejo en la hoja del cuchillo, su rostro irreconocible a causa de la determinación, mientras su cuerpo y su mente estaban casi totalmente fuera de control, y haberse dado cuenta de que no se podía confiar en ella. Si conseguía destrozar una pared, ¿qué sería capaz de hacerle a Bess si llegaba al límite, si realmente perdía la cordura? Se le había caído el cuchillo al suelo con un ruido sordo y había salido corriendo a buscar todos los utensilios afilados que había podido encontrar: el resto de los cuchillos de cocina, dos sacacorchos, un espejo roto e incluso una pluma estilográfica vieja. Los puso sobre un paño de cocina para envolverlos y sacarlos al exterior antes de atravesar el pequeño jardín trasero, cruzar el sendero, dejar atrás el gallinero ajado de la huerta y llegar donde las malas hierbas, altas y ásperas, abrazaban la reja del ferrocarril. Uno por uno, había arrojado los objetos a las vías muertas, donde nunca podría volver a cogerlos ni utilizarlos para hacer daño a Bess.

Un tren retumba en la distancia y el gorjeo de un pájaro hace regresar a Ruth al presente. Esta vuelve a centrarse en la escena de la tienda, algo que su mente había pospuesto hasta que ella tuviera tiempo para detenerse a analizar su malestar. ¿Se trata de vergüenza? Es muy probable que malinterpretara al hombre, aunque tiene el oscuro presentimiento de que él sabía algo del grito. A media distancia, en el patio delantero, los arbustos y las trepadoras que plantaron en primavera están ahora escuálidos y desnudos; el mundo exterior sigue siendo tan insípido y ordinario como antes y, en comparación con él, su disparatada especulación resulta ridícula.

Dos hombres caminan tranquilamente por la acera. Visten sendos chándales con rayas y anagramas que imitan marcas caras. Con sus zapatillas de deporte de última generación, enormes y llamativas, pisan el pavimento de forma sincronizada. A Ruth le suenan del lavadero de coches. Estos levantan la cabeza para mirar por su ventana, más allá del atrapasueños que ella ha colgado del cerrojo —un regalo que le dejaron en el buzón cuando Bess nació, sin ninguna tarjeta que indicara de quién era—, hacia la sala en la que se encuentra. Uno de ellos es el hombre que estaba detrás del mostrador y sus pestañas negras como el kohl hacen más profunda su mirada. Este le dice algo al otro hombre, que asiente. A Ruth le duelen los dientes y la mandíbula.

Su móvil cobra vida. Da un grito mientras el aparato se estremece y traza un círculo vibrante sobre la mesa. En la pantalla iluminada se lee: «Número oculto». Extiende la mano para coger el teléfono, pero la llamada se corta antes de que logre alcanzarlo. En el exterior, uno de los hombres se guarda algo en el bolsillo. Ella estira el cuello para verlos pasar, intentando distinguir la forma de un teléfono en sus pantalones, pero solo sus nudillos apretados se intuyen a través del tejido. Ambos se pierden de vista.

Ruth cierra el puño y se da un golpe en la frente. «Ya está bien». La paranoia empieza a acercarse a ella a hurtadillas y esta sabe perfectamente, por experiencias pasadas, que si le deja espacio suficiente se meterá en su interior y se quedará a vivir; seguramente el hombre se ha guardado la mano en el bolsillo para calentarla, y, de todos modos, ¿cómo iban a saber ellos su número de teléfono? Ruth activa la pantalla del móvil para echarle un vistazo. No hay ningún mensaje; lo más probable es que fuera una llamada publicitaria o una conferencia internacional de su padre.

La luz del baño se ha quedado encendida y un arco amarillento brilla por debajo de la puerta y pinta un bodegón de los juguetes esparcidos por el suelo y de sus sombras alargadas, creando un retablo casi cómico. Ruth abre la aplicación de la cámara y hace un par de fotos antes de retratar el caos que hay sobre la mesa: el portátil rodeado por los platos del desayuno, con el jardín desenfocado de fondo. Es un día de invierno gris y frío, exactamente como su estado de ánimo, aunque una pequeña llama arde en su interior, como si al capturar lo peor de su entorno en el teléfono ya no tuviera que prestar la misma atención a sus problemas. Da vueltas por la habitación cada vez con mayor energía, haciendo más fotografías del desorden y el caos; las instantáneas elevan lo banal y transforman lo doméstico en escenas hermosas, animándola a creer que ella también es importante aunque no tenga presencia en las redes sociales y carezca de testigos; su vida pasa inadvertida, nadie la elogia, es invisible, salvo por eso. Algún día, esas instantáneas no serán más que el reflejo de un momento difícil por el que pasó, aunque esa versión futura de sí misma aún le resulta tremendamente lejana. Y, dado que el pasado le parece igual de remoto y solo le inspira una especie de amargura por la libertad total de la que disfrutaba antes de la llegada de Bess, algo que tal vez no vuelva a experimentar jamás, estar presente ahí, en ese momento, es su único punto de anclaje. El sol sale por detrás de una nube y la luz azul se transforma en dorada.

Consulta los últimos números marcados y pulsa sobre el nombre de Sandra, aventurándose a considerar como una señal positiva que la haya saludado cuando la ha visto en la puerta. El teléfono solo suena una vez antes de que Sandra responda.

—¡Ruth! —La voz de Sandra es aguda y femenina, con una sensualidad aterciopelada que Ruth supone que volverá locos a los hombres—. Justo estaba pensando en ti.

Sandra ha dejado de lado la ambigüedad de las últimas semanas y el temor de Ruth de que su relación se haya enfriado por alguna infracción misteriosa parece haber sido infundado. Suspira aliviada.

Sandra rompe el hielo.

—¿Estás bien, cielo?

Ruth disecciona la farsa que está a punto de montar, la posibilidad de fingir tranquilidad después de esa mañana tan estresante, y decide que lo que realmente necesita es desahogarse.

—Últimamente he estado bastante bien —responde Ruth; su voz tiembla de alivio—. Aunque la cosa se está poniendo interesante.

—Vaya, pobrecita mía. ¿Qué ha pasado?

—No es nada importante, solo tonterías. Seguramente pesadillas. —Ruth se queda ahí, sin atreverse todavía a entrar de lleno en el asunto.

—¿Pesadillas?

—Es lo más probable, aunque en el momento no me lo parecieron. También he tenido un roce con la policía, aunque ya los has visto aquí por la mañana.

Sandra se ríe.

—¿Has vuelto a robar maquillaje en Boots?

Ruth suelta una risita. Es una sensación agradable.

—Ojalá fuera tan sencillo. —Se pasa una mano por el cabello sin lavar y cambia el teléfono a la otra oreja—. Últimamente tengo los nervios a flor de piel. —Sandra inhala bruscamente. Sandra, su única amiga. Ruth se apresura a tranquilizarla—. No como cuando Bess era pequeña, no es tan grave. Solo que me preocupa absolutamente todo. Ya sabes cómo puede llegar a ser esto —dice, aunque duda que su amiga lo sepa—. Pero, por favor, no se lo cuentes a Giles o se asustará. Esta vez lo tengo todo controlado.

—Tranquila, cielo. —En casa de Sandra reina el silencio absoluto y Ruth reflexiona sobre los obstáculos que habrá tenido que sortear su amiga ese día para dejar su hogar inmaculado y cumplir con la rutina de su bebé, y sobre si ese silencio es sinónimo de refugio o de frialdad. Sandra prosigue con un pequeño suspiro—. Sé lo cargantes que pueden ser los tíos.

—¿Lo dices por Liam? —A veces Sandra se ríe con Ruth de ciertas normas que tiene en casa. Por ejemplo, una vez Liam llegó más tarde de la hora prevista y ella le tiró la comida a la basura, con plato y todo. Sandra insinúa que a él le gusta que le pongan límites, que eso impide que se relaje. A Ruth le preocupa plantear ahora esa incoherencia por miedo a ofender a su amiga (no es la primera vez que Sandra le envía mensajes contradictorios), pero quiere comprobar si va todo bien en su casa—. ¿No decías que nunca se enfadaba contigo, solo con los demás?

Sandra guarda silencio al otro lado del teléfono y Ruth se imagina momentáneamente a su amiga levitando para salir de la contradicción, antes de cambiar de tema.

—No echemos a perder el día hablando de él —dice con rapidez, sin dejar espacio para que Ruth haga preguntas, aunque quiera—. ¿Por qué no vamos a Brent Cross? ¿Te apetece? Nos tomamos un café y así puedes contarme qué es lo que te preocupa. ¿Qué te parece?

Algún día, Ruth presionará a Sandra para llegar a entender mejor su dinámica con Liam —parece que se trata tanto de imponerse como de someterse—, pero ahora mismo lo que realmente necesita es salir de casa.

—Me parece genial.

—Paso a recogerte en coche en diez minutos. ¿Quieres decírselo tú a Giles o se lo digo yo?

—Díselo tú. Se lo tomará mejor viniendo de ti.

Sandra tiene el visto bueno del equipo de Ruth; es una amiga en la que ella confía y conoce los números de emergencia a los que debe llamar si esta se encuentra en apuros. Hasta tiene una copia de las llaves por si necesita entrar en su casa, aunque nunca las ha usado. A veces, Sandra le guiña un ojo a Ruth con complicidad si esta quiere pasar un rato más fuera de casa o si le confiesa que ha tenido ideas un poco raras. «No te preocupes, cielo», suele decirle. «No se lo voy a contar a nadie, a menos que crea que corres peligro». Que Sandra esté de guardia significa que pueden salir. Hace tanto que Ruth no conduce que no se siente segura al volante y el Saab medio *vintage* que tienen ella y Giles lleva tiempo parado delante de casa. Este incluso ha planteado la posibilidad de deshacerse de él. «¿Quién necesita coche en Londres? Con el poco uso que le damos, lo que hay que pagar de impuestos y el seguro, no compensa», suele decir. «¿Y cuando yo vuelva a la vida normal?», le replica Ruth. «¿Y si tengo que ir a algún sitio?». Las cejas arqueadas de Giles sugieren una pregunta que no es necesario hacer en voz alta: «¿De qué quieres escapar?».

Sandra llega con el puñado habitual de regalitos para Ruth. Unas veces son cosas de casa o prendas de ropa que ya no usa y otras, algún detalle que cree que podría gustarle.

—No he podido resistirme —dice Sandra, entregándole una bolsa de papel con un logotipo.

—¡Caray, gracias! —Ruth coge la bolsa por las asas de cuerda y echa un vistazo al interior. Es un pequeño set de hidratación y limpieza de Clarins. Tanto tiempo preocupada por si su amiga no quería volver a verla y Sandra acordándose de ella todo el rato—. Me viene fenomenal. —Ruth se toca la cara, distraída, turbada por si se trata de un toque de atención por parte de Sandra, para que se cuide más.

—De nada, cielo. Sé lo que es tener que ajustarse el cinturón para ahorrar y te mereces un regalito.

—Eres muy amable. —Ruth deja la bolsa sobre la mesa del comedor y saca de ella un par de botecitos mientras el placer de haber recibido el regalo se ve empañado por la culpabilidad de no poder corresponder a Sandra de ninguna otra forma, salvo, tal vez, con su lealtad o su complicidad. Las cremas son lo suficientemente pequeñas como para tratarse de unas muestras que Sandra ha recibido al comprar algo mayor, pero, aun así, podía habérselas guardado para ella y Ruth se siente agradecida.

—Para eso están las mejores amigas —dice Sandra mientras sale por la puerta para ir hacia el coche, perdiéndose la cara de sorpresa de Ruth.

Esta nunca se atrevería a reconocer en voz alta lo valiosa que es para ella su amistad, por si los sentimientos no fueran mutuos; eso sin contar que se avergüenza de necesitar más a Sandra de lo que la necesita Sandra a ella; siempre había dado por hecho que esta nunca le había presentado a ninguna de sus otras amigas porque Ruth no estaba a su nivel, pero puede que Sandra no sea de las que tienen un grupo de amigos, después de todo. En cualquier caso, ese ascenso al estatus de mejor amiga resulta a la vez halagador y un tanto inquietante. Significa que tiene que estar a la altura.

Ruth echa otro vistazo dentro de la bolsa antes de salir de casa y se imagina probando las cremas cuando vuelva mientras se promete cuidar más su imagen, como hace Sandra.

Dos de las ruedas del Range Rover están sobre la acera. Es un coche ancho y ocupa más espacio en la calle que el resto de los vehículos cercanos. Ruth guarda el carrito de Bess al lado del de Ian, el hijo de Sandra. Se trata de un bebé rollizo y de mejillas sonrosadas en comparación con

Bess, que balbucea desde su asiento. Esta le responde con chillidos mientras sus piernas se menean bailando. Ruth le acaricia la mejilla feliz a su hija para secarle las lágrimas; se niega a fastidiar las cosas con Sandra soltándolo todo demasiado pronto.

Tira del cinturón de seguridad para enganchar el portabebés de Bess, que no está acostumbrada a ir tan alta, y tiene que abrocharlo a tientas, porque la bolsa de deporte de Sandra se encuentra entre ambos bebés.

—¿A Liam no le importa que cojas el coche?

—¿Qué tiene que decir él?

—Perdona —se excusa Ruth, avergonzada—. No lo decía en ese sentido. Creía que a lo mejor lo necesitaba para trabajar.

—¿Estás lista? —le pregunta Sandra.

Ruth vacila mientras le deja espacio a su amiga para que le diga que no se preocupe, que ha entendido que el comentario ha sido una simple metedura de pata y que no está enfadada, algo que esta no hace. A veces Sandra se muestra evasiva y Ruth nunca sabe si se ha pasado o si, sencillamente, su amiga la ha ignorado. Ese día decide intentar ser menos exigente; al fin y al cabo, es verdad que ha dicho algo que no debía. Se sube al asiento del copiloto.

—Por supuesto.

Sandra la mira sonriendo y ella le devuelve la sonrisa de inmediato. Sea lo que sea lo que haya pasado, si es que ha pasado algo, a Sandra no parece importarle.

La figura menuda de Sandra apenas se ve en el interior enorme del coche. Esta acelera ruidosamente y con decisión en dirección al cruce, donde no tiene más remedio que reducir la velocidad. Una furgoneta de Dyno-Rod se encuentra en la intersección limpiando los desagües, que, en esa zona, parecen estar permanentemente atascados, algo que hace que todo el barrio apeste. A Ruth le vienen imágenes a la cabeza de amasijos de preservativos y toallitas para bebés envueltos en grasa solidificada obstruyendo las alcantarillas.

Los coches hacen cola en la gasolinera, esperando su turno de lavado, y, en el interior de la tienda, varias personas esperan ante la máquina registradora. Una mujer balancea a un costado una hogaza de pan blanco mientras, detrás de ella, un hombre espera su turno leyendo el periódico que se dispone a comprar. Todo normal, nada preocupante. Como tiene que ser. La conversación que Ruth ha mantenido antes con los hombres que trabajan allí pasa a primer plano en su cabeza. Analiza el incidente desde una perspectiva más sensata y se da cuenta de que el recuerdo ha perdido cierta nitidez. Ahora que han pasado varias horas, está convencida de que el hombre no mencionó un grito en ningún momento; simplemente, su propio cerebro de esponja se empapó de lo que quería oír para validar sus disparatadas sospechas.

Sandra sale a la calle principal y por la fuerza de la gravedad la cabeza de Ruth toca el reposacabezas mientras su amiga conduce con la euforia de un piloto de carreras esa monstruosidad de coche. El arrojo de Sandra es contagioso y Ruth vibra con él, sintiéndose más libre que nunca en ese ápice de tiempo y volviendo a ser, por un momento, la persona que era antes: segura, ocurrente, con suficiente capacidad emocional para preocuparse por las personas ajenas a su pequeña familia.

Sandra hace un globo con el chicle y le ofrece a Ruth un dadito del paquete de Hubba Bubba de fresa que siempre lleva en el bolso. A ella le duele la mandíbula al mascar, pero es una presión más agradable que la habitual de muela contra muela. Sandra enciende la radio y se pone a cantar a voz en grito por encima de un pop terrible hasta llegar al centro comercial. Ruth inclina el torso hacia atrás para echar un ojo a los bebés. Ambos sonríen, fascinados.

Dejan el coche en el aparcamiento de varias plantas y Ruth se coloca a Bess sobre el pecho, en una mochila portabebés. Sandra mete a Ian en un carrito pijo.

—¿Es nuevo? —le pregunta Ruth.

—Sí, el viejo estaba un poco sucio. Ya conoces a Liam, le gusta estar a la última.

—¡Y tanto! Debe de haber sido supercaro.

Sandra se agacha al lado de su hijo y le envuelve las rodillas en una manta suavísima. Su respuesta llega con un poco de retraso.

—Supongo.

Una vez más, Ruth desea poder dejar de hacer comentarios tan inapropiados.

Las luces de neón del techo se reflejan en los ojos de Ian mientras Sandra acaba de sujetar a su bebé tranquilo y dócil en la silla. Las luces zumban en los oídos de Ruth y esta se imagina la electricidad haciendo explotar sus neuronas. Posa una mano sobre la cabeza de Bess, como si sirviera de algo.

—¿Estás lista?

Ruth vuelve de golpe al presente.

—Sí.

—¿Quieres ir a algún sitio en particular?

—La verdad es que no.

Ruth se balancea de una pierna a otra para que Bess siga tranquila mientras observa sus propios pies, un movimiento rítmico que la reconforta también a ella a la vez que confecciona una lista de cosas sobre las que hablar con Sandra, cosas normales que no tengan que ver con sus preocupaciones y errores, para no aburrir ni espantar a su amiga.

—¿Necesitas algo de las tiendas?

—Creo que no.

—¿Damos una vueltecita y después nos tomamos un café en algún sitio?

—Claro, ¿por qué no? Genial.

—¿Estás bien, Ruth?

Esta levanta la cabeza.

—Ay, perdón —dice, intentando sonreír—. Hoy estoy un poco atontada. No logro espabilarme.

Sandra le frota el brazo. Lleva las uñas largas y recién pintadas y Ruth se siente a salvo al cuidado de esa mujer organizada y capaz.

—No te preocupes. Puedes contar conmigo. —Sandra sonríe y da media vuelta para echar a andar hacia la entrada y Ruth se deja arrastrar por la estela de su mejor amiga.

Una vez en el interior del centro comercial, las dos mujeres se abren paso entre una multitud de compradores que seguramente están adquiriendo más cosas de las que quieren o necesitan; todo un planeta lleno de moáis. Pasan por delante de innumerables expositores de perfumes y vajillas: una orgía de placeres. Cada escaparate intenta superar al anterior con un corte de pantalón ligeramente diferente o con la floritura de un vestido. A Ruth le relaja la luminosidad genérica del centro comercial y la reconfortan el lustre del dinero y el orden; nada malo puede suceder allí. Codicia la vajilla de diseño escandinavo que una vez se imaginó usando en una cena con un grupo de amigos y los vaqueros pitillo de un maniquí esquelético que le hubieran servido hace un año y medio, pero, aunque pudiera permitirse esos lujos o tuviera ocasión de usarlos, no es el jersey, la cafetera ni la barra de labios lo que Ruth anhela: es la normalidad que representan, una fracción de la cual permanecería con ella en casa hasta que retirara el celofán.

Sandra se desliza por el recinto, deteniéndose de vez en cuando para señalar un top brillante en un escaparate o tocar un juguete que ha entusiasmado a su pequeño. Entre el mar de cabezas, Ruth ve a un hombre que le resulta familiar. Camina hacia ella rodeando con el brazo a una mujer. Cuando se acerca, sus rasgos se enfocan de repente: es uno de sus exnovios. Ella puso fin a la relación poco antes de conocer a Giles y el hombre se quedó desolado. Observa su reflejo en el escaparate de una tienda y le sorprende la inconsistencia entre el aspecto que le gustaría tener y la realidad. Tiene la espalda encorvada por la mochila portabebés y le sale la barriga por debajo. Lleva su cabello fino sin lavar y tiene la cara avejentada por la tristeza. Se gira rápidamente hacia la tienda hasta que la pareja pasa por detrás de ella. De todos modos, es probable que su ex no la hubiera reconocido, pero, de haberlo hecho, tendría que haberse parado a hablar con él y este habría sido incapaz de disimular en ningún momento la lástima de su mirada y su sonrisa mientras abrazaba a su atractiva novia nueva, pensando: «De la que me he librado».

—¿Estás bien? —le pregunta Sandra, poniéndole una mano en la espalda.

Ruth se sobresalta.

—Sí, solo un poco cansada. Necesito un café.

—Pues vamos al Costa, que es lo que está más cerca.

Sandra señala con la cabeza el café que está al otro lado del recinto, bajando unas escaleras. Una distancia matadora. Ruth agacha la cabeza y avanza, concentrándose en la tarea que tiene por delante: llegar a la cafetería, pedir un café y tener una conversación normal con su amiga. Nota que la gente la mira y murmura; comprueba si está sufriendo un espasmo mientras abraza por la espalda a Bess. Estar rodeada de gente acentúa las diferencias de Ruth, que se agravan cuanto más tiempo pasa en soledad. Su fracaso como ser humano y como madre en momentos como ese es una herida abierta que, al final, le hace desear haberse quedado en casa. Acabe en el sitio que acabe, este resulta siempre menos reconfortante de lo esperado y, en cada lugar nuevo, descubre que ha llevado consigo al ser triste de siempre.

Dentro de la cafetería está sentado otro grupo de madres, que charlan mientras los bebés están acostados en los carritos, haciendo repiquetear sus juguetes. Debajo de la mesa hay un campo de minas de pasas. Las mujeres dan pequeños sorbos al café con leche acompañado de bizcocho y llevan botines de ante, vaqueros rasgados y sudadera con logotipo: el uniforme de las que aún siguen conectadas. Ruth nunca se ha sentido demasiado cómoda en grupos grandes, ni siquiera en el colegio, pero, aun así, antes de Bess se habría hecho un hueco en una mesa como aquella, con alguna broma tonta y una amiga especial a su lado. Ahora, la imposibilidad de formar parte de esa hermandad le resulta desgarradora. Una de las mujeres se agacha para recoger una galleta que su hijo ha tirado y su mirada se encuentra con la suya. La mujer sonríe. Ruth considera que la está juzgando —no ha conseguido dar la talla— y frunce el ceño a modo de respuesta. La desconocida se pone seria y vuelve a centrarse en su café. Es muy probable que esa competición entre quien Ruth quiere ser y lo que es capaz de hacer en la actualidad sea solo cosa suya y, si ese es el caso, se odia todavía más a sí misma.

Busca una mesa alejada del grupo y se desploma en una silla. En la televisión de la pared están poniendo un documental sobre el Ártico, sin volumen, en el que un oso polar desnutrido hurga en un contenedor y los icebergs cubiertos de hollín se precipitan al mar. Un subtítulo aparece en la pantalla: «Los casquetes polares se han derretido más rápido en los últimos veinte años que en los últimos diez mil». Ruth imagina un futuro muy cercano en el que los ríos podrían desbordarse e inundar sus márgenes, convirtiéndolos en un lago; su casa se llenaría rápidamente de agua y tendría que coger a Bess y huir corriendo al piso de arriba para escapar de la marea, que seguiría subiendo hasta que solo se viera el tejado. ¿Y a dónde iría después? Capta fragmentos de la conversación de la tribu de mujeres de la otra mesa, que intercambian recetas de calabaza guisada y listas de reproducción de Spotify, tan ajenas a la idea de que todas van a morir como mentalmente programada está Ruth para ser consciente de la verdad.

—¿Té o café? —le pregunta Sandra.

—Café, por favor. Y un *muffin*. —Ruth aprieta los puños bajo la mesa—. Algo grande, dulce y calórico. Me da igual.

Sandra la mira sin pestañear y hace una pausa breve sin saber qué decir antes de suspirar y alejarse. Mientras va hacia la barra, se para a hablar con una de las mujeres, examina un juguete y le da vueltas en la mano, probablemente admirando su color y preguntándole de dónde es. Ruth está segura de que Sandra no las conoce, pero aun así sonríe y todas las miradas se posan en ella. La totalidad del grupo se inclina hacia delante; algunas de sus integrantes tienen la boca entreabierta, como si trataran de inhalar un poco del fulgor de Sandra, de esa costumbre que tiene de ofrecer su amistad, aunque Ruth raras veces la haya visto llegar más lejos, ya que la prefiere a ella, gorda y loca, antes que a ese grupo de mujeres interesantes. A lo mejor Liam es tan posesivo que solo le concede a su mujer una cantidad determinada de tiempo libre.

Ruth se recuesta en la silla, con la sensación perpetua de fracaso bullendo en el estómago. Seguro que la mayoría de esas mujeres tuvieron un parto no medicalizado; no como ella, que cayó al primer asalto y tuvo que someterse a una cesárea de emergencia, y el shock de haber sufrido una cirugía abdominal mayor le dejó en herencia un miedo semejante al del TEPT. «No seas tan dura contigo misma», le había dicho la asistente sanitaria durante esos primeros días en casa. «Lo más importante es que Bess está sana y salva. Y tú también. Nunca te quitarías una muela sin anestesia, ¿no?». «Un bebé no es lo mismo que una muela», le había respondido Ruth, que prácticamente acababa de coger la baja laboral y para la cual lo único importante era luchar para lograr sus nuevos objetivos, los que había fijado la asesora prenatal y que ella había interpretado como primordiales —resistirse a cualquier intervención y mantenerse pura y presente aun sufriendo dolor, incluso en caso de emergencia—, como si después de dar a luz le fueran a conceder un ascenso por sufridora, ajena a que en la maternidad no había línea de meta.

El llanto de Bess es molesto como un mosquito en una habitación sofocante. Ruth saca al bebé de la mochila para ponérsela en el regazo y le pide a una camarera que pasa por allí una taza de agua caliente para calentar el biberón de leche. Ian sigue durmiendo a pierna suelta en su carrito mientras Sandra hace cola en la barra con el teléfono pegado a la oreja, hablando con rapidez y gesticulando como si estuviera comandando un ejército. La camarera vuelve a la mesa de Ruth con un cuenco humeante, esta introduce el biberón dentro del agua y pone ambas cosas fuera del alcance de Bess. Por un breve instante, con la mano a escasos milímetros del asa, se imagina que le lanza el agua hirviendo a un hombre que está sentado en la mesa de al lado. Esa posibilidad hace que se le tensen los músculos. Sería facilísimo y el resultado, verdaderamente catastrófico. ¿Qué se lo impide? Y si es capaz de plantearse hacerle algo así a un desconocido, ¿podría sentir el mismo impulso hacia Bess? Ruth se estremece aterrorizada y apoya con fuerza la palma de la mano sobre la mesa mientras echa un vistazo a la sala llena de clientes absortos en su café, sus conversaciones y su móvil. Constantemente, a lo largo del día, esa gente tiene que optar entre tomar decisiones impulsivas o racionales, equivocadas o acertadas. Si su hermana estuviera allí, entendería ese debate interno, esas divagaciones que ya se han convertido en un hábito. A ellas les gustaba correr riesgos, tenían la costumbre de incitarse mutuamente, pero nunca para hacer cosas realmente peligrosas, o al menos eso era lo que ella creía entonces.

—¿Va todo bien? —Sandra está de pie a su lado con la bandeja llena.

Ruth aparta la mano de la mesa.

—Sí, estoy bien.

—¿Seguro? Pareces alterada.

—Eh, sí. —Ruth se frota el brazo—. No es nada. Es que me he dado un golpe en el codo.

Sandra se sienta en la silla, mirándola.

—Pobre.

Su amiga deja dos *muffins* sobre la mesa y Ruth ataca uno entre sorbo y sorbo de café. Anda que permitirse esas tentaciones dulces delante de Sandra, con lo esbelta que es... Pero esta ha comprado dos pasteles, así que parece que por una vez su amiga va a darse un capricho. Sandra bebe un sorbo de su menta poleo, cuyo vapor se posa en forma de rocío sobre la parte inferior de la taza, y saca un táper del bolso. Es una ensalada que se ha traído de casa. Esta empuja el otro *muffin* hacia el centro de la mesa y le sonríe amablemente a Ruth.

—Yo no sería capaz, pero, si a ti te apetece, tú misma.

Ruth se lleva una mano al estómago y rechaza el bollo, como si comerse dos fuera un disparate, cuando lo único que desea en realidad es meterse aquella masa informe enterita en la boca.

—Se han equivocado y han puesto otro en la bandeja. Pero solo me han cobrado uno. Hay que aprovechar —comenta Sandra.

—¿En serio? —Ruth mira a los baristas agobiados, que probablemente estén estudiando en la universidad al tiempo que hacen turnos dobles, y deja tres libras sobre la mesa—. ¿Esto será suficiente? No quiero que nadie se meta en líos por mi culpa.

—¡Ruth! —exclama Sandra, destapando el táper de ensalada—. Eres una buenaza.

La camarera se detiene al lado de su mesa.

—Lo siento, señora, pero solo se puede consumir comida comprada en la cafetería.

—Pero mi bebé no toma lactosa ni gluten. Y se los pasaría a través de la leche.

La muchacha tiene pinta de estar evitando poner los ojos en blanco. Probablemente es la décima vez ese día que oye eso.

—Ya —replica antes de alejarse caminando con hastío.

—No sabía que aún le dieras el pecho —comenta Ruth—. ¿Y desde cuándo no tomas trigo ni lácteos?

—No se lo doy y claro que los tomo. —Sandra vierte la vinagreta sobre las hojas. El olor es fortísimo, seguramente está hecha solo con vinagre, sin nada de aceite—. Pero no pienso permitir que esa zorra polaca me diga lo que tengo que hacer.

Ruth se queda de una pieza.

Sandra mastica y traga.

—¡Menuda cara! —dice esta antes de guiñarle un ojo y soltar una risilla—. Solo era una broma, boba.

Es el momento de decir algo, pero Ruth no sabe cómo expresar su sorpresa y no tiene muy claro cómo reaccionar si Sandra solo estaba haciendo una broma, una broma de muy mal gusto. Aunque ella y Sandra han vivido juntas momentos muy duros, parece que conoce menos a su amiga de lo que creía y cualquier reproche que ella verbalice será un nuevo elemento que aquella tendrá en cuenta. A Ruth antes no le resultaba complicado ser directa cuando era muy obvio que algo estaba mal, pero es diferente ahora que depende de forma tan desesperada de esa única persona, una amiga que además ha sido paciente y generosa con ella. Sandra mordisquea las semillas y los brotes mientras charla despreocupadamente del destete de Ian y de la rutina deportiva de Liam, como si el hecho de ignorar su comentario anterior hiciera que las palabras no tuvieran importancia o, tal vez, dejaran de existir. Ruth duda de sí misma una vez más, pero no decir nada la convierte en cómplice. Esta ladea la cabeza y abre la boca, pero, antes de que pueda pronunciar palabra, Sandra se le adelanta, hablando tan alto que cualquiera que esté sentado cerca puede oírla.

—A ver, ¿y a ti qué te pasa? ¿Lo estás pasando mal o qué?

A Ruth le sobresalta que la exponga de esa manera y pierde el hilo de aquello que era necesario decir. Juguetea con las migas del plato. No esperaba abordar el tema tan de sopetón.

—Bueno, es complicado. —A Ruth nunca le ha gustado hablar de sí misma y mucho menos ahora que todo es tan negativo. Se aclara la garganta—. Era de noche y me hice un lío, eso es todo.

—¿No estás durmiendo bien?

—No mucho, pero, claro, es que Bess todavía se despierta bastante.

—¿En serio? ¿La asistente sanitaria no te ha ayudado a crearle una rutina?

—Durante un tiempo conseguí controlar las cosas, pero... —Ruth suspira; eso de preocuparse por las intrascendencias que constituyen su día a día la hunde casi tanto como su catastrofismo. Cierra los ojos un momento antes de continuar—. Cuando consigo pillarle el tranquillo a las siestas, pasa a otra etapa.

—Puede que el truco sea darle una dosis extra de Calpol. Eso es lo que yo hago con Ian. ¿Qué daño puede hacerle? —Sandra abre y cierra los ojos perezosamente, como si estuviera agotada, y bebe un sorbo de infusión—. ¿Y el resto? ¿Qué hacía la policía en tu casa? —Ruth se ruboriza. Sandra se inclina sobre la mesa y posa una mano sobre la de su amiga—. Lo siento, cariño. No pretendía hacerte sentir incómoda. Creía que te apetecería hablar de ello. Puedes contar conmigo, Ruthie —añade, ya con voz más dulce.

Ian da un gritito y Sandra deja la ensalada a un lado para sacar al bebé de la sillita.

—Qué tontito eres. —Le da un beso y se lo apoya en el hombro, meciéndose adelante y atrás en la silla hasta que el bebé se calma—. Eres un bebé llorón.

Ruth comprueba si en la cafetería hay alguien escuchando su conversación, pero a nadie le interesa lo más mínimo.

—A ver, ¿qué querían? —Sandra, cuyo carmín sigue intacto incluso después de haber comido, se pasa la lengua por el labio superior y Ruth se distrae momentáneamente, porque le parece cosa de magia que Sandra siga tan arreglada. Si ella misma aprendiera algunos de esos trucos, puede que le resultara más atractiva a Giles. Sandra prosigue, ajena a su mirada—: Por supuesto, no tienes por qué contármelo si no quieres. Pero si necesitas desahogarte puedes confiar en mí.

—Bueno… —Las migas del plato de Ruth se le han derretido entre las yemas de los dedos—. Pues fue casi como una de esas alucinaciones que tenía, pero no lo era. Tranquila, sé diferenciarlo.

—¿De verdad? ¿Qué pasó?

—Oí un grito. Al menos, me pareció oírlo. A una mujer gritando. Me asusté muchísimo.

—¿Has hablado con el médico?

—No. Oye, no he vuelto a empeorar. Es imposible. —Ruth agacha la cabeza y baja la voz—. Me tomo toda la medicación.

—¿Y no podrían subirte la dosis? A lo mejor te vendría bien para superar esta mala racha.

—Como si no estuviera ya suficientemente amodorrada... Y no soporto la idea de ganar aún más peso.

Ruth no le cuenta a Sandra que le preocupa que la medicación pueda estar causándole daños físicos; todas esas toxinas filtrándose a través de sus riñones, acumulándose en su hígado, depositándose en su cuerpo en forma de grasa... Eso sin contar el miedo. ¿Cómo le estará afectando eso a su salud, a su cordura?

—A ver, el grito —dice Sandra, entrando y saliendo del campo de visión de Ruth mientras acuna a Ian en la silla en la que está sentada—. ¿La policía ha descubierto algo? ¿Qué te han dicho?

—Me han dicho que deje de llamarlos, que estoy empezando a hacerme pesada.

—Vaya. —Sandra vuelve a mirarla, parpadeando.

Ruth suspira y se recuesta en la silla.

—En el momento pareció completamente real, pero, ahora que te lo cuento, está claro que solo ha sido un sueño.

—Bueno, yo que tú dejaría de llamar a la poli. Cuanto menos se metan en tu vida, mejor. Fueron a por mi padre cuando solo intentaba mantener a su familia y eso es algo que nunca les voy a perdonar. No era más que dinero, no hacía daño a nadie. —Sandra le da unas palmaditas en la espalda a Ian—. No, mejor guárdate las pesadillas para ti solita.

—Tranquila, eso haré.

—Y, oye, te entiendo —dice Sandra mientras come la ensalada con una mano—. Liam no soporta que engorde. —Habla tan alto que el hombre de la mesa de al lado la mira, preocupado—. Lo que quiero decir es que tienes que gustarle a tu chico, ¿no? Tienes que abrirte de piernas te apetezca o no, o se irá con la música a otra parte. Así son los hombres, lo necesitan, no pueden evitarlo. —Detrás de ella, a un barista se le cae una taza y esta se hace añicos. Bess se sobresalta, pero Ian ni se inmuta—. Aunque también debes asegurarte de no volver a perder la cabeza. No puedes permitirte enfermar de nuevo. —Sandra curva la boca hacia abajo—. Lo siento, cielo, solo estoy siendo práctica.

—Lo sé. —Ruth se pasa una mano por el pelo, un poco perturbada por la posibilidad de que Giles sea como Liam y ella no se haya dado cuenta hasta entonces—. Estoy bien, de verdad, seguramente solo necesitaba soltarlo todo. Sienta genial hablar del tema, desterrar las tonterías del cerebro. A veces estoy muy de bajón, ¿sabes? Es como si todo el mundo estuviera en mi contra.

—No te preocupes, cielo. Todas nos metemos en algún lío de vez en cuando.

Ruth saca el biberón del agua y comprueba la temperatura antes de dejar que Bess se lo tome. La pequeña engulle la leche, tragando mientras parpadea con los ojos abiertos de par en par. Ella se relaja encorvada sobre su hija mientras piensa en que las cosas deberían ser siempre así: poder sentarse en una cafetería con un bebé tranquilo, tener una conversación sincera con una buena amiga... Y, por primera vez, se siente lo suficientemente a salvo como para profundizar en el tema.

—La verdad es que tengo la capacidad de preocuparme por cualquier tontería, pero no es solo culpa de la enfermedad, siempre he sido así —declara Ruth, siguiendo con la mirada una línea de azulejos a lo largo de la pared; ella sabe perfectamente que no es verdad que siempre haya sido así, que antes de perder a su hermana tenía tan pocas cosas por las que preocuparse como cualquier otra persona de esa cafetería, pero explicar eso allí en ese momento sería demasiado intenso, demasiado complejo, así que no pasa nada por contarle una mentirijilla a Sandra—. Estoy tanto tiempo sola, sin nada que me distraiga aparte de Bess, que mis miedos no tienen otro sitio a donde ir. —Ruth se reacomoda en la silla—. ¿Alguna vez te has sentido...? Bueno, en realidad es algo sobre lo que solíamos hablar mi hermana y yo, pero, últimamente, no sé por qué, he vuelto a pensar en ello.

—Vale... —Sandra alarga las vocales con aprehensión.

—En ocasiones, bueno, tengo ciertas ideas, como una especie de impulso. Aunque las tengo totalmente controladas. Es decir, sé que no voy a dejarme llevar por ellas, pero siento el potencial de lo que podría hacer, de lo que soy capaz.

Sandra se sienta muy recta, parpadeando.

—¿Como qué? ¿Quieres hacerle algo a Bess?

—No, no, no se trata de eso. No es que quiera hacer nada. Esa no es la cuestión. —A Ruth le sube el calor por el cuello—. Simplemente, a veces me doy cuenta de lo cerca que estamos todos del abismo. Me da pánico absolutamente todo lo que podría hacer daño a Bess, incluida yo misma, aunque sé que nunca lo haría. Lo que quiero decir es que sería muy fácil hacer algo malo porque tenemos el poder y la libertad para hacerlo. Para empezar, ¿qué significa que se te ocurra hacer una locura? El sentido común es lo único que me impide no hacerla, lo que nos lo impide a todos, de hecho.

Sandra la mira fijamente a los ojos.

—¿Seguro que no necesitas que te vea el médico?

A Ruth se le cierra la garganta y desea poder devolver sus palabras al lugar de donde han salido. Sandra no solo ha malinterpretado lo que ha dicho, sino que va en la dirección equivocada, y eso, a su vez, hace que ella se sienta culpable de los males que intenta exorcizar.

—No —dice Ruth—. A ver. Solo estaba recordando algo de lo que solíamos hablar mi hermana Tam y yo. *L'appel du vide*. La llamada del vacío. Ya sabes, como cuando estás al borde de un precipicio y piensas en lo fácil que sería saltar.

—No, creo que a mí nunca me ha sucedido eso —dice Sandra antes de volver a llevarse lentamente el tenedor a la boca para comer otro bocado, sin quitarle ojo a Ruth.

Esta agita el biberón en la boca de Bess para eliminar las burbujas de la leche.

—No pasa nada, estoy bien, de verdad. Olvida lo que he dicho —le pide mientras coge distraídamente el segundo *muffin* con la mano que tiene libre—. Vamos a cambiar de tema. No estoy teniendo problemas con la realidad. —Fuerza una risita—. En serio, te lo prometo.

—Vale. —Sandra esboza una sonrisa débil, con aspecto de sentirse tan aliviada como ella por haber dejado el tema. Se oyen unas risas procedentes de la mesa que está detrás de ellas—. Bueno, tengo que darte una noticia.

Ruth le da un gran mordisco al segundo bollo.

—¿De verdad?

—Sí, voy a empezar a trabajar otra vez.

—¿Vas a volver a la consulta del dentista?

—Ah, no, en eso no —le susurra, con los ojos abiertos de par en par—. No sé dónde tenía la cabeza cuando me dio por meterme ahí. Todo el día atendiendo llamadas y aguantando a la gente y sus problemas. —Su sonrisa desaparece y se le hinchan las aletas de la nariz—. Teniendo que fingir que me preocupaban sus molestias y dolores. Es decir, la vida es demasiado corta. Ahora tengo mi propia familia y ellos son lo primero, ¿entiendes? —Sandra se ríe entre dientes y asiente mirando a Ruth, como esperando que se una a ella.

—Ah...

Sandra deja de reírse de repente y se recuesta con firmeza en la silla.

—No, en realidad Liam me ha comprado un negocio.

—¡Caray! —A Ruth se le caen unas migas de la boca—. Eso es genial. ¿De qué?

—Una peluquería. Ya sabes, uno de esos sitios a los que puedes ir directamente sin cita. «Cortes Exprés». Seguro que has visto alguna por ahí. Es una franquicia, así que la que vamos a comprar ya está funcionando. Nos la van a traspasar. La facturación no está mal, pero cuando la mejoremos ampliaremos el negocio.

—Ya. ¿Vas a reciclarte como peluquera?

—¡Qué dices! Yo gestionaré el negocio, lo convertiré en una peluquería unisex, contrataré a personal nuevo y me libraré de los fósiles que trabajan allí —explica Sandra, gesticulando con los cubiertos, mientras le da palmaditas intermitentes en la espalda a Ian con el tenedor en la mano—. Mucho vaguear mirando el teléfono y poco limpiar después de los cortes. El sitio da asco. —Mira hacia un rincón del techo, como si la escena estuviera allí arriba, mientras sonríe de oreja a oreja—. Yo lo solucionaré; conseguiré que el negocio vaya viento en popa y me sacaré un dinerito.

A Ruth se le llenan los ojos de lágrimas.

Sandra frunce el ceño e inclina la cabeza hacia delante.

—¿Estás bien, cielo?

—Sí, estoy bien. Perdona, es una noticia buenísima. —Su respiración se entrecorta al contener el sollozo. Detesta convertir las noticias de Sandra en algo personal, pero no puede evitarlo—. Es que es algo que me parece tan lejano... Ni siquiera soy capaz de organizarme para salir de casa a tiempo; imagínate para ir a trabajar.

Sandra deja el táper de la ensalada a un lado.

—Hay tiempo de sobra, cariño. No te preocupes por eso. Solo te lo digo porque ya no voy a estar tanto en casa —explica con voz melosa—. Como cuando me llamaste hace poco, que estaba tan ocupada preparándolo todo que no tuve tiempo para devolverte la llamada. Así que quería avisarte, para que te busques otros planes a partir de ahora. Como unirte a un grupo de juegos o algo así. Sabes que me preocupo por ti, Ruthie.

—Ya, gracias.

Le hinca el diente a la segunda magdalena para mantener la boca ocupada, lamentando que Sandra no le hubiera contestado al menos para decirle que estaba liada cuando ella le había dejado todos esos mensajes, en lugar de permitirle llenar el vacío con su supuesta inconveniencia. Cuando Ruth trabajaba en la oficina, las cañas y las sesiones de copas nocturnas habían ayudado a crear una especie de familia, un sustituto temporal de los verdaderos amigos que casi nunca lograba hacer, que no quería hacer después de lo de su hermana, pero todo ese apoyo había desaparecido al dejar de trabajar. Sus amigos de toda la vida, que podrían ser más indulgentes, viven lejos y están tan abrumados como todo el mundo por las innumerables necesidades de Ruth. Ella es un proyecto demasiado grande para cualquiera. Le avergüenza profundamente necesitarlos lo más mínimo. Busca otro tema para disimular su vergüenza.

—¿E Ian? —pregunta.

—He buscado a alguien que lo cuide.

—¿Dónde?

—Es una niñera del barrio. Es genial, puede prepararle el desayuno y la merienda, así que cuando esté ocupada lo único que tendré que hacer es bañarlo y acostarlo. Me muero por salir un poco de casa y recuperar la cordura. —Sandra se muerde el labio—. Perdona, cielo, no quería decir eso.

—No pasa nada, sé a lo que te refieres.

—En fin, una vez que la cosa funcione como es debido y ganemos el dinero suficiente, Liam y yo vamos a intentar tener otro bebé. Ya sabes cómo son los tíos, siempre presionando para ponerse al lío. ¡Liam no me quita las manos de encima! —Sandra se ríe—. Pero la próxima vez ya no será un calvario, porque ya tendré todo lo de Ian preparado —comenta alegremente—. Igual que tú, cuando decidas tenerlo.

—Sí. —Es lo único que Ruth logra decir.

Engulle el último bocado apretando los labios mientras intenta por todos los medios no contaminar el ambiente con su envidia y su dependencia. Lo que le gustaría decirle a Sandra es que la idea de tener otro hijo le da pánico, hasta le repele. Es muy posible que dar a luz pudiera hacerle sufrir otro episodio psicótico, pero, aunque no fuera así, entonces ese camino tan duro y solitario en el que se encuentra Ruth no tendría un final a la vista. Su nueva normalidad se aleja tanto de sus expectativas que la única forma de arreglar de verdad las cosas sería retroceder en el tiempo y llevar una vida sin hijos, algo que se había esforzado activamente por cambiar calculando sus días de ovulación y las noches de encuentros con Giles; hasta de la concepción había querido tener el control. Echa de menos su antigua vida, su mundo interior vasto y disperso, el lujo de que ella y Giles tuvieran que preocuparse solo el uno por el otro. Pero hasta el hecho de estar arrepentida le hace morirse de culpabilidad. Aunque, sobre todo, llora la ausencia de la madre que creía que sería y el mito ahora roto de que tener un bebé le haría sentirse realizada, porque, por su condición de mujer, sería algo que le saldría de forma natural y le permitiría disfrutar de todo: del apego, del amor, de los cuidados infantiles... Todo ello sin estrés y sin cuestionarse constantemente si lo estaría haciendo bien. Quiere ser el tipo de mujer que querría tener otro hijo. Una vez más, Ruth se está quedando atrás. La medicación le ha permitido estar operativa, pero solo lo suficiente como para ser testigo de su fracaso.

Sandra habla de sus planes de futuro, de que ella y Liam piensan mudarse a otro barrio y de que están a punto de cerrar la compra de una casa que necesita un montón de trabajo. A Ruth no se le ocurre nada remotamente civilizado que decir y se siente traicionada por el hecho de que Sandra haya estado buscando casa cuando ella no sabía siquiera que estaba pensando en mudarse, así que se limita a escucharla rellenar los huecos. La tristeza que quería dejar en casa la envuelve como si las raíces de las plantas de cola de caballo hubieran recorrido reptando los kilómetros que las separan de su calle y se le estuvieran enroscando en las piernas.

—Bueno —dice Sandra, mirando el teléfono—. Tengo que ir al baño y luego deberíamos pensar en irnos. —Extiende la mano hacia Ruth, que retrocede un poco cuando la toca—. Sé que no llevamos mucho tiempo aquí, pero ¿te importa que nos vayamos ya? He reservado guardería para Ian en el gimnasio.

—Claro que no —responde Ruth con su tono más jovial.

—Genial. —Sandra se levanta para ir al baño—. Y me alegra muchísimo que me hayas contado cómo te sientes. Prométeme que volverás al médico para que te dé más pastillas. No debes permitirte volver a estar mal.

A Ruth se le cae el alma a los pies.

—Claro.

La otra mesa de madres también se va y un tren de mercancías de cochecitos se aleja hacia la puerta echando humo. Las mujeres se despiden de Sandra con la mano y una de ellas levanta el móvil. Sandra saca el suyo y teclea algo con rapidez, probablemente un número de teléfono o una fecha en la agenda para un grupo de juegos y un café, eventos a los que Sandra probablemente no irá, aunque siempre es agradable que te inviten. La mayor tragedia de la enfermedad de Ruth es que la ha convertido en una persona extraña e inaccesible y su soledad es como el mal olor corporal; es la amiga rara de Sandra, su perrito faldero. Lo que más le gustaría es salir con cualquiera de esas madres competentes, ser una observadora silenciosa de su día a día, sin presiones por parte de ellas en cuanto a su comportamiento y sin juicios de valor, solo para empaparse de su mundo y poder regresar también algún día a ese lugar. En todas las amistades hay un contrato que implica dar y recibir y lo que más desea recibir la gente es diversión, pero ahora mismo Ruth es de todo menos divertida; las personas deprimidas son deprimentes.

La cafetería se vacía a su alrededor. Ella se toma las sobras del café, agotada por el chute repentino de carbohidratos y temiendo volver a casa. El tiempo se presenta ante ella como una sustancia viscosa que tiene que vadear. Días vacíos, pequeños objetivos inalcanzables. Le gustaría llevar una vida más parecida a la de Bess, cuyo horizonte es el siguiente latido, abierta a cualquier posibilidad, sin miedo y sin necesidad de hacer planes.

Solo queda una clienta, una anciana sentada al otro extremo de la cafetería, hasta entonces oculta por la multitud que había entremedias. La mujer se pone en pie, coge sus bolsas y camina hacia Ruth. Viste el uniforme beis de finales de la mediana edad: pantalones flojos de tela, un forro polar y unos zapatos cómodos con velcro, el tipo de mujer en la que ella normalmente no repararía. Tiene el cabello plateado recogido en un moño encrespado en la base del cráneo y lleva un curioso sombrerito de fieltro para mantenerlo en su sitio. Parece demasiado anticuada hasta para su edad.

La mujer se acerca a la mesa y se detiene.

—Soy tu vecina —dice—. Vivo al otro lado del callejón.

Sus rasgos se reorganizan para convertirse en los de la madre de Liam, la suegra de Sandra, la persona que a Ruth le han recomendado evitar.

—Hola —dice demasiado alto, con el corazón dando brincos en el pecho mientras mira hacia la puerta del baño por si ve a Sandra—. No... No la había reconocido. Fuera del contexto del barrio, quiero decir.

Ruth levanta a Bess para meterla en la mochila y se balancea de un lado a otro para disimular su incomodidad, buscando más hebillas que abrochar para ocupar sus manos temblorosas. Espera que la vecina se sienta incómoda y se vaya, pero esta permanece inmóvil hasta que Ruth acaba.

—Solo quería decirte que creo que lo estás haciendo de maravilla —le dice la mujer con el runrún de un acento escocés prácticamente erradicado—. Eres una madre estupenda y tienes una niñita preciosa.

Ruth vuelve a quedarse sin palabras, esa vez por unas emociones que no sentía desde que había dejado de trabajar, una gratitud y un orgullo frescos e inesperados.

La mujer sonríe.

—No es fácil para nadie. Las que dicen que sí mienten —le asegura la mujer, dándole unas palmaditas en el brazo—. Vivo justo al lado, por si alguna vez quieres pasarte a tomar una taza de té.

Su figura menuda se aleja arrastrando los pies y, antes de salir, se vuelve hacia Ruth con una sonrisa. Una especie de brisa le roza la mejilla, como si a lo lejos alguien hubiera abierto una ventana.

# 4

Giles está trabajando con el portátil en la mesa de comedor de la sala de planta abierta. La habían comprado en una tienda de segunda mano y Ruth había empezado a lijarla con idea de pintarla, hasta que la tarea se convirtió en una víctima más de la sobrecarga ocasionada por el bebé. Está sentado en el lado más suave, en el que todavía está barnizado, respondiendo llamadas y escribiendo correos electrónicos, desconcentrándose únicamente para cuidar a su hija y preparar una taza de té. El atrapasueños colgado en la ventana proyecta una sombra tenue en sus manos, que están sobre el teclado.

Es martes y Giles ha estado en casa todo el día. Siguiendo el espíritu de transparencia impuesto, el médico de cabecera de Ruth se ha puesto en contacto con ellos por su llamada a la clínica. A ella le ha sentado fatal la intromisión —tanto la del médico como la de Giles—, pero así ha sido desde que enfermó y así seguirá siendo; su enfermedad seguirá atrapando a todos en su tela pegajosa, principalmente a ella, a quien le han sorbido la vida. Aunque está mejor que antes, el peligro aún no ha pasado. Giles la sigue con la mirada por la habitación mientras hace las tareas domésticas y atiende a Bess, analizándola en busca de algún indicio de una recaída que ambos temen. Gran parte de la vida familiar depende de la salud mental de Ruth, por lo que nadie puede permitirse el lujo de ser complaciente. «Acepta la ayuda», se dice a sí misma, «disfruta de la compañía». Agradece que todavía se preocupe lo suficiente como para estar ahí. Aun así, se siente cohibida siendo el centro de sus miradas, que destacan cualquier defecto.

Ruth está ocupada en la cocina cuando Bess empieza a llorar. Oye a Giles arrastrar la silla hacia atrás, arañando el suelo, antes de entrar en su campo visual y pasar por delante de la puerta para coger a su hija y sostener a la pequeña con la misma concentración y amor que Ruth presenció cuando nació el bebé. Giles había sido el primero en coger en brazos a Bess, mientras la suturaban a ella, y lloró sobre la mantita que la envolvía, estableciendo una conexión pura e instantánea. Sin embargo, Ruth se había anotado ese mismo instante como un tanto en su contra. Aunque no tuvo elección cuando la cesárea se convirtió en una necesidad —y, con las piernas todavía húmedas de la piscina para partos, la habían trasladado a toda prisa al quirófano mientras sus velas aromáticas y su plan de parto no medicalizado se esfumaban—, a día de hoy seguía convencida de que no se había esforzado lo suficiente, de que una fisura en su fuerza de voluntad había hecho que a su cuerpo le faltara la fortaleza necesaria para dar a luz de forma natural. En ese instante se juzgó a sí misma y decidió que todos los demás habían hecho lo mismo, como si fuera una luchadora derrotada en el cuadrilátero de la maternidad, y se sentaron las bases para todo lo que vino después.

Giles le canta a Bess su canción de padre: «You are my sunshine, my only sunshine…». La melodía calma de inmediato al bebé. Ruth observa con los labios apretados mientras su propia incapacidad de amar y ser amada se pone irremediablemente de manifiesto en contraposición a la habilidad infinita de su marido.

Esa noche la casa está más desordenada de lo habitual. Giles le da un repaso rápido y mete la ropa seca a presión en la cesta de forma que las arrugas sin alisar quedarán marcadas en los tejidos aún calientes, y amontona tanto los platos en el lavavajillas que habrá que volver a lavar la mayoría de la loza y los cubiertos. Ruth acomoda a Bess en la cuna y, cuando vuelve a bajar, saca a escondidas un cuenco con las sobras para el zorro mientras Giles está ocupado jugando al Tetris con las cacerolas en el lavaplatos.

La pareja enciende su correspondiente portátil o tableta, huyendo el uno del otro a través del portal digital. Giles echa un vistazo a su cuenta de Twitter y de Instagram y ve vídeos y videoclips durante unos segundos antes de aburrirse y pasar al siguiente. Ruth trata de adivinar lo que está escuchando por los fragmentos de caos sonoro, pero se siente desfasada y demasiado cohibida como para preguntar de qué se trata.

Ella edita las fotos del día, elige las buenas y retoca la saturación de color y el encuadre. La parte de atrás de la tapa abierta de su portátil está frente a Giles, así que él no puede ver lo que ella está haciendo; le avergüenza admitir su sueño y le preocupa que él la considere una ingenua por creer que volverá a ser buena en algo alguna vez. Cada vez que Ruth mira el reloj, los segundos que creía que habían pasado resultan ser en realidad minutos y la noche se esfuma de la forma más grata posible. Guarda las fotos que no han dado la talla en otra carpeta y, mientras arrastra las instantáneas, abre sin querer un archivo con unas imágenes antiguas que tomó cuando estaba mal. Son fotos llenas de sombras y destellos, anomalías de exposición que Ruth intentaba interpretar como siluetas y rostros. Su mente creaba patrones a partir de las conexiones más imprecisas y acababa convenciéndose a sí misma de que su hermana estaba realmente allí, de que se había colado por el agujero que había hecho para ella en la pared y había venido a atormentarla o castigarla, a Ruth lo mismo le daba. Al ver ahora esas fotos, vuelve a sentir una punzada de esperanza vana; aun después de todos esos años, sigue anhelando que Tam entre en la habitación tan fresca, riéndose y diciendo: «¡Te he engañado!».

Cuando está a punto de cerrar el archivo de imágenes, se topa con la fotografía que hizo de la casa de Sandra en esa misma época, cuando se coló por el camino de atrás con Bess en el cochecito y levantó el móvil sobre el enrejado del alto muro para tomar fotos de aquello que sus ojos no alcanzaban a ver. Todos los aspectos del mundo de Ruth por aquel entonces estaban sometidos al filtro de una intensa paranoia y ella se había obsesionado con lo que ocurría en la casa de su amiga y con que nunca la había invitado a entrar. Observa la imagen abierta en el portátil con los ojos entornados y se fija en una forma que hay en el salón de Sandra y que en su día le pareció una figura que estaba detrás de Liam —una textura densa y granulada en la esquina de la fotografía—, pero ahora resulta obvio que no hay nada más en la oscuridad desenfocada aparte de las paredes, las puertas y los muebles. Cierra el ordenador de golpe, aliviada por no estar ya tan loca como para espiar a sus amigos ni dar importancia a lo que estaba convencida de que era real.

Giles tiene la cara iluminada por el aura de su portátil y está en modo multipantalla con la televisión de fondo mientras las risas enlatadas rellenan la conversación inexistente de la pareja. Bess está inquieta; se despierta de forma intermitente y su llanto hace saltar el vigilabebés. Ruth espera que Giles haga lo que le corresponde y suba a ver a ese pequeño ser que crearon con amor y que ahora tanto los separa, pero él se queda en el sofá: su turno ha terminado, no como la jornada laboral de ella, que no acaba nunca. Después de una hora subiendo y bajando escaleras arduamente, deja con brusquedad el ordenador sobre la mesa de centro.

—Creo que me voy a la cama —dice.

—Vale —le responde Giles a la televisión; ahora ha añadido el móvil al cóctel y el ordenador sigue calentándole el regazo mientras ve por momentos la tele.

Ruth se pone delante de su marido, tapando el televisor.

—Pues buenas noches.

Giles levanta la vista mientras un correo sale zumbando hacia un lugar del mundo más interesante.

—Vale, buenas noches.

Él se estira hacia arriba para acercarse a ella, con el pulgar todavía suspendido sobre el teclado del teléfono. Le está escribiendo una línea entera de caritas llorando de risa a Faye, la jefa de Recursos Humanos y madre soltera de dos niños. Hace malabarismos entre el trabajo y las vacaciones y todavía se las apaña para mantenerse en forma. Es de esas que consiguen el máximo rendimiento de los empleados dándole a todo un enfoque divertido. Su vida no debe de ser fácil, pero Ruth envidia su capacidad de afrontar el caos con optimismo, restando importancia a las imperfecciones. Se inclina para recibir el beso de Giles en la mejilla. Nada de discusiones ni de pasión; se mantienen unidos solo por obligación. Suena un mensaje de texto y el teléfono vuelve a acaparar la atención de Giles; el rumor de un concurso televisivo de repostería la sigue escaleras arriba mientras piensa en la suerte que tienen los concursantes de estar volviéndose locos simplemente por unos cuantos huevos y un poco de harina.

Arriba, en el dormitorio, la adrenalina de Ruth se dispara. Tiene miedo al sueño, a la inercia y a la indefensión que conlleva, un vestigio de cuando estaba enferma y creía que algo terrorífico y sin nombre podía colarse en la habitación, introducirse a través de la respiración en sus pulmones y obligarla a hacer cosas que no podía controlar. Se mete bajo el edredón mientras un hormigueo de pánico le recorre las manos y los brazos. Empiezan los espasmos en el pecho. Una vez buscó «palpitaciones» en Google y encontró una web llamada *Ese músculo revelador* en cuya página de inicio había una ilustración de un corazón partido en dos, con la siguiente leyenda: «¿Cuál es el coste de no ser amado?».

Cuenta hasta cien hacia delante y hacia atrás hasta que finalmente logra conciliar un sueño ligero. Al cabo de un rato, Giles se mete en la cama. El colchón se agita con el estado de duermevela de Ruth antes de que esta caiga por fin en un sueño más profundo. Problemas aparte, Giles sigue siendo su campo de fuerza positiva, una protección metafísica, aunque en realidad se hayan convertido en extraños.

Bess se despierta de madrugada. Ruth se arrastra fuera del edredón, curva los dedos sobre el suelo frío y oscuro, y permanece en ese limbo, deseando que el bebé se vuelva a dormir. La niña cada vez llora más. Giles le da un codazo a su mujer.

—¿Puedes llevártela? Apenas he dormido nada —refunfuña él.

Parece que Ruth nunca consigue catar más que un pequeño aperitivo de sueño —sueño basura con pocas bondades—, pero no tiene sentido tratar de explicarle eso a alguien que se cree con tanto derecho a sus ocho horas como a respirar.

Se levanta de la cama para calentar un biberón y se lo da a Bess en su pequeño dormitorio. Aun así, esta no se calma.

—Pobrecita mía —susurra Ruth, acariciando suavemente el interior de la boca de la pequeña.

Unas protuberancias dentales duras están intentando abrirse paso en sus encías. El bebé se aferra al dedo de Ruth que soportaría de buen grado todo ese dolor por su hija si pudiera, pero, ya que eso no es posible y la voluntad de la naturaleza es que a su bebé le salgan los dientes, ¿no sería mejor que fuera algo rápido, aunque resultara violento, para que todos pudieran por fin dormir un poco? Con los ojos irritados, entra y sale paseando de los dos dormitorios, dejando que Bess llore a voz en grito, pero Giles está insensibilizado y duerme como un tronco. Ruth se lleva a su hija abajo y se prepara un té cargado con tres cucharaditas de azúcar. Si no puede descansar, lo mínimo que se debe a sí misma es un poco de comodidad. La bendita cafeína la sacude por dentro; se pone a Bess sobre el hombro y se relaja en el sofá mientras le besa la cabecita. El olor empalagoso a leche del pelo de la pequeña es casi comestible. Ojalá se durmiera. A Ruth le gustaría meter a la pequeña en el carrito y darle una vuelta fuera para calmarla, pero son las tres de la mañana. Cuando Giles estaba menos ocupado con el trabajo y Bess se ponía a llorar, salían los tres a pasear en coche y las vibraciones del motor la acunaban hasta que se dormía. Puede que el aire frío de la noche espabile lo suficiente a Ruth como para conducir el vehículo en línea recta. Giles está profundamente dormido. No tiene por qué enterarse.

En el exterior, la luna es tan redonda como un cuenco de nata. Bess lleva un abrigo acolchado sobre el pijama y sus extremidades diminutas sobresalen en ángulo recto de su cuerpo. Tras sujetar al bebé a la sillita del coche y ponerle una manta sobre las piernas, Ruth enciende el motor del viejo Saab comprado en una época de mayor libertad y que ahora resulta completamente inútil, tanto para la vida familiar como para ahorrarle emisiones al planeta. Deberían cambiarlo por el típico sedán de cuatro puertas, pero la mayoría de las veces es más fácil y barato usar el transporte público.

Hace meses que Ruth no conduce y tiene que hacer varios intentos para sacar el coche del sitio donde está encajado. Va hasta el cruce que hay al final de la calle, donde una planta rodante compuesta de basura atraviesa volando la explanada de la gasolinera vacía, teñida de amarillo por la luz de una farola. Gira a la derecha y se anima de inmediato al alejarse de lo que solo puede describir como una especie de miasma que cubre toda la calle. Tres intersecciones después, se encuentra en la calle principal, disfrutando de la simplicidad de avanzar y tomar sus propias decisiones. La mayoría de las tiendas de esa avenida infinita están cerradas, menos una licorería que está abierta veinticuatro horas. Un resplandor emerge de la puerta donde los estantes de las neveras están repletos de botellas multicolores llenas de bebida y un hombre con un traje arrugado sale a la calle tambaleándose. Un poco más allá, pasa por delante de la tienda de informática de Liam. En el escaparate se anuncian reparaciones de pantallas, desbloqueo de móviles y mantenimiento de portátiles. El tubo fluorescente está encendido, aunque la tienda está vacía y las entrañas adustas de las máquinas en las que está trabajando están expuestas fuera para que todos las vean. Sandra siempre está diciendo que le gusta tener la casa ordenada, así que sería interesante ver el caos que reina cuando le toca a Liam hacer la limpieza.

Cuando lleva unos quince minutos al volante, Bess se queda dormida. A Ruth también empiezan a pesarle los párpados y hace un giro de ciento ochenta grados para volver a casa. Cuando llega a su calle, deja atrás la plaza de aparcamiento original para buscar un hueco más grande, pero no hay ninguno, así que gira en redondo al final del callejón y acaba de nuevo cerca del cruce principal. Apaga el motor con indecisión. El asiento de Bess está de espaldas, pero la cara de la pequeña está enmarcada en el espejo que Ruth ha puesto en el reposacabezas. Cuando todo se queda en silencio, contiene la respiración. El bebé se queja, pero sigue durmiendo. Ella exhala. Es poco probable que pueda recorrer con Bess la pequeña distancia que hay hasta casa sin despertarla, y, aunque logre meterla dentro, las posibilidades de que continúe dormida después de que le haya quitado todas esas capas de ropa y la deje en la cuna son ínfimas.

La cafeína se está diluyendo a marchas forzadas. A Ruth se le cierran los párpados. Se obliga a abrirlos, pero le supone un esfuerzo equivalente a dar cuerda a un reloj viejo. ¿Por qué es más fácil dormir cuando está prohibido? Fuera, el seto susurra con el viento. Todos los animales están dormidos y el resto de la calle está sumida en la oscuridad. Ruth bloquea las puertas, reclina un poco el asiento para estar más cómoda y finalmente da permiso a sus ojos para que se cierren. Es una sensación maravillosa. No hay ningún plan, ningún horizonte más allá de los próximos minutos, solo el descanso que anhela mientras su mente flota en la sencilla felicidad del sueño fácil.

Está bajo el agua, nadando a través de un bosque de algas de color verde oscuro cuyos largos tallos se mecen con la corriente como árboles al viento. Las hojas le lamen la cara al pasar entre ellas. Más allá, en la oscuridad, hay una silueta cambiante e indefinida. Un rayo de sol ilumina una cabellera. Alguien se aleja de Ruth nadando con rapidez. Ella se impulsa con fuerza a través del agua para intentar atrapar a la figura, pero quienquiera que sea se mantiene siempre fuera de su alcance. Hay una zona despejada de algas. La luz atraviesa el agua e incide en el claro submarino. Ruth flota en el medio, desolada, porque la silueta a la que perseguía ha desaparecido.

La tos de Bess se cuela en el sueño y la sobresalta; se limpia la saliva de la comisura de los labios y, momentáneamente desorientada, se pasa las uñas por el cuero cabelludo para regresar al presente. El reloj del salpicadero marca las 4:06. Dentro del coche, la temperatura ha bajado. Ruth le toca con delicadeza la mejilla a su bebé, que aún sigue dormida. Bess está pálida de frío y tiene los dedos helados. Su madre le calienta las manitas con las suyas y resopla con resignación mirando hacia el techo; hacía días que no dormía tan bien. Se inclina hacia el asiento del copiloto para coger el bolso y las llaves y, mientras lo hace, una furgoneta Transit entra en la calle y luego en la explanada de la gasolinera. El vehículo se detiene y sus faros dibujan dos charcos de luz en el suelo. Ruth está bastante lejos, pero las nubes que ahora cubren la luna llena actúan como una linterna y proyectan un resplandor sulfúrico sobre el lugar. Un hombre baja del lado del copiloto de la furgoneta para abrir la parte de atrás. Otro sale del lado del conductor. Es difícil ver exactamente qué está pasando porque la furgoneta tapa parte de la acción, pero ambos individuos usan lo que parece un par de barras para levantar entre los dos la tapa de una alcantarilla que hay en la explanada.

Ruth está agachada sobre la palanca de cambios; la quietud de la noche es tal que cualquier movimiento podría propagarse al exterior y alertar a los hombres de su presencia. Estos se asoman a la alcantarilla y uno de ellos se pone en cuclillas. Una sombra emerge del suelo. Una silueta. Sea lo que sea o quien sea sale arrastrándose del agujero hasta el asfalto. Segundos después le sigue otra figura y luego otra y otra más. Van saliendo una a una y se van irguiendo hasta ponerse en pie. Son cuatro en total. A Ruth le tiembla la mandíbula mientras escudriña la oscuridad con los ojos entornados. A juzgar por su tamaño y su forma de andar, diría que son mujeres. Una lleva una bolsa, otra sostiene un fardo contra el pecho y todas se dirigen a trompicones hacia la Transit sin ventanas. Han bajado un peldaño hasta la mitad para facilitar el acceso, pero la entrada sigue siendo alta. Las mujeres se agarran a los lados del vehículo para meterse dentro mientras uno de los conductores se apoya en la farola y el humo de un cigarro se eleva hacia el poste de luz. Una de las mujeres pierde el equilibrio y cae sobre las manos y las rodillas justo delante del hombre que está fumando. Este permanece inmóvil, como si lo hubieran borrado de la noche, mientras el humo sigue subiendo hacia arriba. Ella se levanta y desaparece dentro de la furgoneta.

Ruth busca a tientas el teléfono en el bolso. Lo encuentra, lo coge, lo enciende y, con la aplicación de la cámara abierta, lo pone delante de la ventanilla. Pulsa el botón. El flash es como un relámpago en la oscuridad.

—Mierda.

Le castañetean los dientes. Uno de los hombres mira fijamente hacia donde está ella mientras el otro mete de malos modos a la última persona en la furgoneta. El conductor y su ayudante vuelven a colocar apresuradamente la tapa del pozo, repliegan el escalón y cierran las puertas antes de marcharse. El ronroneo del motor se desvanece en la noche.

Ruth observa el espacio vacío que ha dejado tras de sí la furgoneta. Solo reacciona cuando Bess empieza a despertarse. Agarra con torpeza la manilla de la puerta, se le caen las llaves en la acera y las recoge rápidamente para evitar que se cuelen por una alcantarilla. Se da un golpe con la cabeza en el marco de la puerta mientras se pelea con el enganche del cinturón para soltar a Bess de la sillita mientras el llanto de su bebé va en aumento. Abrazando a Bess con fuerza, avanza a toda prisa por la calle, temiendo despertar a los vecinos o, peor aún, a Giles. Examina las casas. Todas las cortinas están cerradas, nadie ha encendido ninguna luz. Entra en el jardín y echa un vistazo a la ventana del piso superior de la casa de la vecina que vive al otro lado del callejón. Las cortinas de encaje se mecen por el efecto de una ráfaga de aire, tal vez de una ventana abierta, aun con el frío que hace. Ruth introduce la llave en la puerta principal con las manos temblorosas mientras cada chirrido y cada torsión del metal se amplifican en la noche silenciosa. La puerta se abre. Entra a trompicones en la cocina.

En medio de la habitación está Giles en bata, con el pelo alborotado por el sueño.

—¡Por el amor de Dios, Ruth! ¿Dónde estabas?

—He... He salido. No conseguía calmar a Bess.

—Has estado fuera muchísimo tiempo. Te he llamado, pero ha saltado el contestador.

—Tenía el móvil en silencio. Creo. —Ruth rebusca en el bolso mientras recuerda que lo ha puesto en modo avión, como hace todas las noches cuando se va a la cama—. Lo siento mucho.

—Me has dado un susto de muerte. Estaba preocupadísimo, no sabía qué hacer. —Giles tiene los ojos vidriosos y la cara pálida—. Creía que... No sé, no sabía qué pensar. —Su marido se traga el grueso del llanto y se presiona los ojos cerrados con los dedos para contener las lágrimas.

Bess está llorando y Ruth se pone al bebé sobre el hombro para intentar tranquilizarla, pero no lo consigue.

—Llevaba mucho tiempo despierta. Solo quería que Bess se durmiera, por eso he ido a darle un paseo en coche. La pobre estaba desconsolada.

—Esa no es razón suficiente para salir de casa en plena noche. Si hay algún problema con Bess, debes despertarme.

—Lo he intentado.

—¡No lo suficiente, joder! —Su grito se superpone a las lágrimas de Bess y la pequeña se calla por un momento. Giles se pasa las palmas por la cara, para espabilarse—. Estoy agotado de trabajar y de tener que ayudarte con Bess, así que sacúdeme si es necesario, no me importa, pero no salgas sin avisarme. Se me han pasado por la cabeza todo tipo de cosas. —Giles relaja los hombros, respira hondo y extiende una mano hacia Ruth—. ¿Has estado conduciendo todo el tiempo?

—He estado fuera, pero dentro del coche. Finalmente conseguí que Bess se durmiera y no quería despertarla metiéndola en casa. Y yo estaba tan cansada que también me he quedado dormida.

—¿Has estado durmiendo en el coche? ¿A las cuatro de la mañana?

—Solo he cerrado los ojos unos minutos. Además, he estado alerta todo el rato, así que no te preocupes. —Ella avanza hacia él y este retrocede con el rostro ensombrecido por la preocupación. Ruth sigue hablando, con la esperanza de distraerlo con algo más urgente—. He visto una cosa muy rara. Había... —Pero no es capaz de encontrar las palabras adecuadas. De pronto es consciente de cómo va a sonar aquello.

—¿Qué? —Ruth tiene que acercarse para oír el susurro de Giles—. ¿Qué has visto?

Ella tartamudea.

—Había unas personas al final de la calle.

—¿Unas personas? ¿A estas horas de la noche? ¿Haciendo qué?

—Oye, esto te va a parecer una locura, pero una Transit ha entrado en la explanada del taller y han salido unas personas de un pozo y se han subido a la parte de atrás de la furgoneta.

—¡Por favor, Ruth! —Giles levanta con ímpetu las manos y pone los brazos en jarras—. ¿Te has tomado las pastillas?

—Por supuesto.

—¿De verdad? —Su marido se apoya en la encimera, un poco encorvado—. Gente bajo tierra, esa es nueva. ¿La añadimos a los fármacos para controlar la mente que esparcen las estelas de los aviones y a la electricidad sucia que irradian los cables del interior de las paredes?

—No tiene nada que ver con eso. En serio. Lo he visto. Compruébalo tú mismo, tengo una foto. —Ruth saca el móvil y busca la última instantánea—. Mira.

En la pantalla hay un fogonazo blanco, con los bordes oscurecidos por el contorno del parabrisas. En la fotografía no se ve nada, solo el resplandor cegador del flash al rebotar contra el cristal.

Giles se cruza de brazos. Baja la vista hacia el suelo y ella tiene que hacer un esfuerzo para oírlo.

—Creía que estabas mejorando. Ya no sé cómo ayudarte a recuperarte.

—Esto es distinto, Giles.

—No, Ruth, no lo es. Solo es más de lo mismo; otra vez estás viendo cosas donde no las hay, creyendo cosas que no son verdad. Ya he visto tus fotos antes, ¿recuerdas? Me las ensañabas cuando estabas enferma. Decías que había personas en la casa, en la pared, pero nunca había nada ni nadie, solo sombras.

Ella cierra los ojos, tremendamente avergonzada. Y todo por su culpa. La duda le mordisquea los tobillos, su omnipresencia es una realidad de la que nunca va a lograr huir. ¿Por qué no podrá ser una madre y una esposa normal y corriente? Evoca la imagen de la explanada con las figuras saliendo del pozo y la escena empieza a resultarle distante, como el relato de una historia que hubiera oído alguna vez. Si la fotografía hubiera salido, demostraría la existencia o inexistencia de lo que ha visto. Se lo demostraría a ella misma y también a Giles.

—Tendremos que volver al psiquiatra —dice su marido—. Hay que evitar que la cosa empeore.

A Ruth se le pone un nudo en la garganta.

—Yo... —dice, negando con la cabeza—. No sé cómo he podido imaginarme eso. Debo de haberlo soñado.

—Estoy harto de todo esto. Tal vez sea hora de pensar en otra opción. Puede que a lo mejor... Puede que sea el momento de volver a replantearse lo de la unidad maternoinfantil.

—No. En serio, Giles. Ahora está claro lo que ha pasado. Creía que estaba despierta, pero no lo estaba. Solo ha sido un sueño, una pesadilla, nada más. Estaba oscuro, tenía frío y miedo. Lo siento mucho. De verdad, estoy bien.

Giles le quita a su mujer el bebé de los brazos y le besa la carita llorosa a Bess. Con la mano libre, le acaricia el brazo a Ruth.

—Vamos a la cama, tienes pinta de estar agotada.

Giles tiene la mano caliente, pero temblorosa. Entre la pareja se atisba un vestigio de lo que una vez compartieron. Ruth se inclina hacia él y apoya la cabeza en su pecho, acomodando la mejilla en ese lugar tan familiar que solían decir que había sido creado solo para ella, en la época en la que se prometían no discutir nunca por fregar los platos ni por hurgarse las uñas de los pies en la cama. Ahora a Ruth le parece un lujo pelearse por esas nimiedades.

—Por favor, no hagas que me internen. Me voy a esforzar más. Estoy mejorando, te lo juro.

—No vuelvas a hacerlo nunca más —le pide Giles, espaciando las palabras—. Te quiero, Ruth, pero estás enferma y debes confiar en el proceso de recuperación. Recuerda que la terapeuta comparó tu enfermedad con un petrolero en alta mar. Estás recobrando la salud, pero el giro es lento —le explica este, rodeándola con un brazo; el hecho de formar una piña los apacigua a los tres—. Y, por favor, te lo suplico, prométeme que no vas a volver a llevarte a Bess sin avisar.

# 5

Por ahora se encuentra bien. —La voz de Giles flota hasta el rellano, donde Ruth se ha parado a escuchar—. Puedo quedarme con ella un par de días más, pero si pudiera fijar una cita o una visita domiciliaria lo antes posible se lo agradecería.

Ruth baja a hurtadillas las escaleras. Giles está demasiado absorto en la llamada como para darse cuenta de que ella ha llegado a la planta baja. Estar al cuidado de su marido es su mayor humillación. Llevan tanto tiempo remando por separado en su relación que todavía no está claro que siga existiendo un «nosotros»; cuanto menos la quiere él, más se repliega ella, volviéndose más taciturna y menos fácil de querer. Y cuanto más tarde Ruth en recuperarse, más probable será que Giles la deje o busque otra distracción.

—Bess está bien, gracias a Dios —continúa diciendo él al teléfono—. Pero hay otra cosa que me gustaría comentarle. Una amiga me ha dicho que Ruth... —Giles levanta la vista mientras ella entra en la habitación—. Sí, estamos todos de maravilla —dice él, cambiando a un tono de voz más infantil—. Solo queríamos pasarnos para tener una charla rápida, si puede ser. —Sonríe de oreja a oreja mirando a Ruth antes de despedirse apresuradamente de la persona que está al otro lado de la línea y que ella da por hecho que es la psiquiatra; Giles conserva unos segundos la cara de felicidad tras haber finalizado la llamada.

En el baño de abajo, Ruth abre el armario y se toma los fármacos que le han recetado. Lo que vio por la noche en la gasolinera le ha afectado mucho. Creía que estaba mejor, o al menos que lo tenía controlado... La gente no va por ahí saliendo de pozos. ¿O sí? Aleja ese pensamiento. Eso no ha sucedido, está todo en su cabeza. El blíster de papel de aluminio se arruga al sacar una píldora de su cascarón y depositarla en la palma de la mano. La pastilla parece inocua: redonda, blanca y lo suficientemente pequeña como para tragarla con un sorbo de agua. Se trata de un símbolo de bienestar e integración, pero no la va a convertir en una persona normal, sino que le va a restar intensidad, como una cataplasma sobre una inflamación. Introduce la medicación en la boca y le da vueltas con la lengua. Nota el sabor fuerte de las sustancias químicas que atenúan su personalidad, así como sus miedos, aunque sin esa ayuda estaría completamente perdida.

Giles llama a la puerta.

—¿Va todo bien, Ruth?

Ella traga la pastilla con la saliva.

—Sí. —Un par de tubos de crema de manos y un jabón líquido caen estrepitosamente al suelo—. Ya voy.

Se estremece al volver a colocar los envases, que tapan los desperfectos que ocasionó en la pared hace ya tantos meses.

—Se ha acabado el pan —le dice Ruth a Giles después de comer—. Puedo ir a comprar un poco al final de la calle para arreglárnoslas hasta la siguiente compra.

Giles levanta la vista del portátil. La luz de la pantalla resalta sus facciones fatigadas.

—Dame un minuto para acabar este correo.

Ruth se pone el abrigo y arropa también a Bess antes de meterla en el carrito. Ha estado buscando una excusa para ir a la gasolinera, para comprobar de primera mano que no hay ningún peligro y que nunca lo ha habido. Para cortar de raíz la paranoia antes de que esta vaya a más.

Suena el teléfono de Giles y este mira la pantalla.

—Mierda —dice—. Perdona, tengo que contestar. Acabaré lo antes posible.

Hace un calor sofocante dentro de casa con la ropa de abrigo puesta y Ruth se lleva a Bess al patio delantero para esperar a Giles mientras este pasea al otro lado de la ventana y levanta un dedo para pedirle que espere un momento.

Los arbustos del patio se han marchitado hasta convertirse en esqueletos. Algunas hojas muertas cuelgan como plumas mojadas. Ruth acaricia un tallo rizado de clemátide, preguntándose si todavía estará verde por dentro. Tira de uno de los tirabuzones exteriores y se queda con un trozo entero de planta en la mano. El verano anterior, casi al final de su embarazo, ella y Giles pasaron un par de días sembrando y plantando. Giles cavó un agujero para esa trepadora y Ruth enterró el cepellón antes de regarlo. Después, se sentaron juntos en un muro bajo a beber té, dejando huellas de barro en las tazas, mientras sus hombros se rozaban con descuidada familiaridad. La barriga de Ruth asomaba bajo su camiseta como una sandía madura, rayada por las estrías, con el ombligo hacia fuera debido a la presión que el bebé ejercía con los pies, advirtiéndole a su madre que casi se había quedado sin espacio. Dentro de ese pequeño patio, Ruth y Giles habían experimentado una felicidad incalculable, más allá de haber plantado una clemátide. Habían hecho suyos los muros, habían trabajado la tierra, habían confiado en la naturaleza... Si alguna de las plantas no prosperaba, podían alimentarla y regarla. Si la crianza era dura, el amor los haría salir adelante. Su fe en el futuro en ese momento no tenía límites.

Se levanta un poco de viento. Para tranquilizar a Bess, empuja el carrito adelante y atrás sobre los adoquines medio levantados por causa de las raíces blancas y gruesas de las colas de caballo, que se regeneran y empujan desde abajo. Ruth tiene la sensación de que, si se queda quieta el tiempo suficiente, las plantas se le enroscarán en las piernas y la arrastrarán bajo tierra.

En las inmediaciones, pero fuera de su campo visual, alguien está usando una herramienta eléctrica y el zumbido le inunda los oídos. Bess también lloriquea por culpa del ruido y va a ser imposible calmarla si no lo dejan atrás. A través de la celosía desnuda, Ruth tiene una vista lateral del otro lado del callejón, donde empieza la hilera contigua de casas adosadas. La cocina alargada de la vecina sobresale del edificio principal y se adentra en el patio, igual que la suya, de modo que las dos puertas principales, que conducen a la cocina, se miran. En ese momento, se abre la puerta de enfrente. La vecina de Ruth —la mujer que vio en la cafetería, la madre de Liam y la suegra de Sandra— sale arrastrando los pies, con la cabeza gacha, tirando de su carrito de la compra de cuadros escoceses. Lleva el pelo recogido en el mismo moño descuidado y también ese sombrerito tan gracioso que la hace pensar en una época pasada, alejada de ese lugar y de todos sus problemas. Sigue a la mujer con la mirada y se pregunta si debe saludarla, dado que ya se han presentado. La vecina repara en que Ruth la está mirando y esta esboza una sonrisa vacilante a modo de saludo.

La madre de Liam se detiene delante de la puerta del patio de su vecina. Está farfullando algo. Ruth se acerca un poco más, con el corazón acelerado, esperando otro cumplido o una invitación para ir a su casa a tomar el té y charlar un rato, aunque ya la han puesto sobre aviso y sabe que está prohibido. Puede que no fuera necesario contárselo a Sandra. De todos modos, pronto volvería a trabajar. Ruth podría guardarlo en secreto.

La vecina susurra algo casi inaudible por encima del zumbido de la sierra mecánica.

—Te vi anoche.

—¿Cómo dice?

La mujer alza un poco más la voz.

—Anoche. Te vi salir del automóvil.

Ruth hace un esfuerzo para oírla.

—¿Ah, sí?

—Sí. —La vecina endereza la espalda—. ¿Los viste?

—¿Qué?

Enfrente, un árbol grande de uno de los jardines que dan al seto se estremece. Una rama se quiebra y cae, y la motosierra vuelve a acelerar.

—A esa gente.

—No... Yo no... —Un escalofrío le recorre la columna vertebral a Ruth—. ¿A qué gente?

—A la de la gasolinera.

El suelo que hay bajo los pies de Ruth se ondula como si una masa de agua se hubiera levantado, como si el río que discurre metros más abajo saliera a la superficie.

La mujer sigue hablando, pero lo hace en voz demasiado baja como para que Ruth pueda oírla sin problema y esta solo capta algunos retazos de las frases.

—No está bien..., gasolinera..., les he cantado las cuarenta... —La anciana acerca la cara a los listones de la puerta y asoma los labios por uno de los huecos—. Siempre despierta..., las he visto salir otras veces...

—No la oigo bien —dice Ruth—. No entiendo lo que me está diciendo.

—Dios sabe de dónde las sacan.

Ruth se aferra a las empuñaduras del cochecito buscando estabilidad y se gira hacia la casa, deseando que Giles salga al jardín para salvarla. Él está de espaldas y gesticula enérgicamente a quienquiera que esté al otro lado de la línea telefónica.

—Voy a solucionarlo... Cuando vean lo que tengo..., no podrán seguir negándolo.

Ahora la motosierra funciona a toda máquina y la gente grita en el jardín de enfrente mientras otra rama se estrella contra el suelo. Bess ha empezado a llorar. La vecina de Ruth hace un movimiento de cabeza para que esta se acerque a la puerta. Su temor es directamente proporcional a su necesidad de información y recorre los últimos centímetros que la separan de la mujer, hipnotizada por el miedo.

El susurro de la vecina es como un zarpazo violento.

—Hay pozos subterráneos que antes usaban para almacenar la gasolina. Ahora que el surtidor está cerrado, los llenan de gente.

La puerta principal se abre y Giles sale con ímpetu al jardín delantero.

—Bueno, adiós —dice la mujer, cogiendo el carrito de la compra para echar a andar a paso ligero.

Giles se aproxima a Ruth.

—¿Esa era la vecina de al lado? —pregunta, arqueando las cejas con una sonrisa—. ¿Qué opinaría Sandra?

Ella se queda callada unos segundos. Intenta hablar, pero las palabras se le quedan atascadas en la garganta.

—¿Ruth?

—Sí —responde ella, respirando entrecortadamente—. La vecina.

La mujer se pierde de vista.

—Nunca os había visto hablar. No sabía que la conocías.

—No. De hecho, solo la había visto una vez.

—¿De qué estabais hablando?

—De nada. —Ruth se agarra la mandíbula para evitar el temblor—. Solo me ha saludado. Eso es todo. Nada más. Deja ya de preguntar.

—¿Estás bien, cariño? —dice Giles, con los ojos muy abiertos.

Un tren de mercancías pasa estruendosamente por la cara oculta de la casa; toca dos veces el silbato con insistencia y urgencia, como si estuviera advirtiéndole a alguien que se aparte de las vías. Ruth se recompone antes de seguir hablando.

—Estoy bien. Es que hay muchísimo ruido. No lo soporto.

—¿Qué? —dice Giles, frunciendo el ceño—. Bueno, está bien que te relaciones con los vecinos —comenta; luego le frota la espalda, tratando de no ejercer demasiada presión—. Ya te dije que aquí hay mucha gente agradable, solo tienes que darles la oportunidad de conocerte. ¿Por qué no la has invitado a casa? Sé que Liam dice que es un poco rara, pero, nunca se sabe, podríais llevaros muy bien.

—No quiero que venga a casa.

Giles ladea la cabeza con una pregunta en los labios. Luego vuelve a ponerla recta y finalmente decide elegir el camino menos conflictivo. Menos mal que siempre es así de conciliador.

—Pues vale —dice antes de darle un beso en la mejilla y encogerse de hombros—. Como quieras, solo era una sugerencia.

La pareja sale del patio. A lo lejos, la vecina toma un atajo hacia la calle principal, pero, antes de perderse de vista, se vuelve hacia Ruth. Las náuseas se apoderan de su garganta. Mira hacia otro lado hasta que la mujer desaparece y ella y Giles continúan su camino hacia la gasolinera.

La explanada está vacía debido a la llovizna constante que obstaculiza la actividad comercial vespertina. Hay un par de empleados apoyados contra una pared resguardada, uno de ellos mirando el móvil y el otro de brazos cruzados y con un trapo húmedo colgado del cinturón. Lleva una camiseta con el logotipo del lavadero de coches: «RAY, LAVADO A MANO Y SERVICIO A DOMICILIO». Los dos Mercedes están aparcados a un lado y el enorme coche blanco de Liam está junto a ellos, como siempre. Giles entra con el carrito en la tienda y Ruth se queda atrás, cabizbaja y con flojera en las piernas. Si soplara un viento fuerte, la tumbaría. Un zumbido le recorre las plantas de los pies, como el temblor de un terremoto lejano; las cosas ocultas, las cosas enterradas, se hacen presentes, como si su enfermedad fuera un veneno que las acercara. «Déjate de tonterías», se dice a sí misma, «no le dejes espacio al miedo, olvídate de las fantasías». Ruth entra en la tienda, donde Giles rebusca entre el surtido de quesos de color naranja chillón y comprueba la fecha de caducidad de los sudorosos paquetes. El tipo que está detrás del mostrador mira fijamente a Ruth al entrar. Es el mismo hombre que a ella le pareció que había dicho lo del grito. La mira de arriba abajo, examinando con rapidez sus piernas, sus pechos y su cara. Y eso que está con su bebé y su marido anda cerca. Un segundo después, su expresión se vuelve neutral, casi despectiva. La ha descartado y ese rechazo ya es un insulto en sí por el mensaje que implica: «No eres lo suficientemente buena y eso que tampoco soy tan exigente». La ha evaluado y la ha considerado insuficiente. Su juicio le repugna, pero el hecho de que le haya sido impuesto y que el resultado haya sido negativo hace que Ruth se amilane. Fuera cual fuera la forma que adoptara su belleza, esta ha desaparecido y la ha despojado de otra parte de su identidad.

En el exterior, un camión de la basura está recogiendo los desperdicios. Un mecanismo en la parte de atrás del vehículo levanta los cubos industriales negros que hay en la explanada y vacía el contenido en el volquete. El cabrestante gime al subir y bajar los contenedores. Un hombre examina uno de los cubos que acaba de aterrizar y vuelve a accionar la grúa. Algo debe de haberse quedado atascado en el interior. Pulsa otro botón mientras el contenedor está suspendido, para hacerlo vibrar. Lo que fuera que estuviera alojado dentro cae estrepitosamente en la parte trasera del camión y algunos objetos sueltos se esparcen por la acera. El viento arremolina varios pedazos de papel. Un objeto más pesado cae en la explanada. El basurero lo recoge y le da vueltas entre las manos antes de llamar a su compañero para que le eche un vistazo.

Sin tomar conciencia de su decisión de moverse, Ruth sale de la tienda para ir hacia el hombre. Al acercarse, ve que lleva en la mano un zapato rosa de charol, con plataforma en la parte delantera y tacón alto de aguja. El hombre le comenta algo al conductor y ambos se ríen. Levantan la vista, la ven y se quedan callados. El hombre que sostiene el zapato agacha la cabeza, como si estuviera a punto de recibir una reprimenda, y se dispone a lanzar el zapato de plataforma a la parte trasera del camión, pero Ruth se lo impide.

—No —dice, extendiendo la mano para coger el zapato—. Es mío.

Él se lo entrega, encogiéndose de hombros abochornado, antes de dar media vuelta y seguir con su trabajo.

Puede que el zapato haya caído de alguno de los coches mientras lo aspiraban, pero ¿por qué no se lo iban a devolver a su dueña? Como si no llamara la atención sobre el asfalto. Ruth examina el suelo y observa el centro de la explanada, donde están las tapas de los pozos. Los cantos de los discos de metal están llenos de suciedad, pero hay uno al fondo que tiene el borde limpio, como si lo hubieran levantado hace poco. De él sobresale un pequeño jirón de tela deshilachado, el resto de algo atrapado bajo tierra. Frota el tejido con el pie. Está sucio y húmedo y tiene un estampado de mariposas diminutas. Y un botón delicado en el puño.

—¡Por fin te encuentro! —le grita Giles a Ruth, sobresaltándola.

Su marido está cruzando la explanada con una bolsa de plástico abultada en las empuñaduras de la sillita. Detrás de él, Barry, el vecino de al lado, entra en la tienda con un sigilo reptiliano que evidencia su aversión por sus vecinos. Una vez pilló a Ruth haciendo fotos de su casa, como había hecho en la de Sandra, levantando el teléfono sobre el muro de la parte de atrás, porque estaba convencida de que él estaba poniendo trampas para los zorros o esparciendo veneno en el jardín. Ese día él golpeó con el puño la ventana, como si estuviera espantando a un perro rabioso, e incluso ahora Ruth se muere de humillación al recordarlo.

—¿Qué tienes ahí? —Giles señala el zapato con la cabeza mientras se acerca a ella.

—Nada, no es nada.

Ella oculta el zapato de plataforma detrás de la espalda con temor infantil mientras las palabras de su vecina anciana le resuenan en los oídos: «Hay pozos subterráneos... Los llenan de gente».

—Venga, déjame echar un vistazo —le pide Giles mientras intenta arrebatarle el zapato, pero ella lo esquiva para impedírselo; él se ríe, tomándoselo a broma, y Ruth debería hacer lo mismo, pero el desayuno se le está revolviendo en el estómago—. No sabía que fueras de ese tipo de chicas —se burla Giles, con los ojos brillantes.

—Para, por favor.

Finalmente, él le quita el zapato e inspecciona el tacón con un silbido de admiración. A su espalda, el hombre de la tienda los observa desde la puerta.

—Devuélvemelo —le pide ella, cada vez más ansiosa—. No lo entiendes.

Giles se está riendo a carcajadas.

—¿Dónde está tu otro zapatito, Cenicienta?

El corazón de Ruth late desacompasado por el pánico. Mira hacia la calle por si tiene la suerte de que su vecina esté yendo hacia allí, la misma anciana por la que se moría de ganas de librarse antes y a la que ahora abrazaría con fuerza si apareciera para confirmar su historia. Tal vez Giles la creyera si se la contase otra persona.

Él deja de bromear al ver que Ruth no le sigue la corriente. Ella intenta arrebatarle el zapato. Giles lo lanza y aterriza cerca de la papelera, patinando sobre el asfalto antes de detenerse; se encoge de hombros y gira el carrito en dirección a casa.

El zapato es diminuto, como del número treinta y seis, y podría servirle a una niña. La noche anterior, a Ruth le pareció que era una mujer la que se cayó en la explanada, pero puede que fuera más joven; una niña a la que se habían llevado a algún sitio en la parte de atrás de una furgoneta sin ventanas, de la que nadie sabía nada, salvo ella y la loca de su vecina.

El hombre de la tienda ha abierto la puerta y está de pie en el umbral con los brazos en jarras. Ruth se agacha, sin dejar de mirarlo. Agarra el trozo de tela que está enganchado en la tapa del pozo y tira. El tejido está muy atascado.

—¿Qué haces? —le pregunta Giles, mirando hacia atrás.

—Necesito sacar esto de aquí. —La tapa metálica se mueve un milímetro chirriando con un eco sordo mientras ella tira. Se viene arriba y empieza a tirar con más fuerza. La tela comienza a rasgarse—. ¿Puedes ayudarme?

—Ruth, deja eso, está asqueroso.

El calor se acumula bajo su abrigo grueso y la llovizna le pega el pelo a la cabeza. Sin levantar la tapa del pozo la prenda no va a salir de una pieza, así que intenta meter los dedos alrededor del borde del disco de metal para levantarlo.

Giles está ahora a su lado. Se agacha para ponerse a su altura.

—¿Qué pasa?

Vuelve a hablarle como si fuera una cría, pero esta vez en plan papá enfadado, lo que la enfurece. Ella clava los dedos en el borde y una de las uñas se le dobla hacia atrás; va a metérsela en la boca para aliviar el dolor, pero tiene las manos negras por el lodo del lavadero de coches. Los dos hombres que estaban en la explanada se acercan al dueño de la tienda, moviendo los labios con mensajes que Ruth no es capaz de descifrar.

—Esta camisa es de alguien —le dice a Giles—. De una mujer o puede que de una niña. La han secuestrado. Tenemos que ayudarla.

Giles tiene la cara tan cerca de la suya que huele su aliento a café.

—Ruth, tenemos que irnos a casa ahora mismo.

—Mira —le dice ella, señalando la tapa—. El borde está limpio, se ve que la han levantado hace poco. —Ruth se apoya sobre las manos y las rodillas y mete los dedos en los orificios de metal que hay en medio de la tapa, pero es demasiado pesada y lo único que consigue es llenarse de mugre—. Ayúdame, Giles. Ahí abajo hay gente. Tenemos que sacarla.

—Por el amor de Dios, otra vez no.

Se oyen unos gritos a sus espaldas. El hombre de la tienda cruza apresuradamente el patio, con el traje arrugado ondeando al viento. Lo siguen los otros dos con su chándal de trabajo cochambroso.

—¿¡Qué están haciendo!? —exclama el hombre—. No pueden tocar eso. Es de mi propiedad.

Ruth lo mira sin dejar de tirar.

—Sé lo que hay aquí abajo. Lo he visto. No pueden seguir ocultándomelo. También he oído gritos, ¿recuerda? Usted lo sabía, pero mintió.

Giles le pone una mano en la espalda.

—Levántate, Ruth, por favor. Déjalo —le pide, intentando convencerla.

—¡No! —grita ella, apartándolo de un empujón antes de ponerse a toquetear el borde de la tapa—. Las vi salir de aquí anoche. ¡Tenemos que ayudarlas! —exclama, señalando al dueño de la tienda—. ¿Qué ha hecho con ellas? ¿A dónde se ha llevado a esas niñas?

El hombre se pone delante de Giles y la agarra del brazo. Tiene los labios lívidos, como si estuvieran encurtidos, y con un tirón violento pone a Ruth en pie, retorciéndole el hombro. Ella grita de dolor. Giles se interpone entre ambos y empuja al dueño, que retrocede dando traspiés por la explanada.

—¡Quítele las manos de encima! —le grita Giles.

—Dígale que pare —replica el hombre, señalando a Ruth y limpiándose una mancha imaginaria de la frente—. Está deteriorando mi propiedad.

—Me da igual lo que esté haciendo, ni se le ocurra tocarla.

Se empujan el uno al otro, gritando y gesticulando. Bess tiene los ojos como platos a causa del miedo y empieza a gemir.

—Fuera de mi propiedad o llamo a la policía —le ruge el hombre en la cara a Giles.

—Haga lo que le venga en gana —dice Giles, encogiéndose de hombros, con el rostro cubierto de sudor—. ¿Sabe qué? Yo también la voy a llamar. A ver en qué chanchullos anda metido.

—Largo —dice el hombre, señalando en dirección a su casa—. No vuelvan por aquí. No son bienvenidos.

—No se preocupe. —Giles agarra a Ruth del brazo con mano firme pero delicada y la obliga a marcharse. Con la otra mano coge la bolsa de comida basura que acaba de comprar y la tira a la explanada—. No necesitamos nada suyo ni de su tienda de mierda.

Las galletas y las chocolatinas favoritas de Ruth, que Giles acaba de comprar, salen despedidas de la bandeja; unas golosinas para compartir en casa en esa tarde lluviosa. Ella lo quiere más en ese momento de lo que recuerda haberlo querido en mucho tiempo.

La pareja vuelve corriendo a casa. Detrás de ellos, los hombres forman una barrera al borde de la explanada con los brazos cruzados. Algunas personas han salido de casa y se cruzan con ellas por la acera, vecinos que Ruth podría reconocer si levantara la vista —incluso podrían estar allí Sandra o Liam—, de modo que camina cabizbaja, mirando solo de vez en cuando a Giles. Él mira fijamente al frente mientras contrae y relaja un músculo de la mandíbula y conduce el cochecito haciendo eses con una sola mano. Con el otro brazo rodea firmemente a Ruth por los hombros. Mientras la abraza, le pregunta una y otra vez si se encuentra bien y le asegura que va a denunciar a ese hombre por agresión.

—Estoy bien, de verdad. —A ella le preocupa que Giles llame a la policía por su culpa, ya que el hecho de mencionar su nombre podría disparar una alerta en la pantalla del operador que hiciera que ignoraran de inmediato la denuncia—. No les digas que tiene nada que ver conmigo. Ya les contaremos lo del brazo después. Son esas niñas las que necesitan nuestra ayuda. Ellas son lo principal —declara.

Le cogería el carrito a Giles, pero entonces tendría que soltar el zapato rosa de plataforma al que se está aferrando con ambas manos.

# 6

Giles llama al 999 nada más entrar por la puerta. Está furioso y Ruth lo ha convencido durante el camino de vuelta a casa de que en la gasolinera pasa algo más de lo que parece. Él le cuenta su historia del tanque subterráneo a la policía, omitiendo la parte en la que el hombre le tira a Ruth del brazo, como esta le ha pedido que haga.

—Estoy bien —miente ella—. De verdad, casi no me duele.

Se va a la cocina mientras Giles acaba de hablar por teléfono. Se pone a dar vueltas con el zapato entre las manos, incapaz de dominar el pánico que la invade y examinando las marcas de unos dedos diminutos y un talón sucio. ¿Por fin van a creerla o estarán a punto de dejarla en evidencia?

—Sé que te preocupan esas mujeres —dice Giles cuando cuelga el teléfono—. Pero tengo que contarle a la policía todo lo demás cuando vengan, la forma en la que te ha agarrado ese hombre. —Le posa ambas manos sobre los hombros y la mira a los ojos—. ¿Estás segura de lo que has visto? ¿No te has saltado ninguna pastilla?

—Te lo prometo, Giles. Por favor, confía en mí.

Él la rodea con los brazos. Ruth se relaja sobre su pecho, inhalando su olor a almizcle, tremendamente aliviada tras semanas esperando algún momento de ternura verdadera entre ambos. Echaba de menos a ese hombre; había olvidado lo agradable que resulta ser su igual. Los primeros pasos para volver a ser la pareja que eran son mucho menos complicados de lo que creía.

Fuera se oye el aullido distante de una sirena. La pareja se coge de la mano, palma sudorosa con palma sudorosa, y va sigilosamente hasta la puerta del jardín. La sirena se vuelve más estridente y un coche de policía dobla la esquina y aparca junto a la explanada al final de la calle. Unos cuantos vecinos han salido a la acera a mirar; las cabezas se interponen en el camino e impiden ver nada a Ruth y Giles. Ella hace salir a su marido por la cancela del patio y se susurran lo que ven y lo que no. El vehículo sigue al lado del bordillo. No sale nadie.

Entonces otro coche patrulla gira a toda velocidad en el cruce y apunta con el morro hacia su calle. El silencio se apodera del barrio mientras las cabezas de los residentes siguen al unísono la trayectoria del coche. Este se acerca a la casa de Ruth y Giles y se detiene junto a ellos en la acera. Dentro van dos agentes: un hombre y una mujer. Ambos salen del coche.

—¿El señor y la señora Woodman? —pregunta la agente.

—Sí —responde Giles—. Entren, por favor.

Giles abre la portezuela mientras Ruth echa un vistazo a las personas que están desperdigadas por la calle. Un grupito se ha reunido también en la explanada y va hacia el coche de policía que está aparcado al tiempo que señalan su casa. El aire trae unos gritos, aunque resulta imposible descifrar lo que están diciendo.

Giles hace entrar a los agentes por la puerta delantera y los invita a sentarse en el sofá. El asiento es bajo y ellos tiran incómodamente del chaleco acolchado lleno de accesorios. Junto al sofá hay un tendedero con ropa de bebé. Parte de la ropa interior floja de Ruth también está colgada en las varillas y esta recoloca una toalla para cubrir las prendas, pero se cae al suelo. Los dos agentes observan desde media distancia que intenta volver a colgarla. Si lo hubiera dejado todo tal y como estaba, probablemente ni se habrían fijado en sus bragas grisáceas y su sujetador raído. En lugar de ello ha atraído su atención hacia esas prendas vergonzosamente gastadas que están en contacto con las partes más privadas de su cuerpo. Les ofrece un té; los agentes lo rechazan. El rostro de la mujer policía es neutro, inexpresivamente cincelado, y el hombre echa un vistazo a la habitación y posa finalmente la mirada sobre Bess, que está dormida en el carrito. A Ruth le entran ganas de ponerse delante de su bebé para impedir cualquier tipo de juicio acerca de su pequeñina, que, a los ojos de estos desconocidos, podría no estar criándose como es debido. Sin embargo, se mantiene firme, desesperada por parecer normal en lugar de paranoica o desquiciada. Se acomoda en el sillón y Giles coge una silla de la mesa del comedor.

—Bueno, ¿ha sido usted quien ha denunciado el delito, señor Woodman? —pregunta la agente.

—Sí —responde Giles—. He sido yo. Yo he hecho la llamada.

—¿Y puede decirme qué vio anoche? ¿Puede explicarme cuántas personas estaban saliendo del pozo?

La oficial mueve los pies y tira sin querer el montón de revistas que están a un lado del sofá, ejemplares de *Grazia* y *Elle* llenas de cotilleos y horóscopos. Ruth las había comprado justo antes de tener a Bess, al imaginar la gran cantidad de tiempo libre que tendría mientras su bebé dormía. Todavía se aferra a la posibilidad de llegar a leerlas como a la esperanza de convertirse algún día en una madre competente.

—Fue mi mujer quien lo vio —reconoce Giles—. Pero a juzgar por la reacción que ha tenido el dueño hoy yo diría que tiene algo que ocultar.

El agente interviene.

—¿Y cuál ha sido su reacción? ¿Qué ha sucedido para que haya denunciado el incidente ahora y no anoche?

Giles va a responder, pero Ruth lo interrumpe.

—He intentado levantar la tapa del pozo. —Todas las personas de la sala se giran hacia ella al mismo tiempo—. Para demostrar lo que había visto. Se notaba que la habían levantado hacía poco, por eso me di cuenta de que era de la que habían salido esas personas.

La radio del policía emite un crujido de voces. Este baja un poco el volumen para hacerle una pregunta.

—Entonces, ¿podría contarme exactamente lo que le pareció ver?

Ruth intenta descifrar los mensajes de la radio del agente. Entre el batiburrillo de voces cree oír unas risas.

—A ver —dice, ruborizándose; cuanto más se concentra en detener el calor que le sube por el cuello, más colorada se pone—. Había unas cuatro personas. Parecían mujeres, pero podrían ser más jóvenes. Los dos que conducían eran hombres. Las mujeres salieron del pozo, se subieron a la parte de atrás de una Transit y se fueron.

—¿Y a qué hora fue eso?

—Sobre las cuatro de la mañana.

—Así que estaba oscuro.

—Sí.

—¿Y dónde estaba usted cuando eso sucedió?

—En el coche.

La agente resopla con disimulo.

—¿Y dónde estaba su coche?

—En la calle, aparcado.

—¿Y veía bien desde allí?

—Sí.

—¿Y qué hacía en el coche a las cuatro de la mañana?

—Estaba durmiendo. Es decir, mi hija estaba dormida y no quería despertarla. Le están saliendo los dientes. Pasear en coche la tranquiliza. Cuando aparqué, yo también cerré un poco los ojos, eso es todo.

—¿Fue antes o después de dormir cuando vio el incidente?

—Después. Tenía frío y estaba a punto de volver a entrar en casa.

—Entonces, ¿estaba completamente despierta?

—Sí. —Ruth se inclina hacia delante y aprieta los puños—. Sé lo que vi. Había gente saliendo del suelo. No me lo he imaginado.

Los agentes se recuestan en el sofá a la vez.

—Pregúntenle a mi vecina —añade Ruth—. Ella también lo ha visto.

—¿Qué vecina? —pregunta Giles mientras levanta las cejas hasta el nacimiento del pelo.

—La madre de Liam, que vive al otro lado del callejón.

La agente pasa la página del bloc de notas de bolsillo. Garabatea algo sin mirarla.

—¿Al otro lado del callejón? ¿Se refiere al número cuarenta?

—Sí —responde Ruth—. El número cuarenta.

—¿Por qué no me lo has dicho antes? —le pregunta Giles con los ojos abiertos de par en par, a un paso de perder la confianza en ella.

—Lo he hecho... Es decir, creía que lo había hecho en la gasolinera. No... No me acuerdo.

Los policías se miran. El hombre se levanta, desengancha un móvil de un bolsillo de la chaqueta y entra en la cocina. Cierra la puerta tras él y empieza a hablar en voz tan baja que es imposible oír lo que está diciendo. Ruth intenta ralentizar la respiración, pero el pulso no hace más que acelerarse en los oídos. Giles la mira fijamente, con las venas del cuello palpitando. Entonces la puerta de la cocina se abre. El oficial se dirige de nuevo al sofá, con los zapatos chirriando, y toma asiento.

—En el número cuarenta vive una tal señorita Cailleach —anuncia, apoyándose en el respaldo—. ¿Es esa la mujer que fue testigo de los mismos hechos que usted anoche?

—Sí, ese es su nombre. La señorita Cailleach. Pregúntenle, ella se lo confirmará.

Giles sabe tan bien como Ruth que nunca antes han oído ese nombre, ya que los paquetes que entregan en su casa siempre van dirigidos al señor Smith, el apellido de Liam y Sandra. Ella había dado por hecho que el apellido de su madre sería el mismo y seguramente Giles también, pero nadie más vive en el número cuarenta. No quiere dar lugar a ninguna confusión ni duda innecesaria y tiene que ser la misma mujer. Puede que Liam lleve el apellido de su difunto padre y que su madre nunca se casara, o que esta recuperara su apellido de soltera en los últimos años. Ruth no tiene ahora la cabeza para desentrañar esa anomalía y le lanza a Giles una mirada suplicante para que no le dé importancia. Él la mira con los labios apretados.

Ella continúa.

—Antes no estaba segura de que dijera la verdad... Quiero decir, que había tanto ruido con la motosierra y todo eso que creí que la había entendido mal. Pero cuando he visto lo nervioso que se ha puesto el hombre de la tienda me he dado cuenta de que ella tenía razón.

—Entonces, ¿estamos investigando lo que usted vio o lo que vio la señorita Cailleach? —pregunta la agente.

—¡Lo que yo vi, claro! Pero ella también lo vio.

La oficial se vuelve hacia Giles.

—Tenemos constancia de llamadas anteriores de su mujer a los servicios de emergencia para denunciar a presuntos delincuentes del barrio —declara mientras su radio chisporrotea debido a las interferencias.

—¿Qué otras llamadas? —pregunta Giles, centrando con firmeza su atención en Ruth al tiempo que se desvanece su fe en ella.

—Necesitamos llegar al fondo de lo que su mujer vio, señor Woodman, para saber si se trata de un hecho real o de una conjetura.

El otro policía se aclara la garganta.

—Un detective se encuentra en estos momentos en el lugar de los hechos. Debo informarles de que el propietario de las instalaciones está considerando la posibilidad de presentar cargos por acoso contra usted y su esposa.

Giles abre la boca para hablar y una vez más Ruth se lo impide.

—¡Por acoso! Si ha sido él quien me ha acosado a mí.

El policía baja la cabeza y la mira, frunciendo el ceño.

—Debemos informarles de que si vuelven al lavadero de coches podrían detenerlos. No deben tener contacto ninguno con el propietario, ni ustedes ni nadie que actúe en su nombre.

—¡Eso no tiene sentido! —grita Ruth con voz aguda, levantándose de un salto—. ¿Es que no me han oído? ¿Alguien ha mirado dentro del tanque?

Un ciclomotor pasa zumbando: los chavales del barrio, que aprovechan que la policía está ocupada.

La mujer cierra el bloc.

—Los tanques de gasolina están desmantelados, señora Woodman. Se llenaron de agua, una medida sanitaria y de seguridad exigida para contener los gases residuales. Sería imposible que cualquiera entrara o saliera de ellos sin ahogarse.

Ruth se agarra al respaldo de la silla mientras la imagen de la noche anterior tiembla ante ella como un espejismo.

—¿Y qué me dicen de esto, entonces? —Ruth levanta el zapatito rosa.

Los agentes guardan silencio y se vuelven hacia Giles.

—Señor Woodman —dice la oficial de policía—, en una reunión estratégica reciente, el equipo de salud mental nos ha informado de que su mujer se encuentra actualmente bajo su supervisión.

Giles apoya los codos en las rodillas abiertas, agacha la cabeza y la sostiene entre las manos. Responde en voz baja, mirando al suelo.

—Sí, así es.

La policía levanta la nariz, como si la enfermedad de Ruth se transmitiera por el aire y estuviera detectando sus esporas.

—Hace dos días, una agente visitó este domicilio para informar a su mujer de que solo podemos atender incidentes reales y de que una llamada de emergencia no puede basarse en una sospecha.

Giles mira a los ojos a la agente y se tapa la cara con una mano para intentar eliminar a su esposa de su campo de visión, pero Ruth ve a través de las rendijas de sus dedos que se está poniendo pálido y se da cuenta de que lo ha perdido.

—Señor Woodman, si recibimos más falsas alarmas de este número, tendremos que plantearnos otras medidas. A su mujer ya le han notificado que se le impondrá una sanción en caso de que vuelva a llamar. El siguiente paso sería una demanda. Es una infracción muy grave hacer perder el tiempo a la policía.

—Pero yo las vi. —Las lágrimas ruedan por las mejillas de Ruth—. Las vi, estoy segura.

Giles se pone recto en la silla y se gira hacia ella con la barbilla levantada y el cuello rígido. Tiene la boca entreabierta, pero no sale ni una gota de aire de su interior.

El policía se sienta en el borde del sofá, como si estuviera a punto de salir corriendo.

—¿Hay algún cargo real que desee denunciar? Si es así, tendré que registrar el incidente y tomarles una declaración completa tanto a usted como a su esposa, así como a los testigos que estaban presentes o que han presenciado los hechos esta mañana.

Ruth recuerda a Barry entrando en la tienda y visualiza las casas que están más cerca de ese extremo de la calle, desde las que podría verse la gasolinera. Liam y Sandra tienen una vista inmejorable desde su dormitorio. Su coche estaba en la explanada, así que al menos uno de ellos se encontraba en casa y puede haberlo visto. Si era Liam, esa sería la oportunidad perfecta para advertirle a su mujer que se aleje de la loca de su amiga. Pero ahora Ruth y Sandra son íntimas. Ojalá eso sea suficiente para asegurarse la lealtad de Sandra.

—¿Desean tomar medidas adicionales? —pregunta el agente como si estuviera leyendo una hoja, por lo que se deduce que ella es la vigésima persona que le hace perder el tiempo ese día—. Si es así, tendremos que involucrar al equipo de salud mental en nuestras pesquisas.

Ruth se frota el brazo del que el hombre ha tirado para ponerla en pie. Le duele la articulación del hombro. Giles se endereza y se pone tenso cuando ella comienza a levantar la manga para mostrarles el punto por donde la ha agarrado el individuo y donde seguramente tendrá las marcas rojas de sus dedos, pero, antes de que le dé tiempo a protestar, Giles se lo impide.

—No —dice este con voz entrecortada—. Nada más. Lo siento, agente. No volverá a ocurrir. Me aseguraré de ello.

Los oficiales se levantan y cruzan la habitación hasta la entrada, desplazando el aire con el cuerpo a su paso. Giles cierra la puerta tras ellos y se queda con la mano en el pestillo, mirando fijamente el felpudo.

Ruth se acerca a él y le toca el brazo, acariciándole apenas la piel con los dedos, temiendo que explote y desaparezca.

—Por favor, Giles. He dicho la verdad.

—Puede que sea tu verdad, pero no es la de nadie más. —Él respira hondo por la nariz—. ¿Sabes? Cuando se te mete algo en la cabeza, no hay quien te pare. No sé si es por tu enfermedad o no, pero te inventas tus propios códigos sobre todas esas tonterías y nadie puede convencerte de lo contrario.

Giles la roza al pasar y sube las escaleras. Arriba, las tablas del suelo tiemblan y los muelles de la cama resoplan cuando él se deja caer sobre ella.

Ruth observa desde la ventana de la cocina a los agentes llamar a la puerta de la vecina del otro lado del callejón. La madre de Liam ya ha vuelto a casa y, desde donde está, ve claramente a la mujer recibiendo a la policía.

—Dígales lo que ha visto —susurra desde la ventana—. Vamos, confírmeselo.

Los agentes mantienen una breve conversación con la señorita Cailleach, que niega con la cabeza, y al cabo de unos segundos se marchan.

—No —dice Ruth, inclinándose más hacia la ventana—. No es justo. Ella me lo ha dicho, estoy segura.

La vecina la mira fijamente mientras ella aprieta los dientes y los puños, desesperada por ir allí y preguntarle a la anciana a qué está jugando. Pero Giles está arriba. Si sale de casa, la verá por la ventana. Bajará a toda prisa para decirle que deje de perseguir esa fantasía y que ponga fin a esa vergüenza constante que los decepciona a todos.

Intenta contenerse por todos los medios.

—Hija de puta —dice, mirando hacia el otro lado del callejón.

Enfrente, la señorita Cailleach cierra la puerta.

Ruth no sabe dónde sentarse y revolotea por el salón, incapaz de concentrarse en nada. En el fregadero, embadurna los platos con jabón y agua caliente y los deja sin lavar para ponerse a hacer la comida. Luego decide vaciar un armario y volver a meter dentro todos los platos y las tazas. El traqueteo despierta a Bess, que está en su sillita. En el piso de arriba Giles no da señales de vida, así que se sienta con su hija en el sofá. Debería darle el biberón, pero no sabe ni por dónde empezar y no recuerda si antes tenía que echar la leche en polvo o calentar el agua. Abraza con fuerza a su pequeña con un brazo, acunándola, mientras el miedo golpea rítmicamente en sus oídos: «Por favor, que no vuelva a estar enferma».

## 7

¿Quién es? —pregunta Ruth cuando coge el teléfono—. ¿Qué quiere?

Al otro lado de la línea solo se oye una respiración. Se trata de otra de esas llamadas desde un número oculto que recibe últimamente. Escucha un ruido áspero cuando los labios de la persona que llama rozan el micrófono.

—Haga el favor de dejarme en paz —dice ella.

Entonces una voz tan tenue que podría tratarse de una interferencia, un levísimo susurro, le contesta.

—Soy Tam —dice, y la llamada se corta.

Ella arroja el teléfono sobre la cama y se aleja del aparato como si temiera que fuera a explotar.

—¡Ruth! —grita Giles desde la planta baja y ella se sobresalta—. ¡Vamos a llegar tarde!

Mira a su alrededor, intentando recordar lo que tiene que hacer. Le tiemblan las manos mientras acaba de vestirse, poniéndose unos calcetines desparejados y una camiseta sin sujetador por debajo.

«Soy Tam». Tiene que haber oído mal, no podía ser una voz real.

Debería comentarle a Giles lo de la llamada para que le confirme que ha sido producto de su imaginación, pero cada escalón que baja le resta un poco más de coraje y llega abajo del todo convencida de que su mente simplemente ha convertido el crujido del teléfono en un sonido completamente distinto. Ni más ni menos. Además, bajo ningún concepto debe liar más las cosas.

—Hoy voy a entrar contigo en la consulta —le informa Giles, introduciendo los brazos en las mangas del abrigo y aplastando la abultada capucha sobre la espalda, todo ello mientras evita a su mujer con maestría; desde el enfrentamiento del día anterior con la policía, apenas la ha mirado a los ojos y la pareja solo se ha acercado lo justo para pasarse la comida o los pañales de Bess.

Ruth coge su propio abrigo del perchero.

—Ah, vale... Está bien. —Hace tiempo que Giles no se sienta con ella en la consulta del psiquiatra, pero el desastre del día anterior se interpone entre ellos y él ha adelantado su sesión mensual a hoy. Ella se acalora bajo el abrigo; de vergüenza o de rabia, ya no sabría decirlo—. Aunque si tienes llamadas de trabajo que atender después de dejarme allí, o quieres irte a tomar un café, no me importa. —Ruth toquetea con el pie el freno del cochecito. Sabe cuál será la respuesta de Giles, pero hasta una autonomía falsa es mejor que nada.

Bess sacude su juguete favorito en el aire. Es redondo, multicolor, tiene un cascabel dentro y se trata de una de las pocas cosas, aparte de la leche, que la tranquiliza. La pelota se le resbala de las manos y cae rebotando sobre las ruedas del carrito. Ahora las bacterias colonizarán el juguete. Habrá que lavarlo y desinfectarlo. Ruth ya va con retraso, así que tendrá que dejarlo en casa. Si Bess se enfada, tendrá menos herramientas para calmarla y el médico lo considerará un signo de incompetencia. Cuando trabajaba en la oficina, tenía que enfrentarse a problemas complejos y estratégicos, pero esa nueva perspectiva del mundo que se le ha impuesto ha reducido su horizonte a esas cuatro paredes, como si la boca oscura de esa casa se la hubiera tragado entera. Y sin un sueldo a fin de mes, se esfuerza por atribuir un valor real a lo que hace por Bess; nadie le ha enseñado a pensar de otro modo y, desde luego, nadie considera que las tareas interminables que tiene que hacer, a menudo insignificantes, tengan algún valor, así que ¿cómo se lo va a conceder ella? Se aferra a las asas del cochecito como si fueran una toma de tierra y espera a que la rabia se disipe.

—De buten —dice Giles, buscando las llaves.

—Puede que haya que esperar un rato en consultas externas —dice Ruth con voz de ratoncito, haciendo un último intento para evitar que Giles entre con ella—. De todos modos, creo que preferiría ir sola.

Él posa las manos sobre los hombros de su mujer. Esta se encoge bajo el peso de la decepción de él y del constante fracaso de ella.

—Estoy aquí para ayudarte —dice Giles—. Quiero cuidar de mis chicas. —Él intenta que esas palabras huecas suenen más auténticas dándole un abrazo flojo; cuando la suelta, ambos exhalan, como si la hubiera estrechado con más fuerza de lo que lo ha hecho.

La unidad ambulatoria perinatal se encuentra en el hospital, donde el aparcamiento es escaso y caro, así que no tiene sentido llevar el coche. Pero ir andando a la parada de autobús implica pasar por delante de la gasolinera que está al final de la calle. A lo lejos, una nube asmática formada por los gases de los coches que hacen cola flota sobre la explanada. Asfalto lleno de baches y cascotes, tapas de alcantarillas polvorientas... Un panorama inocuo, mugriento, anodino. Nada más, no hay nada que temer, salvo la humillación. Las manos de Giles se aferran con tal fuerza al carrito que a Ruth le da la sensación de que está a punto de hacerlo girar sobre la cabeza. El día anterior, él se peleó con un hombre en la gasolinera y la loca de su mujer quedó en evidencia delante de todo el barrio. Las cortinas de un par de casas vecinas se agitan y ella agacha la cabeza para seguir adelante mientras se da cuenta de que, debido a la confusión de esa mañana, se le ha olvidado tomar la medicación. La tomará en cuanto llegue a casa. No es necesario preocupar a Giles ni dar la vuelta.

Más adelante, al final de la hilera de adosados, se encuentra la casa de Sandra y Liam. La puerta del jardín se abre y Sandra sale marcha atrás, con su bebé dormido dentro del carrito. Ruth se pone tensa. Sandra lleva otro traje nuevo, de los caros, negro y entallado. Es la única madre que conoce que quiere parecer una mujer en vez de una niña. Sandra se agacha para poner algo en la bolsa de almacenaje que hay bajo la silla. Aún no ha visto a Ruth, pero en unos segundos sus caminos se cruzarán e intercambiarán saludos, besos y preguntas. Empañando el espacio que los rodea, flota la posibilidad de que Sandra haya sido testigo del desastre del día anterior o, peor aún, de que Liam le haya dado su versión de los hechos.

Giles gira bruscamente hacia la intersección: es el camino más largo con diferencia para ir hasta la parada del autobús, pero así evitarán a Sandra, que se ha ido en dirección opuesta sin haberlos visto siquiera. Ruth extiende el brazo para agarrar a Giles, con intención de devolverle parte del apoyo que ella recibe, pero él se estremece con el cuerpo electrizado por la tensión y ella deja caer la mano.

Es una tarde soleada pero fría. Ella va bien abrigada y Giles empuja el carrito a toda velocidad. Por una vez, Bess no está llorando. Como no tiene nada a qué agarrarse, Ruth mordisquea las cutículas de sus dedos ociosos, sosteniendo hebras de piel entre los dientes y tirando hasta que considera oportuno. Ahora que han perdido de vista la calle donde viven, los hombros de Giles se relajan y este llena el vacío hablando de trabajo, algo que él puede hacer y ella no, puesto que hace meses que ha olvidado el arte de la conversación casual. Los jardines delanteros por los que pasan desprenden cierto aire de normalidad, con el césped cortado y los parterres más cuidados cuanto más se alejan de su casa. Aunque el orden hace que Ruth se sienta segura, en esa zona hay menos variedad, menos carácter, hasta casi se percibe cierta esterilidad; tal vez todos se sientan obligados a ajustarse a la norma para no pasarse por encima. Los niños chillan en el patio de la escuela del barrio. Más tarde, sus padres pasarán a recogerlos para llevarlos de vuelta a un hogar cálido y feliz. El sol le acaricia el rostro a Ruth en señal de que vendrán tiempos mejores, como unas esperadas vacaciones al final de un turno agotador. Hace dos noches vio a varias personas saliendo del suelo y luego su vecina la azuzó hablándole de tanques de gasolina llenos de gente, pero la única explicación posible es que la entendiera mal por culpa del ruido de la motosierra. En ese momento, se siente lo suficientemente segura como para maravillarse ante la creatividad de su propia imaginación.

Cuando llegan a la clínica, hacen pasar a Ruth a la consulta directamente. La doctora Fraser y Giles intercambian comentarios amables.

—Me alegro de verla.

—Lo mismo digo.

Giles extiende la mano para estrechar la de ella. La psiquiatra la acepta. Resulta obvio que él se siente aliviado al ver a esa profesional que tanto ha ayudado a la loca de su mujer, pero ese apretón de manos es un poco entusiasta de más. La doctora se aparta. Giles intenta disimular su metedura de pata rascándose la cara con un gesto exagerado, como si le picara muchísimo y estuviera deseando rascarse. Aunque no es difícil entender por qué ha cometido ese error: la relación de confianza que los presentes en la sala han fraguado durante esos últimos meses gira en torno al deseo común de que Ruth se recupere. De no ser porque ella sigue siendo el centro de atención y por toda la vergüenza y el sufrimiento que su estado le acarrea, esta se compadecería más de Giles, que ahora se hace el desentendido sentándose lo más lejos posible de la doctora Fraser. Maggie, la asistente sanitaria de Ruth, aparece al cabo de unos minutos acompañada por Richard, el auxiliar de psiquiatría local.

—Espero que no les importe que nos unamos a ustedes —comenta Maggie, señalando a Richard con la cabeza—. Solo queremos saber cómo van las cosas.

Ruth no logra estarse quieta: un recordatorio físico de que siempre hace las cosas mal. Es normal que Richard, su APL, acuda a esas citas, pero no la asistente sanitaria —deben de haberla invitado expresamente—, y, aunque Ruth aprecia que haya tenido la gentileza de fingir que simplemente pasaban por allí, le molesta que su fragilidad exija una farsa como esa. Saca a Bess del carrito y coge el biberón, todavía tibio, que lleva en el bolso. A la pequeña no le toca comer hasta más tarde, pero así puede hacerse cargo de Bess antes de que a esta se le ocurra siquiera ponerse a llorar.

—¿Qué tal con los sólidos? —le pregunta la asistente sanitaria—. ¿Le ha resultado útil la agenda de destete que le di?

Ruth esboza una sonrisa débil, negándose a permitir que Maggie sea testigo de sus verdaderos sentimientos. Esa mujer es una experta en conducirla hacia callejones sin salida llenos de revelaciones emocionales, escudriñando su rostro con una aguda intuición femenina en busca de pistas que revelen su mal estado de salud. Ruth estaba orgullosa de la fluidez de la leche que brotaba directamente de su cuerpo y llegaba a su bebé, ya que la lactancia materna era una de las únicas cosas que se le daban bien, pero había tenido que renunciar a ella al empezar a medicarse. Las cucharadas de polvos procesados que sabe que debe mezclar con agua para alimentar a su hija para ella simbolizan la derrota. Y ahora hay que añadir esa tabla de destete, la dieta infantil básica consistente en palitos de zanahoria hervidos y gachas de plátano que Bess rechaza, así que Ruth ni siquiera puede hacer eso bien. Abre la boca para decir algo, pero Giles la interrumpe.

—Ha hecho todo lo posible, pero parece que, cuando ella está cerca, Bess solo quiere el biberón.

—¿Se han planteado que papá le dé varias o tal vez todas las cenas durante una temporada? —pregunta Maggie.

Ruth estrecha con más fuerza a Bess.

—No le pasa nada, solo que le encanta la leche.

—Es que volvemos a estar un poco preocupados por su talla —revela la asistente sanitaria—. Ha bajado de percentil de peso. Un par de manos extra podrían ayudarla a acostumbrarse a la nueva dieta y usted tendría oportunidad de descansar, de escaparse un poco.

Ruth eleva ligeramente la voz.

—¿Y a dónde quiere que vaya?

—A ningún sitio. Lo que quería decir es que tal vez papá podría darle de comer mientras usted está en otra habitación.

—Pero Giles tiene que trabajar. No tiene tiempo para todo. Y yo lo estoy gestionando bien.

Gestionar. Sobrellevar. Cómo odia Ruth esos mantras. Y ninguno de ellos son ciertos. Solo estaba preparada para un día en la vida de su hija; un día de resistencia con un premio final: un ser humano recién salido del horno y totalmente dependiente. Ya no la invitan a las reuniones de apoyo para madres primerizas, en las que las mamás se juntan para beber y comer algo cada vez en una casa de otro miembro del grupo. Los maridos siguen jugando juntos al fútbol; Giles también estaba en el equipo antes de que fuera menos embarazoso dejarlos a ambos fuera que admitir que nadie podía afrontar la enfermedad de Ruth. Al principio, esta se sintió como si la hubieran puesto en cuarentena, pero al final acabó comprendiendo que no lo hacían de mala fe. Sencillamente, el problema era que estaban todas estresadísimas intentando encontrar tiempo para sus propias montañas gigantescas de tareas pendientes y no tenían espacio en su vida para ocuparse de las miserias de Ruth. De todos modos, ¿hasta qué punto era capaz una persona de sanar a otra?

—Bueno, a lo mejor estaría bien probar esta rutina durante un par de semanas. Me refiero a que papá se haga cargo de todas las comidas. Solo para que el bebé se acostumbre. ¿Sería eso posible, señor Woodman?

Giles llena los carrillos de aire. Ha competido por su puesto en la organización benéfica contra otros cien aspirantes. Su salario es lo único que mantiene la familia a flote. Es bueno en su trabajo, pero nadie es imprescindible. Suspira.

—Vale, lo compaginaré con la oficina.

—En fin, Ruth —dice la doctora Fraser—. Me alegro mucho de que haya podido venir hoy. —La mujer mira al auxiliar de psiquiatría local, que asiente a modo de respuesta con la misma expresión de bondad yóguica que todos han adoptado desde que enfermó. Un semblante serio y beatífico. Con unas cejas firmes y preocupadas—. Queríamos comprobar cómo va todo en general. ¿Qué tal con la medicación?

«Aquí viene», piensa Ruth. A pesar de que se esperaba el interrogatorio, ha sido agradable distraerse durante un rato. Todo ese rollo del destete no era más que el calentamiento.

—Bien. Estupendamente.

¿Cuánto saben? ¿Hasta dónde los ha puesto al corriente Giles? Ella se imagina los dedos diligentes de su marido describiendo con detalle sus fracasos en un correo electrónico, como si fuera un código morse para señalar la ubicación de un submarino enemigo.

—¿No está teniendo ningún… problema?

—Tal vez alguno que otro. Pero ya está todo solucionado —asegura Ruth, mirando de reojo a Giles, mientras la mentira flota atomizada entre ellos; se imagina hundiendo el puño dentro del engaño y sacando una cosa amarillenta y hedionda; él le da la espalda.

—Puede ser —replica Richard—. Pero a Giles le preocupan algunos cambios que ha notado últimamente. Ha comentado que parece un poco tensa, que ha llamado varias veces al médico de cabecera preocupada por Bess.

—Estoy bien y Bess también.

—Su hija solo progresará si su mamá progresa —asegura el auxiliar de psiquiatría local—. Y no tiene por qué avergonzarse si lo está pasando mal otra vez.

—No le gustan los sólidos, eso es todo —replica Ruth—. Les pasa a muchos bebés.

—Sí, lo sabemos —interviene la doctora Fraser, inclinándose hacia delante y mirando a Giles, que tiene los ojos clavados en el suelo—. Pero nos han informado de un incidente con la policía y nos preocupaba que estuviera experimentando cierta confusión con lo que es real y lo que no. Que pueda estar volviendo a ver u oír cosas de nuevo..., cosas que quizás solo perciba usted.

Ruth se muerde el labio inferior y saborea la sangre que brota a unos milímetros de su lengua. Cómo no iban a estar al tanto. Incluso aunque Giles no se lo hubiera contado, la policía había dicho que se pondría en contacto con el equipo de salud mental. Y mientras ella se arreglaba para ir allí hoy, la doctora Fraser, Richard y Maggie seguramente estaban celebrando una reunión de emergencia para comentar entre ellos cómo proceder, cómo les gustaría diseccionar su mente amorfa en pedacitos perfectos y meterlos en gelatina.

—Si ese es el caso —continúa la doctora Fraser—, debemos tomárnoslo muy en serio. Ya lleva suficiente tiempo trabajando con nosotros como para entender que, entre todos, debemos satisfacer sus necesidades en todo momento, así como las de su bebé. Es parte del plan terapéutico que hemos discutido y elaborado con usted.

—A lo mejor es hora de probar también con antidepresivos —sugiere Giles—. ¿No decían que era el siguiente plan de acción en su caso, doctora?

Ruth se gira hacia Giles.

—Estoy aquí, por si no te has dado cuenta.

—Los antidepresivos siempre han sido una opción terapéutica, Ruth —dice la doctora Fraser—. Siempre que usted o nosotros decidamos que podrían ser de ayuda. Y, como padre de su hija, a veces resulta útil que Giles nos haga saber cómo se encuentra. No se trata de nada perverso.

—Bueno, entonces, ¿por qué no me lo preguntan a mí en vez de discutirlo entre ustedes?

El teléfono fijo cobra vida. La doctora Fraser silencia la llamada sin girarse siquiera hacia el aparato y la ausencia repentina de ruido da paso a un silencio que va en aumento. Giles tiene la gentileza de romper el hielo.

—Te hemos preguntado, pero como no quieres admitir que hay un problema tendré que contarles yo lo que está pasando.

Ruth estrecha a Bess demasiado fuerte y el bebé suelta el biberón.

—Déjeme cogerla un rato. —Maggie se levanta, le quita la pequeña y empieza a mecerla con suavidad. El bebé se calma en cuestión de segundos—. No existe ninguna fórmula concreta para estas situaciones, Ruth. Lo único que estamos haciendo es velar por usted y por Bess. Queremos que nos ayude a encontrar la mejor solución.

Giles se inclina hacia delante y apoya los antebrazos en los muslos.

—Yo solo quiero que mejores —asegura mientras deja caer las manos entre las piernas y sacude la cabeza—. Algunas cosas de las que has estado hablando últimamente, eso de las personas bajo tierra... —murmura.

Su espalda encorvada y su cabeza inclinada forman un arco perfecto, como si el peso de su preocupación le estuviera haciendo hundirse poco a poco. Lo que ha tenido que soportar ese hombre. Todas las compañeras de trabajo de Giles van ya por el segundo o el tercer hijo; mujeres risueñas y capaces que hacen malabares con los presupuestos y las reuniones, el complicado cuidado de los niños y los vuelos transatlánticos. Giles ha invertido mucho en su familia a cambio de muy poco, pero también lo ha hecho ella y su defecto mental está tan fuera de su control como el de él. Giles es el espectador, pero Ruth es la que habita el horror.

—Nos gustaría animarla a que hable con nosotros —dice la doctora Fraser—, a que nos cuente lo que le está pasando de verdad. —Como ya no puede aferrarse a Bess, Ruth se agarra los codos y lleva los hombros hacia las orejas. Richard y Maggie siguen sonriendo. Solo la psiquiatra la mira muy seria mientras sigue hablando—. Le hemos recetado una dosis de medicación que suele ser bastante eficaz, por lo que nos preocupa un poco que pueda no estar funcionando. Tal vez haya llegado el momento de considerar otro tipo de ayuda.

—No pienso ir al psiquiátrico.

—Es muy poco probable que tenga que ingresar en un hospital, Ruth.

—No voy a dejar que me quiten a Bess.

—Nadie está diciendo eso, señora Woodman. Haremos todo lo que esté en nuestra mano para encontrar una cama en una unidad maternoinfantil, aunque tenga que ser en otra zona. Usted ya ha estado allí antes y espero que recuerde, por experiencia, lo que le ayudó el personal y cómo pueden asistirla con cualquier problema que surja con la medicación o el apego. —La doctora se recuesta en la silla y se cruza de brazos—. La última vez que la visité en la unidad, me pareció significativo que comentara que le aterrorizaba que el lugar fuera una especie de manicomio victoriano, cuando en realidad se parecía más a un hotel.

—Oigan.

Ruth examina las caras presentes en la sala, consciente de que sus opciones se reducen a cada segundo mientras que la posibilidad de que la manden a ese sitio está cada vez más cerca. Sea lo que sea lo que está viendo y oyendo, no se parece en nada a lo que vivió al inicio de su enfermedad, cuando los delirios constituían su visión global del mundo. Su estado mental actual requiere soluciones mucho más sencillas que el tratamiento médico y la unidad maternoinfantil. Como, por ejemplo, dormir, aplicar la lógica y evitar a las vecinas que te meten ideas raras en la cabeza. Por otro lado, teme, aunque sea de forma irracional, que, si ponen en marcha los engranajes y no encuentran ninguna cama libre, no tengan más remedio que internarla en un psiquiátrico, donde no hay instalaciones para bebés. La posibilidad es pequeña, minúscula incluso, pero sigue siendo una posibilidad y una posibilidad es un riesgo: el riesgo de que se lleven a Bess.

—Últimamente he tenido algunos contratiempos —prosigue—, pero solo son tonterías que me preocupan. No duermo muy bien, pero ya estoy totalmente recuperada —asegura con voz temblorosa.

—Si no duerme bien, necesitamos saberlo —dice Richard—. El insomnio y el aumento de la ansiedad figuran en su plan de cuidados como signos de alerta temprana que podrían desencadenar una recaída. Así que estar atenta a ellos forma parte de su responsabilidad de cuidarse y de cuidar a su hija, especialmente si ha vuelto a sufrir alucinaciones.

—Solo estaba soñando, ¿vale? Todo eso que le dije a Giles no tenía sentido, ya me he dado cuenta.

—Bueno, en una unidad maternoinfantil podrían ayudarla a superar este bache y a buscar una rutina mejor —dice la doctora Fraser—. Nos gustaría animarla a que considere muy seriamente esa opción. Su enfermedad no es ninguna vergüenza, Ruth, pero existe la posibilidad de que vuelva a írsele de las manos y ninguno de nosotros, incluida usted, queremos permitir que obtenga más poder.

—Ya se lo he dicho, tuve una pesadilla. —Una gotita de saliva aterriza sobre su muslo mientras habla—. Si quieren que tome antidepresivos, lo haré, pero ya no estoy loca. Soy perfectamente capaz de cuidar de mi bebé.

—Nadie está diciendo que no lo sea, Ruth, pero sí creemos que podría ser más sensato adaptar su plan de cuidados a una nueva estancia en la unidad, antes de que las cosas vayan a peor.

—Muy bien. —Ruth se pone en pie—. No pienso quedarme aquí escuchando más sandeces. —Arranca a Bess de los brazos de Maggie e intenta sujetar a su hija, que no deja de retorcerse, a la sillita. Pero parece que Bess no ha recibido suficientes advertencias y arquea la espalda mientras ella lucha por colocar el arnés a través de sus bracitos desenfrenados. Uno de los clips de seguridad le pellizca la piel al bebé y un grito resuena en la habitación. Una ampolla de sangre se forma en la mano de Bess—. ¡Ay, Dios, no! Perdona, Bessie. —Ruth le besa la manita a la niña una y otra vez, casi como si pudiera absorber su dolor—. ¡Miren lo que me han hecho hacer! —exclama, volviéndose hacia las otras cuatro personas de la sala.

Abre la puerta violentamente, pero el carrito está demasiado cerca y la puerta choca contra las ruedas delanteras antes de volver a cerrarse de golpe.

—Ruth, ¿qué haces? —le pregunta Giles, que está ya a su lado e intenta agarrar las empuñaduras del carrito; ella lo aparta dándole un golpe con el hombro.

Necesita varios intentos para abrir lo suficiente la puerta como para salir. Se gira un instante y ve a Maggie y a Richard de pie, con la cabeza casi pegada, frunciendo el ceño y con los brazos cruzados. Giles está hablando con la doctora. Le arrebata una receta de la mano y se aleja para perseguir a Ruth, que atraviesa a toda velocidad una sala de espera llena de miradas acusadoras. Sale corriendo a la calle, intentando dejar atrás a Giles, que sigue el rastro de los gritos de Bess.

Cuando se bajan del autobús, la escuela por la que han pasado antes se está vaciando. Un mar de padres e hijos va hacia ella, que intenta abrirse paso entre la multitud sin golpearles con el carrito en las espinillas. El timbre del final de las clases suena alto y claro en el patio y a ella le sobreviene una ráfaga de recuerdos: su hermana esperando en la puerta al final del tercer trimestre, Ruth con quince años y su hermana con dieciséis; las dos corriendo hacia el parque en el que jugaban de pequeñas, subiéndose a los columpios para los que se habían hecho demasiado grandes y columpiándose tan alto que las cadenas se aflojaban y su cuerpo quedaba ingrávido; la voz de Tam acercándose y alejándose cuando se cruzaban en el aire, como metrónomos opuestos... «Cuando estás arriba del todo, si saltas, sales volando. Durante unos segundos, antes de llegar al suelo, eres completamente libre. ¿Qué dices? ¿Probamos?».

Cuando por fin llegan a casa, Bess se ha tranquilizado un poco, pero sigue llorando. Ruth mira fijamente a esa pequeña máquina de hacer ruido con las manos caídas a los lados del cuerpo, abrumada por la multitud de cosas que tiene que hacer en contraposición a la única que desea, que es taparse los oídos para dejar de oír los gritos. El ruido le inunda el cerebro, calándole hasta los huesos. No hay suficiente espacio dentro de su cabeza para todos sus miedos y encima para esos chillidos.

Giles saca a su hija de la sillita y se la pone sobre el hombro.

—Hola, bichito —le dice a la pequeña—. Ya está. —Le da un beso mientras se dirige al baño de abajo. El llanto de Bess se suaviza hasta convertirse en un gemido.

Esta vez, Giles no intenta disimular el chirrido y el portazo del botiquín. Vuelve a donde está Ruth acompañado por un crujido de papel de aluminio y plástico y, cuando ella se da la vuelta, se lo encuentra de pie a su lado con una pastilla en la palma de la mano.

—Si ya la...

—No, no la has tomado.

Ella acerca vacilante los dedos a la pastilla sin llegar a cogerla y la desesperación la empuja hacia un callejón sin salida.

—Se me ha olvidado. Es la primera vez que me pasa. Pensaba tomarla, de verdad.

—Así serán las cosas a partir de ahora —anuncia Giles, con los ojos inyectados en sangre—. No eres la única persona de esta familia, Ruth. —Eleva el tono de voz y espacia cada vez más las palabras—. He hecho todo lo humanamente posible para ayudarte a mejorar en casa, pero ya no me quedan recursos. —Bess gime—. ¿Tienes idea de lo duros que han sido estos meses para mí? ¿Acaso lo sabes? —Giles ha empezado a gritar y tiene el rostro encendido por una rabia desconocida para ella—. No puedo más, Ruth. Estoy cansado, agobiado por el trabajo y lo peor de todo es que no sé si puedo fiarme de ti. Así que tómate la puñetera pastilla o te la meto a la fuerza en la boca. También tengo la receta de los antidepresivos. Te lo vas a tomar todo sin rechistar. —Giles tranquiliza a Bess con un beso, inclinando su cabecita suavemente hacia él—. Lo siento, pequeña. Papá lo siente mucho —dice, meciéndose arriba y abajo mientras el bebé se acurruca en su cuello.

Giles le da a Ruth un vaso de agua y observa cómo se la traga. A ella se le pega a la garganta. Bebe otro sorbo y la sensación de la pastilla se le queda en el esófago. Giles espera a que acabe.

—Abre la boca —le dice entonces.

Él la revisa y le pide que levante la lengua para comprobar que no ha escondido la pastilla debajo antes de llevarse a su hija a la cocina. Con un movimiento decidido que señala el punto final, Giles pone agua a hervir y saca un paquete de cereales procesados para bebés que Ruth ni siquiera sabía que tenían.

Para bien o para mal —aunque ¿cuánto más puede empeorar la cosa?—, a ella le viene a la mente una imagen de agua, de un vasto océano negro por el que no puede transmitirse ningún sonido. Ella se eleva como un helicóptero sobre sí misma mientras está de pie en la orilla, completamente vestida, vadeando las olas, obligando a sus piernas a avanzar, sin detenerse hasta tener la cabeza totalmente sumergida. Qué sosiego dejarse llevar, rendirse por fin.

—¡Vete a leer un libro o algo! —le grita Giles—. O échate una siesta. Haz alguna de esas cosas que, según tú, nunca tienes tiempo para hacer.

Ruth va hacia la ventana de la parte de atrás. El sol está desapareciendo tras las nubes y un viento suave agita la hierba. Más allá de su jardincito se encuentra el camino que pasa por detrás de todas las casas adosadas y, al otro lado de este, la franja de terreno que discurre a lo largo de la reja paralela a las vías del tren. Varios vecinos se han apropiado de pedazos de ese espacio al que la gente del barrio llama en general «los huertos», unas parcelas que están bien cuidadas en verano y que se llenan de verduras espléndidas, pero ahora el invierno ha vaciado los bancales y ha derribado las torres de juncos. En otras parcelas han puesto camas elásticas y, en otras, los muebles de plástico de jardín han salido volando y han dejado al descubierto unos bajos negros y mohosos. Solo la señorita Cailleach, la vecina de al lado, cuida de su parcela durante todo el año y deambula por las hileras de hortalizas plantadas con esmero, llueva o truene, cavando la tierra desnuda con el fin de prepararla para la primavera y rellenando el comedero de pájaros de varios pisos con semillas y bolitas de grasa. En esos meses fríos de invierno, a veces Ruth tiene la sensación de que su vecina cuida el huerto porque no tiene nada mejor que hacer. Recoge ramitas largas y enjutas de un par de árboles rechonchos que hay cerca de la reja y luego ata los manojos de palos con cordel para hacer ramilletes feos.

En la parcela de Ruth, el anterior propietario ha dejado un gallinero de fabricación casera. Mide cerca de metro y medio de altura, está hecho con un montón de tablas desparejadas clavadas unas a otras y tiene un tejado mitad de fieltro, mitad de metal corrugado. El propietario debía de tener un buen ejército de gallinas, puede que incluso vendiera los huevos. Cuando vieron la casa por primera vez, ella se imaginó a sí misma haciéndose cargo de esa industria artesanal, pero pronto quedó claro que lo suyo no era la agricultura. La reja metálica está enterrada en el suelo para disuadir a los zorros, por lo que será necesario algo más que la fuerza de Ruth y de Giles para desmantelar la construcción y la tarea ha pasado a ocupar el último lugar en su lista de prioridades, por tratarse de un problema meramente estético.

Un tren interurbano pasa a toda velocidad. Los vagones parpadean coloridos entre las hileras de árboles de las vías muertas y el silbido de la locomotora llega hasta Ruth como una idea de última hora: un eco solitario, el sonido de haber sido dejado atrás. Un pequeño grupo de trabajadores del ferrocarril se mueven a lo lejos como sombras entre los árboles, apenas visibles sin los chalecos reflectantes que sin duda deberían llevar. Golpean la maleza con palos, cortando la hierba y los árboles jóvenes.

Uno de ellos coge un trozo de tejido y se lo enseña a los demás, que niegan con la cabeza. Los individuos tiran la tela a un lado y siguen avanzando entre los matorrales, con los hombros erguidos y la cabeza gacha, escudriñando el suelo.

El escuálido zorro de Ruth avanza por el camino, con su pelaje opaco y sarnoso, asimilando el paisaje urbano que no tiene más remedio que habitar. Olisquea la entrada que ella le ha hecho en el cobertizo para que pueda cobijarse, luego levanta la cabeza y, por un instante, la mira a los ojos antes de alejarse tranquilamente: no es una amenaza; tampoco su amiga. Ruth no causa ninguna impresión en el mundo. Es como si no existiera.

# 8

Ruth no sabe qué hacer con ese momento insólito de tranquilidad diurna. Podría aprovechar el tiempo para editar sus fotos, pero tiene el portátil abajo, sobre la mesa de centro, y no puede soportar la idea de enfrentarse a Giles y que este le recuerde tan pronto su decepción por haberse casado con la mujer equivocada. Enciende la televisión del dormitorio y levanta los pies del suelo, donde una corriente de aire le roza los tobillos. En la pantalla, las olas sacuden una embarcación neumática muy grande y luego esa imagen da paso a otra de una montaña de chalecos salvavidas. Varias personas se agolpan en la playa de guijarros: una de ellas está sentada en la orilla del agua con un bebé en brazos; otra tiene una manta térmica sobre la espalda y la cabeza apoyada entre las manos. Cambia de inmediato a otro canal: una pareja se muda al campo con un niño pequeño; sonríen mientras pasean por un prado en verano, una estación tan inimaginable para Ruth como el más allá cuando ahí se encuentran en pleno invierno. Se le encoge el corazón al recordar un momento irrepetible que tuvo lugar hace mucho tiempo, antes de conocer a Giles, al inicio de aquel verano con su hermana, cuando el mundo parecía seguro porque ella era más ingenua y los días albergaban la simplicidad binaria de la inocencia. Si fuera posible transmutarse de alguna manera en su yo juvenil y quedarse para siempre en ese momento, borraría sin dudarlo hasta el último vestigio del presente.

Se tumba y hunde la cabeza en las almohadas. El sueño llega de forma inesperada y rápida; esos últimos días la han dejado francamente exhausta. La paranoia se filtra en sus sueños. Se despierta al cabo de un rato con el llanto de Bess ascendiendo por las escaleras, seguido del ruido que suele hacer Giles para imitar un avión. Imagina la cara que estará poniendo él, haciendo ese sonido con la boca ladeada, intentando por todos los medios que Bess coma algo. La adrenalina se apodera de Ruth al reconocer ese llanto irregular —Bess tiene sueño, no hambre— y necesita toda su fuerza de voluntad para confiar en que Giles se las arreglará solo y no bajar a decirle lo que su hija necesita. Apaga la televisión, que aún está encendida, y se pone a golpear rítmicamente con ambos pies el larguero de la cama, maldiciendo el regalo envenenado de Giles de darle un día libre por sorpresa; si la hubiera avisado, podría haber planeado algo concreto, tal vez incluso ir a la oficina a comer con sus amigos de siempre. Ruth sostiene el teléfono en la mano, preguntándose a quién sería mejor llamar, quién toleraría la interrupción. ¿A Caroline o a Sharon, sus compañeras de mesa? No tiene ni idea de cómo les va a ninguna de las dos porque ya no entra en Instagram —los vistazos rápidos a las redes sociales de sus amigas solían ser tan eficaces como una conversación para ponerse al día, así que puede que la consideren una maleducada porque ya nunca participa— y hoy en día ya nadie se molesta en llamar por teléfono, nadie tiene el tiempo ni la energía necesarios. Aunque puede que a su antigua jefa, Minnie, le interese una conversación breve. Pulsa el botón de marcación rápida antes de que le dé tiempo a cambiar de opinión y la asistente personal de su jefa filtra la llamada.

—Voy a ver si está —dice la becaria; una pausa penosa amenizada por música ambiental se va filtrando en su oído hasta que la chica regresa—. Lo siento, pero está en una reunión. —La asistente es nueva en la empresa: su puesto se ha creado tras una reorganización presupuestaria y departamental que podría hacer que Ruth ya no fuera necesaria—. Me temo que estará ocupada todo el día. —La joven es demasiado novata en su puesto como para haber aprendido a perfeccionar sus mentiras—. ¿Quiere dejarle un mensaje?

Ella repara en su armario, que tiene la boca abierta de par en par y vomita ropa como una bestia de madera con el vientre abierto en canal. Sus antiguos trajes de trabajo y las chaquetas elegantes están arrugados por la última vez que se los probó, cuando la falda lápiz se le atascó en sus muslos gruesos y la tiró a un lado.

—Dígale que Ruth ha llamado y que espero poder volver a trabajar muy pronto.

La becaria pone fin a la llamada y deja accidentalmente la línea abierta; el ambiente de la oficina parece tan animado a través del chisporroteo del teléfono como cuando ella trabajaba allí. Esta se mantiene a la escucha, como una intrusa; le cuesta creer que ese otro mundo exista en paralelo al suyo mientras ella está en casa confinada en su habitación sin ningún sitio a donde ir. Abandona su cuerpo y vuelve a ser por un instante la mujer de antes.

Qué eficiente era, siempre dispuesta a satisfacer las necesidades de sus clientes. «Qué amable», le decían. «Siempre te esfuerzas al máximo. Prométeme que volverás después de la baja por maternidad». Ella se reía. «Pues claro que volveré, ¿en qué siglo crees que estamos? Además, solo voy a tener un bebé, no me van a implantar un baipás coronario».

Al inicio de cada jornada laboral, Ruth revisaba la lista de tareas pendientes en el ordenador, anotaba las llamadas que tenía que hacer y fijaba unos horarios, consciente de que lo único que necesitaba para concluir dichos quehaceres era dedicación y atención al detalle. Eliminaba las tareas hechas y las innecesarias y el crujido digital de la papelera del ordenador era uno de sus sonidos favoritos. Señalaba que era hora de seguir adelante, que no había dejado nada pendiente ni había cometido ningún error. Había intentado trasladar esa ética de trabajo al cuidado de su bebé, pero el hecho de esforzarse más no se traducía en un mayor orden en casa y la recompensa era el insomnio y la ansiedad. Lo cual, sumado al funcionamiento químicamente anómalo de sus hormonas maternas, había dado como resultado una enfermedad mental.

Ruth aprieta la oreja contra el auricular. Se oyen voces de fondo y también risas. Parecen de Minnie, que se supone que debería estar en una reunión. Ruth camina de aquí para allá, incapaz de colgar, sintiéndose culpable por necesitarlos más a ellos de lo que ellos la necesitan y tensa por si alguien dice algo desagradable de ella. Quiere saber qué piensan realmente, pero no está segura de poder soportar su honestidad. La versión popular de su enfermedad es que está mejorando, aunque su progreso molecular ha sido a veces a la inversa y su dependencia constante agota a todos los que la rodean. Los amigos del trabajo solo son buenos amigos cuando estás en el trabajo y es injusto que Ruth espere que esas mujeres tan ocupadas sean el apoyo que ella necesita. Cuelga el teléfono.

Como por arte de magia, este cobra vida con un zumbido en su mano. Está dispuesta a enfrentarse de una vez por todas al jadeador cuando en la pantalla se ilumina el nombre de Sandra. Responde de inmediato.

—¿Estás bien, cielo? —le pregunta su amiga, riéndose—. ¿Qué has hecho esta vez? ¿Atracar un banco?

Incluso rozar esa ligereza es un alivio.

—Sandra. —Ruth se relaja y se recuesta sobre las almohadas—. Qué alegría saber de ti.

—Pues venga. —Sandra siempre está dispuesta a cotillear y transforma los problemas en diversión—. Cuéntamelo todo. ¿Qué está pasando?

Sandra no se anda con rodeos y Ruth tarda un suspiro en imitar su franqueza.

—Estoy muerta de vergüenza, pero creía que esta vez de verdad había visto algo.

—¿En serio? ¿Y fue otra vez por la noche?

—Sí, por la noche. Sé que tengo que tener cuidado, pero no sé por qué eso me pareció distinto. Fue lo más disparatado que he visto en mi vida. No sería capaz de inventarme algo así. —El aire se hace más denso a su alrededor, como si de pronto la calefacción estuviera a tope—. Por eso nadie me cree.

—Prueba conmigo.

—Es que, bueno... Es demasiado raro. Giles está cabreadísimo por todo este asunto. Me ha hecho ir a ver a todo el equipo médico esta mañana. No sé cómo podremos volver a tener una relación normal.

—No habrá sido para tanto. —Hay interferencias en la línea—. ¿Ruthie? ¿Sigues ahí?

Ella se traga las lágrimas.

—Sí, un momento.

—Puedes contarme lo que quieras, cielo. Prometo no reírme, ¿vale? Puedes contar conmigo. Te vendrá bien soltarlo.

Ruth suspira profundamente.

—A ver, ayer Giles tuvo una pequeña pelea por mi culpa con ese cabrón de la gasolinera. —Sandra se sobresalta, pero ella continúa—: No sé con qué cara presentarme allí de nuevo. De hecho, me han prohibido hacerlo; pero no es lo que parece. Ese tío se puso superagresivo. Giles solo me estaba protegiendo. —Ruth piensa en las primeras casas de la calle, desde las que se ve la explanada, y estruja la funda del edredón con la mano libre—. Aunque puede que tú también lo vieras.

—Pues no. —La voz de Sandra retumba en el teléfono—. Pero, ve al grano, ¿qué es lo que viste?

Ruth aparta las almohadas, que están demasiado mullidas, intimidada por la curiosidad de Sandra.

—Bueno... —dice mientras se frota el muslo con la mano libre, calentando la palma de la mano con la tela vaquera—. Fue hace dos noches. Había varias personas, cuatro o así. Mujeres, creo. Un par de ellas parecían muy jóvenes, casi niñas. —Al otro lado de la línea se hace el silencio; no se oye siquiera la respiración de Sandra—. Estaban en la gasolinera. Era de noche. —Un hilillo de sangre corre por sus vaqueros. Debe de haberse arrancado una cutícula con los dientes sin darse cuenta—. Salieron de un pozo.

—Joder, Ruth. —Se escucha de fondo el llanto de Ian y el sonido se interrumpe como si le hubieran cerrado la puerta—. Menudo disparate.

—No logro quitármelo de la cabeza. Unas veces la imagen de las mujeres trepando hacia el exterior me parece de lo más real y otras me pregunto si la mente me estará engañando. Pero ¿y si es verdad? ¿Y si eran niñas? Alguien debería hacer algo.

—¿Giles también lo vio? ¿Había alguien más allí?

Ruth recuerda a la madre de Liam en la puerta de su patio. «Yo estoy despierta a todas horas y ya las he visto salir más veces». Ha estado confraternizando con la enemiga de su mejor amiga; se ha dejado llevar por las locuras de las que le han advertido y, si lo admite, sospecha que perderá esas charlas con Sandra, que son un salvavidas para ella, por no hablar de las bolsitas de regalos que demuestran el afecto de su amiga.

—No, no lo vio nadie más.

—Escucha, cielo. Liam conoce a los tipos del lavadero de coches. No están haciendo nada raro. Son buena gente.

—Yo no lo tengo tan claro.

—Oye, eres mi amiga, así que puedo decirte esto. —La voz de Sandra se escucha más lejana, como si estuviera cambiando de oreja antes de continuar, esa vez con un tono de voz más contundente—. ¿No te parece que estás siendo un poco racista?

—¿Qué? —Parpadea para contener las lágrimas—. No, claro que no.

—¿De verdad? A ver, no te lo tomes a mal, pero a veces da la impresión de que te crees mejor que el resto de nosotros.

Ruth abre la boca para protestar, consciente de que podría cavar su propia tumba si se queja demasiado, así que sus palabras simplemente se evaporan por la sorpresa. Su mayor temor es que Sandra tenga razón.

Esa noche, mientras Giles y Ruth están tumbados uno al lado del otro, una valla invisible divide el colchón en dos y ella no se atreve a cruzar la línea. La respiración de él se ralentiza hasta convertirse en resoplidos suaves; siempre se duerme con rapidez, sin permitir jamás que el estrés interfiera en sus ocho horas de sueño. Su silueta bajo las sábanas le recuerda a Ruth una tumba que vio una vez en la que un hombre y una mujer yacían esculpidos uno al lado del otro, unidos para siempre, pero sin poder tocarse, inmóviles bajo las cubiertas de piedra.

Ruth ha aprovechado el inesperado tiempo libre que ha tenido durante el día para echar siestecitas, como haría un navegante en solitario, arañando una hora de aquí y otra de allá con el fin de prepararse para el mal tiempo que sin duda está por venir, y el cóctel de fármacos que acaba de tomar ahora no es lo suficientemente fuerte como para dejarla KO. Da vueltas en la cama, cada vez más sedienta. Tiene el vaso de agua vacío porque no se ha atrevido a bajar mientras Giles estaba levantado. Su bolso también está abajo y nunca se siente del todo tranquila si no lo tiene consigo, con las llaves y el dinero dentro, por si tiene que salir huyendo; a dónde, no lo sabe, pero la sensación de que hay algo que va a por ella y a por su bebé nunca la abandona. O puede que lo que va a venir ya esté aquí. La vida era más fácil cuando solo tenía que pensar en sí misma. Ahora que ha invertido en Bess, tiene todas las de perder.

Ruth baja sigilosamente las escaleras hasta el salón, donde una luz tenue se filtra a través de la ventana trasera sin cortinas. Va al fregadero, llena un vaso grande de agua, se lo bebe de un trago y lo vuelve a llenar antes de desplomarse en el sofá en la penumbra. Las pastillas están empezando a relajarla y se permite cerrar los ojos un segundo antes de volver a abrirlos de golpe; no debe quedarse dormida abajo, ¿qué le parecería a Giles por la mañana? Hay latas de cerveza y mandos de la Xbox desperdigados por la mesita de centro y ella levanta los pies, con cuidado de no tirar nada. Liam debe de haberse pasado por allí antes, mientras ella dormía más profundamente de lo que pensaba, porque no lo ha oído. Al menos Giles se habrá desahogado un poco, seguramente por eso está durmiendo tan bien. Solo juega con la Xbox cuando viene Liam; entonces se dedica a gritarle a la tele y se da a la cerveza, intentando ser el tipo de chico con el que sus hermanos habrían querido alternar. Inmediatamente le perdona todo lo sucedido durante el día y siente el deseo de acurrucarse en la espalda de ese hombre que sigue siendo un niño herido, pero le preocupa lo que Sandra pueda haberle transmitido a Liam y lo que este pueda haberle dicho a él. La desazón acompaña a Ruth desde que ha hablado con Sandra; le inquieta que esos prejuicios puedan ser algo innato, que estén arraigados tan profundamente en su interior que ni siquiera sea consciente de que existen. El agua que ha bebido se transforma en una charca revuelta en su estómago.

Se oye un chasquido en el exterior. Se levanta y gira la cabeza para mirar por la ventana. Es una noche oscura. La contaminación lumínica de la ciudad convierte las nubes en algodón de azúcar sucio. Al fondo se distingue la mole del gallinero y al lado hay una forma oscura que Ruth no reconoce. Podría ser el zorro, que por fin ha encontrado su cama, pero la silueta es irregular y está demasiado oscuro como para discernir de qué se trata. De repente, algo se mueve. De debajo del tejado corrugado sale una sombra que se despliega y se convierte en una figura borrosa. Piernas, brazos, cabeza..., la suficiente información en la oscuridad para distinguir la figura esbelta y de estatura media de una mujer joven. Va vestida con prendas flojas, tal vez un chándal, y lleva el pelo escondido bajo un gorro de lana. La figura salta la pequeña valla y entra en el jardín. Lleva puestas unas chanclas —como para congelarse con el tiempo que hace— y rebusca algo por el suelo, probablemente los bordes de las tostadas que Ruth saca para el zorro, pero Giles ha hecho hoy la cena, así que las sobras habrán acabado en el cubo de la basura. Se arrodilla en el sofá mirando hacia el jardín, paralizada por el miedo y el asombro mientras la piel se le eriza como si se produjera una descarga eléctrica en la habitación. Apoya la cara sobre el cristal helado. La chica se abraza las costillas y tiembla. Ruth cierra una mano, con el corazón desbocado, y golpea con los nudillos la ventana. Fuera, la joven se queda inmóvil, mirando a un lado y a otro y luego directamente a ella. Se pone en cuclillas.

Ruth apoya la palma de la mano en el cristal mientras su aliento empaña la ventana.

—No eres real. No puedes ser real —susurra.

La muchacha mira hacia atrás, tal vez esperando que aparezcan otras personas. Su aliento forma nubes en el aire. No viene nadie. Ruth frota el vaho de la ventana y esboza una sonrisa. Frágil y temblorosa, la muchacha se despliega a cámara lenta para ponerse en pie antes de avanzar un poco. Cuando llega a la ventana, pega la palma de la mano a la de Ruth por el lado opuesto del cristal.

—Por favor, vete. —Un sollozo le llena el pecho—. Por favor. Nadie me va a creer. —Su voz es más fuerte de lo que pretendía y las palabras sobresaltan a la sala vacía.

Se eleva un poco más sobre las rodillas demasiado rápido y la chica retrocede de un salto. En un instante, salta la valla y corre por el camino en dirección al callejón sin salida. Ruth aprieta la mejilla contra la ventana mientras la joven se pierde de vista.

No tiene nadie a quien recurrir, nadie que pueda tranquilizarla por lo que puede o no haber visto sin hacer saltar todas las alarmas, y se debate entre la realidad de esa chica desesperada y el miedo a que su enfermedad haya vuelto, posibilidad esta última más atractiva que aceptar que una persona desesperada esté viviendo en su gallinero. La medicación le acaba nublando la mente y se decide por lo más plausible: pensar que, de nuevo, se encuentra en un estado de duermevela, esa zona flexible entre la vigilia y el sueño en la que nada tiene sentido y todo es posible. Todas esas cosas —el grito, la gasolinera, ahora esa chica...— tienen que ser tonterías. Culpa a la anciana de al lado de avivar los rescoldos de su propio cerebro averiado hablándole de gente que está bajo tierra. Eso suponiendo que Ruth la haya oído bien, claro. Lo único que tuvo que hacer ella fue rellenar los huecos de la sugestión, como si de una enfermedad psicógena transmitida entre las dos casas se tratara. Un pliegue de su cerebro ha creado una amiga para llenar sus días solitarios, una especie de magia retorcida de la memoria ha almacenado y reconstruido a su hermana para que vuelva cuando más la necesita.

Ruth se apoya en la pared con una mano para sobreponerse al mareo, dado que el suelo se mueve como si se acabara de bajar de un barco, y espera un momento mientras las paredes de yeso desnudas parecen ondularse con su agotamiento. Luego da media vuelta y sube las escaleras con un paso que revela su falta de sueño, así como su intenso deseo de que esa locura acabe de una vez.

Bess está dormida en la cuna. Ruth levanta a la criatura pequeña y sudorosa para abrazarla. Los párpados translúcidos del bebé se agitan en sueños. En su mente diminuta se están desarrollando historias sin lenguaje tras solo unos cuantos meses de vida. Tal vez esté imaginando al monstruo de su madre como una forma oscura y dominante, un núcleo de desconfianza que aumentará y se desarrollará a medida que crezca. Hay tantas cosas que Ruth tiene que compensar... Eso si es que el daño no está ya hecho. Le besa la frente diminuta a su hija, absorbiendo la perfección de la pequeña, sintiendo una gratitud a la vez inmensa y desconcertante por esa niña sana y tierna, y entonces descubre que no es capaz de moverse. Por fin, sin ningún esfuerzo, se produce la conexión que Ruth tanto anhelaba: está paralizada de amor.

Abraza a su hija, mirándola fijamente, memorizando cada rasgo, cada dedo de las manos y de los pies de ese ser inmaculado que tiene en sus brazos. No soporta volver a dejar a Bess en la cuna y se la lleva a su propio dormitorio, donde enciende la lámpara. Las sombras se repliegan instantáneamente ante la seguridad reconfortante de la electricidad y la joven de fuera queda firmemente relegada a la imaginación de Ruth. Giles refunfuña en sueños y se protege de la luz.

Esa habitación contiene toda su esperanza. Sin esas personas de carne y hueso, no posee nada más que la fantasía. No es posible amar y ser amado cuando se cometen tantos errores.

# 9

Ruth sueña con batidores, individuos que merodean por las vías muertas golpeando los arbustos con palos para espantar a los animales y cazarlos. En su sueño, está en la ventana del cuarto de Bess, que da a la parte de atrás, con su hija en brazos. Observa a los hombres reunidos en un pequeño claro entre los árboles y uno de ellos se agacha para recoger algo escurridizo que no deja de retorcerse. Cuando se pone en pie, Ruth lo reconoce: se trata de Barry, el vecino de al lado. Triunfante, sostiene el zorro por la cola mientras el animal se contorsiona inútilmente patas arriba y chilla como un bebé. Otro hombre lleva un trapo mojado en la mano y golpea con él al zorro en la cabeza. El sonoro chasquido hace que Ruth se despierte, sobresaltada. Tiene el cuerpo empapado en sudor.

El reloj de la mesilla de noche marca las diez de la mañana. La voz grave de Giles se filtra entre las tablas del suelo procedente del piso de abajo, junto con el tono más agudo del balbuceo de Bess. Se enrosca en la bata de casa y va a la habitación de su hija para echar un vistazo a las vías muertas. Echa las cortinas a un lado. La luz del día invade la oscuridad del cuarto y ella se abraza con fuerza a la bata, esperando a que los residuos del sueño se desvanezcan.

Es demasiado pronto para que los antidepresivos estén haciendo efecto, pero después de haber dormido una noche entera la preocupación de Ruth empieza a disiparse. Abajo, en el jardín, hay un mar de juguetes de plástico deteriorados y, más allá, el gallinero sigue siendo el mismo mamotreto feo de siempre. Solo hay madera, alambres y basura. Nadie salió de él anoche. La gente no vive en gallineros, como tampoco sale de agujeros del suelo ni está emparedada en huecos bajo las escaleras. Ruth se da unas palmaditas en las mejillas para espantar los últimos miedos nocturnos de su cuerpo, deseando que no fuera necesario esforzarse tanto para autoconvencerse de que su desvarío era simplemente eso.

El hogar de Ruth y Giles forma parte de la única hilera de casas adosadas de la calle, ya que por la acera de enfrente discurre un seto. Las ciento y pico viviendas están numeradas de forma consecutiva y ella vive en el 39, que está más o menos en el primer tercio de la calle, al lado de uno de los escasos callejones que dan a los jardines traseros. Desde el primer piso de su casa ve perfectamente las parcelas de sus vecinos de al lado, sobre todo la de la madre de Liam, que vive en el siguiente adosado al otro lado del callejón. Una valla hasta la cintura delimita el jardín trasero de la mujer.

Desde que la policía pasó por allí hace un par de días, Ruth no ha vuelto a ver a su vecina, pero esa mañana, después de vestirse, recoge una bolsa de pañales de la habitación de Bess y echa un vistazo al exterior. El jardín de la mujer está lleno de ropa recién lavada sujeta con pinzas a las cuerdas de un tendedero. Hileras de pantalones beis y forros polares ondean bajo la luz débil del sol. Metros de medias gruesas se balancean junto a blusas de color verde pálido. La señorita Cailleach lleva esa misma ropa cuando pasa por delante de la casa de Ruth todos los días de camino a las tiendas, con el pelo recogido en ese moño enmarañado al pie de su curioso sombrero de fieltro. Es su uniforme tímido, su camuflaje de tonos medios marrones verdoso. La mayoría de los viernes hace la colada, a menos que llueva, y el hecho de que tenga un día para hacerla la convierte en una persona más mayor de lo que Ruth hubiera imaginado, equiparándola con su abuela, que solía reservar un día para cada tarea: los martes, para limpiar el polvo; los miércoles, para hacer bizcochos… Ruth también se ha dejado llevar por esa tendencia doméstica, lo que la hace retroceder a una época en la que el trabajo de las mujeres estaba condicionado por el pequeño universo que se les permitía habitar.

Se oye un portazo y la señorita Cailleach saca otro cargamento al jardín trasero. Un color más vivo se mezcla hoy con los beis habituales mientras la mujer tiende la ropa.

Lleva puesto un kimono rojo estampado con flores y pájaros de colores, como si fuera disfrazada. La prenda tiene un par de sietes, pero incluso desde la distancia a la que se encuentra Ruth se percibe la suntuosidad del tejido; la forma en la que las amplias mangas se balancean y se pliegan revela su peso y su autenticidad; no es la típica imitación de tienda barata. Además, para variar, la anciana lleva el pelo suelto. Sobre la espalda le caen unos mechones largos de cabello gris, que el viento agita como marionetas movidas por hilos invisibles. La mujer se inclina para coger otra pieza de ropa con movimientos torpes, como si tuviera arena en las articulaciones, y, cuando acaba de colgar la última prenda en la cuerda, saca la cámara de la cesta de la colada y se echa la correa al cuello. Cruza el sendero en dirección a su huerta, examina el comedero de pájaros de varios pisos para ver si tiene semillas y vacía una de las bandejas de agua para volver a llenarla con una regadera. Después, acerca el ojo al visor de la cámara y mueve el largo objetivo por los árboles de las vías muertas, tal vez en busca de los pájaros que ha echado del huerto. Mueve los labios: está hablando sola. El aire gélido se cuela en la habitación en la que se encuentra ella y un escalofrío la recorre veloz de pies a cabeza. Entonces la señorita Cailleach se gira y apunta con la cámara directamente hacia la ventana de Bess. Ruth se oculta rápidamente entre la penumbra del cuarto.

Habría sido tan reconfortante para tener a alguien agradable cerca… Pero a los disparates que dice la vecina y al hecho de que haya fingido que no sabe nada ante la policía —una traición que le sentaría peor si la lógica no le dijera que, probablemente, ella no la había entendido bien— hay que sumar la aversión vehemente de Sandra y Liam hacia esa mujer, lo cual ya es suficiente advertencia, porque ¿quién la va a conocer mejor que su familia? Mejor mantenerse alejada, asentir con una sonrisa y olvidarse de las charlas a través de la puerta del patio. Ruth ya ha aprendido por las malas que en Londres nadie espera que seas buen vecino.

Más tarde, esa misma mañana, está en el patio delantero cortando las plantas muertas y arrancando montones de colas de caballo desgreñadas. La llovizna le humedece la cara, pero se niega a rendirse, porque el aire fresco es como un bálsamo para ella. Su intención es pasar allí fuera todo el tiempo posible, con el vigilabebés sujeto al cinturón, mientras Bess duerme. Giles está a la espera de una teleconferencia y cuanta menos ayuda tenga que pedirle más competente se sentirá.

Un hombre pasa andando por la acera. Por su arrogancia resuelta, Ruth sabe que se trata de Liam incluso antes de verle la cara. Este la saluda con la cabeza mientras se acerca. Ella responde con un tímido «Hola»; se le caen las tijeras de podar que lleva en la mano e intenta volver a recogerlas a tientas. Se prepara, aunque no sabe muy bien para qué. Por suerte, él pasa rápidamente por delante de ella y sigue hacia el portón de su madre, sin mirar atrás. Hoy no está de humor para cortesías ni para cháchara s, aunque rara vez lo está. Ruth casi admira su desprecio por los convencionalismos sociales, el hecho de que sea tan independiente que le dé igual lo que opinen los demás, aunque en el fondo su mala educación la exaspera. «Seguro que la culpa es de su madre», piensa. Corta una ramita nudosa, molesta consigo misma por ese acto reflejo de señalar a los demás con el dedo, del que ella también ha sido víctima, pero el comportamiento de Liam es de los que están bien enraizados; lo que te enseñan o dejan de enseñarte durante la infancia acaba afectando a todos los que te rodean y Ruth debería saberlo. Pobre Sandra, tener que soportar esa hosquedad y el empeño de Liam por mantener a su pequeña familia unida e impedir que nadie más entre en ella.

A través de la celosía desnuda, ve entrar a Liam en el patio de su madre. Llama al timbre. La puerta se abre. Ella está podando un arbusto cercano al portón del patio, desde donde ve en diagonal la puerta de la vecina. La madre de Liam sale al jardín con el pelo nuevamente recogido en un moño y vestida otra vez con los pantalones de tela y el forro polar de tonos neutros. Se ha acumulado abundante condensación en la ventana delantera, donde las cortinas permanecen cerradas. Por lo general, Ruth ve hasta la ventana trasera de su vecina a través de ella y se imagina su montaña de ropa monocroma, que habrá tenido que meter dentro por la lluvia, humeando sobre los radiadores, en la oscuridad.

La señorita Cailleach rodea con los brazos a su hijo. Es un abrazo intenso, auténtico. Él aproxima ligeramente los brazos a los costados de su madre y se produce un pequeño forcejeo cuando él intenta zafarse y ella lo sigue agarrando. Liam se hace a un lado y ella aleja los brazos. Él intenta entrar en la casa, pero su madre le pone las palmas sobre el pecho. Liam suele entrar directamente cuando va a visitarla y hoy podría haber irrumpido perfectamente en la casa a la fuerza, así que algo debe de respetar a su madre, aunque sea muy a su pesar. Se oye un murmullo de voces: la de Liam es atronadora, grave y puntualmente agresiva y la de la mujer es un runrún monótono. Ruth inclina una oreja en dirección hacia ellos, como si esos pocos milímetros pudieran ayudarle a oír lo que están diciendo.

Recuerda que, cuando ella y Giles conocieron a Sandra y a Liam, la voz grave de este le resultó atractiva. Un día, Ruth preparó una cena para todos; los cuatro amigos estaban sentados alrededor de la mesa: las dos mujeres, embarazadísimas y los hombres, degustando una botella de brandy. La mandíbula de Liam, perfectamente afeitada y angulosa como la de un modelo, había perdido su rigidez mientras le daba vueltas a un vaso en la mano y se desinhibía con la bebida. «Nos mudamos desde Glasgow a este basurero cuando tenía siete años», dijo él cuando salió el tema de la infancia, con una sonrisa que más bien parecía una arruga de resignación a un lado de la cara. «No habría estado tan mal si mi madre me hubiera dejado seguir en contacto con mi viejo, pero cortó de raíz con todo el mundo. Aunque ese cabrón inútil tampoco se esforzó mucho en impedir que me fuera». Liam se bebió de golpe la copa e hizo una mueca de dolor por la intensidad de aquel trago único, un dolor que al parecer cumplió su propósito. «Todos estos años he intentado portarme bien con ella, pero es insoportable. Hay que hacerlo todo a su manera. Y tiene la casa llena de cachivaches que cree que la van a curar. Me encantaría tirarlo todo a la basura». Tenía los nudillos blancos alrededor del cristal. «San cree que me vendría bien expulsar a mi madre de mi vida de una vez por todas, pero no está bien y alguien tiene que cuidarla». Sandra lo miró con sus pestañas espesas, que acentuaban la inquietud de sus ojos, y de inmediato Liam se encogió de hombros y se recostó en la silla antes de cruzarse de brazos y mirar hacia el techo. Había hablado de más, había profundizado demasiado y no le quedaba otra que fingir que le daba igual. Sandra tenía el ceño fruncido. «Tú lo has dicho, "cari". Ella no piensa en qué es lo mejor para ti y tampoco será buena para nuestro hijo, a juzgar por cómo te crio». Sandra le acarició el brazo a Liam. «El "peque" y yo somos ahora tu familia; ya no la necesitas. De todos modos, ahora que estamos casados, es oficial: eres todo mío», dijo Sandra, guiñándole un ojo. Ruth se puso tensa, temiéndose una reacción adversa por parte de él, pero este se inclinó hacia delante y besó a Sandra en la boca. Los labios de la pareja se quedaron pegados unos segundos más de lo necesario y Ruth y Giles bajaron la vista hacia los platos sucios de la mesa antes de acabar mirándose y compartir una mueca. Aunque el momento le resultó incómodo, experimentó una sensación inapropiada cercana a los celos por ser incapaz de inspirarle a Giles esa pasión ciega e implacable. La forma en la que Giles la quería siempre le había parecido suficiente, pero, al toparse con esa dedicación absoluta, no pudo evitar hacer comparaciones. «Somos almas gemelas», dijo Sandra mientras la pareja se separaba y sus labios emitían un sonido húmedo. Su voz era aguda y suave, lo que le confería una gran fragilidad, y Ruth se preguntó si se sentiría forzada a decirle esas cosas a Liam para seguir teniéndolo en el bote. «Liam haría cualquier cosa por mí, ¿verdad, "cari"?».

Solo era la tercera vez que se reunían todos y eso fue mucho antes del duro golpe de la enfermedad de Ruth. Esas reuniones sociales esporádicas previas al nacimiento de los bebés eran como una especie de citas rápidas de las que todos eran cómplices, silenciosamente conscientes de que hacer amigos en esa etapa de la vida podía ser difícil. Que Liam se abriera fue un halago y la buena sintonía resultó contagiosa. Ella también se sinceró con ellos, confiándoles partes de su vida que ahora desearía que no conocieran, problemas que podrían añadir munición al arsenal de Liam contra ella. En su adolescencia había luchado contra la depresión y durante un breve período de tiempo había estado hospitalizada. «Bueno, solo fue un problema técnico», añadió Ruth de inmediato, al darse cuenta de que Liam se ponía tenso. «Perdí a mi hermana. Bueno, murió. Es decir, nunca encontramos su cuerpo porque se ahogó, así que me llevó mucho tiempo superarlo. Estuve hecha polvo una temporada. Hacía todo lo posible para anestesiar el dolor». De no haber estado embarazada, le habría dado un buen trago al vaso de coñac de Giles. «Tam tenía una personalidad arrolladora, era brillante en todo: era una alumna ejemplar, jugaba al fútbol, tenía un montón de amigos... Estaba destinada a llegar lejos. Mis padres se sentían orgullosísimos de ella y nunca superaron su pérdida. Aunque eso es normal, ¿no? Yo no fui capaz ni de empezar a llenar el vacío que ella dejó». Ruth se dio cuenta de que todos la estaban mirando e intentó suavizar sus palabras. «Aunque no estaba celosa; la quería tanto como ellos y me quedé tan destrozada como todos. Cuando Tam se marchó, fue como si renunciáramos los unos a los otros, como si perdiéramos el pegamento que nos hacía fuertes». Bebió un trago de agua helada. «A mamá y a papá les faltaba decirme directamente que nunca me perdonarían por la pérdida de Tam». Se interrumpió ahí, no quiso profundizar más en ese sentimiento de culpa que siempre la atenazaría. Por debajo de la mesa, le agarró la mano a Giles y siguió hablando, más con el suelo que con cualquiera de los presentes. «Hace casi un año que mi madre murió. Fue triste, por supuesto, pero después de lo sucedido ya no estábamos tan unidas. Mi padre se volvió a casar y ahora vive en el extranjero». Giles le devolvió el apretón de manos, aunque Ruth supo que seguramente le estaba haciendo daño, y su marido la salvó interviniendo para contar su propio drama familiar: fue una sorpresa tardía para sus padres, un descuido en el extremo equivocado de la edad fértil. «Mis hermanos se metían conmigo. Me llamaban "esnob". Nunca me dejaban ir con ellos porque decían que no querían cargar con esa responsabilidad». Giles arañó con el cuchillo su plato sucio. «Cuando se fueron de casa fue como si mis padres empezaran a hacer las cosas por inercia. ¡Supongo que cuatro hijos te dejan agotado, claro!», bromeó. «No es que fueran crueles conmigo ni nada de eso, pero, ahora que lo pienso, mi infancia fue bastante triste. Estaba deseando marcharme». Se le quebró un poco la voz, algo que probablemente solo Ruth notó, y Giles lo disimuló aclarándose la garganta. «Mis padres viven a unas cuatro horas en coche de aquí y, bueno, parece bastarles la postal que les mando por Navidad». Se volvió hacia su mujer con los ojos brillantes, como si acabara de refrescárselos con agua de mar. «Somos un par de adultos huérfanos, ¿verdad?». Sandra se inclinó sobre la mesa. «Pues, entonces, creo que todos tenemos mucho en común».

Ruth sigue trabajando en el jardín unos minutos más, observando el enfrentamiento entre Liam y su madre en el umbral de la puerta e intentando interpretar su lenguaje corporal. Le cuesta imaginarse a ese mismo hombre hace meses, compartiendo algunos de sus sentimientos más íntimos en su mesa del comedor. Ahora que lo piensa, cae en la cuenta de que solo Sandra se guardó sus confidencias ese día. Probablemente, y con mucho tino, intuyó que no era el entorno más adecuado para abrirse. De todos modos, Ruth conocía la mayoría de sus secretos desde las primeras semanas que habían empezado a quedar, cuando parecía que esta estaba en un confesionario, aireando toda su mierda abiertamente por si a Ruth le quedaba alguna duda, y esta se encariñó al momento de esa mujer que, bajo su superficie prístina, parecía vulnerable y necesitada de apoyo. Lo irónico es que haya sido ella la que haya acabado apoyándose tanto en Sandra. Una vez, durante esos primeros días, esta se echó a llorar al contarle que su padre había fallecido mientras cumplía condena. «Me llamaba "princesita", siempre estaba pendiente de mí, sobre todo cuando las cosas se complicaban con mamá en casa». Esa fue la única vez que Ruth vio a Sandra con el maquillaje corrido. «En mi opinión, el cabrón de ahí arriba que reparte los infartos se equivocó de padre». Sin embargo, en la mesa del comedor de la casa de Ruth, Sandra prefirió ser generosa en lugar de compartir sus propios secretos y sonsacó con maestría a sus amigos asintiendo comprensivamente y conteniendo la respiración en los momentos culminantes de las historias, haciendo que Ruth se sintiera respaldada. Ojalá ella pudiera ser más como Sandra, más como era antes: más segura y menos transparente.

Liam levanta los brazos y de nuevo intenta entrar en la casa de su madre. Esa vez se pone a gritar y a ella no le cuesta nada oírlo.

—¿Por qué no puedo entrar? Es la primera vez que me haces esto.

La señorita Cailleach le da la espalda, se mete en casa y cierra la puerta tras ella.

Liam se queda allí plantado, mirando fijamente la puerta, como si pudiera hacer un agujero en ella con los ojos. Tiene los brazos en jarras, lo que ensancha su torso tonificado, en un gesto más de desafío que de rechazo. Entonces la puerta vuelve a abrirse y su madre sale al jardín con un par de sobres marrones acolchados y una o dos cajas: las piezas de ordenador que Liam hace que le envíen a ella porque él está casi todo el tiempo arreglando aparatos electrónicos en casa de sus clientes. Ella se los entrega, le acaricia el brazo antes de volver a abrazarlo y trastabilla un poco cuando él la aparta. Por lo que está viendo, en lugar de la matriarca obstinada que le han hecho creer que es, su vecina parece más una anciana solitaria a quien su hijo lleva años tratando mal.

El viento revuelve el pelo de Ruth. Sin darse cuenta, se le han quedado las manos dormidas. Tiene las uñas azules, la piel arrugada, blanca y sin sangre, y los pies como piedras dentro de las botas. Recoge las herramientas lo mejor que puede con sus dedos inútiles al tiempo que el vigilabebés pita en su cinturón: se le ha acabado el tiempo. Se repliega hacia la puerta delantera mientras Liam sale hecho una furia del patio de su madre. Esta vez no establece contacto visual con ella.

Una vez en el piso de arriba, saca a Bess de la cuna. La pequeña tiene marcas de las sábanas en las mejillas y Ruth la abraza con fuerza, inhalando su olor mientras la lleva al dormitorio de la parte delantera. Hubo un tiempo en el que la madre de Liam cuidó así a su propio hijo, sin imaginar que un día él la despreciaría tanto. Fuera, la señorita Cailleach está en la cancela del patio viendo alejarse a Liam, con varios mechones de pelo sueltos en el moño, como si se lo hubiera hecho a toda prisa.

Giles está probando otra técnica de destete, que consiste en dejar que Bess coma sola, y ella aplasta trocitos de porciones diminutas de comida en la bandeja de la trona. Los intereses gastronómicos de la pequeña se reducen a los carbohidratos blandos de color beis: pan, pasta y patatas, y la familia adapta el menú a su miembro más reciente, lo que hace que la comida sea aburrida y pesada. A ese paso, Ruth se pondrá como un tonel, pero como Giles está al mando hacer otra comida para ella supondría un problema. Además, parece que la medicación adicional hace que ese tema le preocupe menos. Su pequeña muerde bocaditos de comida de tamaño hormiga, se embadurna la cara con el resto y tira lo que queda al suelo. Giles se sienta con ellas a comer y pincha los alimentos en silencio, pensando en el trabajo, rompiendo solo su mutismo de vez en cuando para hacer el avión con la comida de Bess y animarla a ingerir algo. Ella abre la boquita obedientemente, como pocas veces hace con Ruth. En cuanto Giles acaba, se lleva el ordenador arriba, a la cámara de descompresión del dormitorio, donde está a mano por si ella lo necesita y preparado para darle la medicación.

Llaman a la puerta. Es un mensajero con un paquete.

—¿Puede guardar esto para su vecina? —le pregunta el hombre—. No está en casa.

Ruth comprueba la dirección del envío. Por una vez, está dirigido a la señorita Cailleach, no al Sr. Smith. Es un apellido tan peculiar que es imposible no quedarse con él, pero quiere tener el trato justo con la excéntrica madre de Liam. Mira más allá del repartidor, a ver si pasa alguien. No hay nadie a la vista.

—Lo siento —se excusa—, pero no tengo trato con ella. ¿No puede dejárselo a otro vecino?

El hombre ladea la cabeza, frunciendo el ceño. Suspira.

—Vale.

—¿¡Quién ha llamado a la puerta!? —grita Giles desde arriba.

—Nadie —responde Ruth; al mensajero le brillan los ojos de rabia—. Bueno... Quiero decir que solo es un paquete. —Es incapaz de mirarlo a la cara—. Perdón, me refería a que no era nadie conocido.

El hombre empieza a meter el envío en el saco, pero ella extiende la mano y se lo arrebata.

—Vale, está bien. Me lo quedo. Disculpe. —Él la mira con los ojos entornados mientras ella se precipita hacia delante—. Es que me parecía que no tendría tiempo. Tengo un bebé, ¿sabe? Y no estoy muy bien últimamente. —«Demasiada información», se dice a sí misma. «Y deja de disculparte ante desconocidos».

El mensajero le entrega el paquete. Ella vuelve a entrar en casa, estrujándolo entre los dedos. Es un sobre acolchado de tamaño A5, ligero y realmente intrigante. Lo deja sobre la encimera de la cocina para que Giles se haga cargo de él más tarde.

Ruth pone a Bess en la alfombra de juegos. La pequeña levanta la vista hacia su madre, con las mejillas sonrosadas y brillantes. Solo han pasado un par de días, pero parece que está empezando a ganar peso, ahora que tiene a Giles cerca para alimentarla. Le hace unas cuantas fotos a la niña con el móvil, con intención de guardarlas después en el portátil y añadirlas a la carpeta que dice «Bessie», la prueba de que mamá y el bebé existen y que además confirma que Ruth está progresando y que algún día se pondrá bien. Le dedica una amplia sonrisa a su precioso bebé, con la esperanza de mostrarle un espejo diferente al de los ceños fruncidos y las lágrimas habituales. La niña le devuelve una mirada inquisitiva, como si esa expresión fuera desconocida para ella.

—Lo siento mucho, cariño —dice, con el corazón rebosante de amor, antes de besarle la carita suave al bebé—. Te mereces algo mucho mejor.

¿Qué daños presentará la Bess adulta? Tal vez le resulte difícil hacer amigos o conectar con la alegría. El principal temor de Ruth siempre ha sido que su pésima crianza le haga perder a Bess, pero tal vez esta y Giles estarían mejor sin ella, si saliera un día tranquilamente por la puerta para coger un tren hasta el final de la línea y desde allí se dirigiera hacia el mar, para adentrarse en él desde la orilla hasta que el agua le cubriera la cabeza, cada vez a mayor profundidad, hasta que no existiera nada más que un vasto océano negro hermosamente silencioso. ¿Qué la detiene?

Al final de ese día invernal, cuando solo queda una hora de luz en el cielo, arropa a Bess y la prepara para sentarla con ella en el patio delantero mientras sigue podando y sembrando los bancales. El bebé no se resiste ni llora y el placer que encuentra la madre en esos minutos de tranquilidad vale su peso en oro. Levanta las ruedas de la sillita para saltar por encima del umbral y, justo entonces, la señorita Cailleach pasa por la acera con su carrito de la compra. Ruth vuelve a entrar en casa. Tiene tanta prisa por esconderse que choca contra la encimera de la cocina que está detrás de ella y tira una sartén sucia, que cae estrepitosamente al suelo.

Giles grita desde el piso de arriba.

—¿¡Todo bien, Ruth!?

Esta intenta cerrar la puerta por delante de la sillita, pero el espacio es pequeño y la puerta continúa abierta de par en par. Giles baja las escaleras con pisadas fuertes.

—¿Ruth?

La vecina entra en su propio patio delantero y se queda mirándola mientras aquella batalla en la cocina.

—Estoy bien, solo se me ha caído una sartén —explica mientras mete el carrito dentro y cierra la puerta.

—¿A dónde vas? —le pregunta Giles—. ¿Necesitas comprar algo? Estoy acabando de hacer unas llamadas. Si esperas un momento, te acompaño.

—Solo estaba... —Ruth mira fijamente el patio frío y marchito. Su plan de limpiar su parcelita no tiene sentido con ese tiempo. El hecho de tener un bebé le ha quitado muchas opciones, pero al frío glacial hay que sumarle que se encuentra bajo arresto domiciliario. Todo el mundo, incluida ella misma, anda con pies de plomo en lo que se refiere a su capacidad de ser remotamente independiente. Necesita urgentemente una excusa para sentir el aire en la cara—. Tengo un paquete —declara, levantando el sobre que ha dejado el mensajero, como si hubiera ganado un premio—. Para la vecina. Iba a llevárselo.

Giles mira hacia el otro lado del callejón, esbozando una sonrisa. La señorita Cailleach ya ha entrado.

—¿Para quién? ¿Para la madre de Liam?

—No tardaré mucho.

—Vale. —Giles arrastra las sílabas, preocupado. En su mente, hace cálculos invisibles—. ¿Voy contigo?

—¡Giles! ¡Si es ahí al lado!

—Pero no es un contacto muy seguro para ti. ¿No te había dicho algo de la gasolinera?

Ruth baja el paquete, con la articulación del hombro todavía un poco dolorida por el tirón de brazo que le dio el hombre hace dos días.

—Fue un malentendido, ¿recuerdas? La motosierra hacía muchísimo ruido —murmura, mirando hacia el suelo.

Hasta el mero hecho de repetirlo le ayuda a convencerse de que esa es la verdad.

—¿En serio? —dice él; ella tiene claro por la forma en la que Giles se inclina hacia delante, muerto de preocupación, que quiere decirle que no—. Bueno..., no sé. —Pero está intentando ser justo, lo sabe. Dejarla salir sola sería romper las reglas.

—Está claro que es un poco rara. ¿Recuerdas lo que Liam nos contó sobre ella?

Ruth suspira y arroja el sobre a la encimera. Deja caer los hombros y baja la cabeza.

Un gruñido sale de las profundidades de la garganta de Giles.

—Mmm... —Sus cuerdas vocales están calentando—. Bueno, está bien. Pero que no te líe con ninguna tontería.

Y mejor deja a Bess aquí, ¿vale? Y vuelve directamente a casa.

—Sí —responde ella, más contenta de lo que pretendía—. Lo haré.

Coge el paquete, pasa apresuradamente por delante de su marido y se pone a desenganchar a Bess. Camina desde su puerta hasta el jardín de la vecina, un tanto excitada por estar yendo sola más allá del portón. El patio de la casa de al lado es un fiel reflejo del suyo, solo que con una distribución y plantas distintas, como si hubiera cruzado a través del espejo. Va hacia la puerta de la vecina, que, al igual que la suya, tiene el tercio superior de cristal, solo que en su caso está protegido por una cortina gruesa de la misma tela que la de la ventana delantera, que sigue estancada sobre el alféizar húmedo.

Ruth llama a la puerta. Al otro lado, la vecina aparta la cortina y la mira con cara de desconfianza. La cortina cae y la puerta sigue cerrada. Sin saber si llamar de nuevo o volverse a casa, lucha contra la vergüenza de ser una visita no deseada. Acerca los nudillos al cristal una vez más, pero entonces se oye el ruido de una cadena y la puerta se abre. A la vecina se le ha soltado el pelo del moño. Los mechones plateados y blancos le caen sobre los hombros.

Una sonrisa se dibuja en el rostro de la señorita Cailleach.

—Bienvenida.

Ruth le muestra el paquete para ocultar su repentina timidez.

—Ha llegado esto para usted mientras estaba fuera.

La vecina se hace a un lado.

—Gracias. Por favor, pasa.

—No, gracias, de verdad, aquí tiene —dice ella, tendiéndole el paquete desde un brazo de distancia.

La señorita Cailleach coge el sobre y le echa un vistazo rápido.

—Ay, sí, este es para mí. Para variar, ¿verdad? —La anciana sonríe y lo deja sobre la encimera de la cocina, al lado de la cámara fotográfica. De cerca, el cuerpo de la máquina parece un ladrillo maltrecho y el largo objetivo también presenta varias abolladuras, como si se tratara del recuerdo de un reportero de guerra. En su fuero interno, Ruth se burla de ese armatoste anticuado; sería mucho más fácil utilizar un teléfono, pero imagina que ese tipo de tecnología está fuera del alcance de su vecina. La mujer sigue sonriendo—. Vamos, pasa —dice con su meloso acento escocés desde el fregadero, donde ya está llenando la tetera, aunque la puerta sigue abierta de par en par y el calor se está escapando—. ¿No te enseñaron a cerrar la puerta de pequeña o qué?

Ruth entra y su vecina cierra la puerta tras ella. Las estanterías abiertas de la pequeña cocina están repletas de loza desparejada, así como de tarros de legumbres y especias. Un montón de libros de cocina ajados ocupan casi todo el espacio de la encimera y del techo cuelgan manojos de hierbas secas atadas con bramante. La habitación apesta a vinagre, como si se le hubiera derramado una botella. Sin su bebé, Ruth no sabe qué hacer con las manos.

—¿Puedo invitarte a un té? —le pregunta la mujer.

—Ah, vale. Uno normal, cargado y con mucho azúcar, por favor.

—Ponte cómoda. —La señorita Cailleach señala el salón—. No tardará mucho en hacerse.

En la sala hace un calor asfixiante. Ruth empieza a sudar bajo las capas de ropa y se desabrocha el abrigo, pero no se lo quita. En la pared hay unas cuantas fotos de pájaros enmarcadas, de calidad no profesional, probablemente hechas con la cámara de la cocina. Las otras tres paredes están repletas de espejos que se suman a los que hay sobre el suelo de madera pulida y los escasos rayos del sol vespertino que se cuelan por la ventana del fondo rebotan en las superficies reflectantes, iluminando la habitación y ampliando el espacio más allá de su tamaño. Un sofá de madera clara y dos sillas tapizadas con motivos geométricos rodean una mesa de centro baja de cristal y el resto del suelo y el alféizar están llenos de plantas: suculentas, cactus y algunos helechos algo más altos, con las hojas resplandecientes de salud. En la repisa de la chimenea hay un par de adornos en forma de estrella hechos con ramitas, probablemente las que la señorita Cailleach recoge en su huerta, y relegada en una esquina se encuentra una especie de mesa de manualidades con cuerdas, tijeras y escalpelos. Sobre ella hay otro círculo de ramitas con unas plumas. Ruth nota un aroma cálido y herbal en la garganta: se trata de un olor conocido, pero no desagradable, parecido al del incienso, aunque más potente. Todo lo demás, la configuración de las paredes y las puertas, es igual que en su casa, solo que dispuesto en sentido contrario. Resulta familiar pero diferente, como cuando vuelves a una segunda vivienda. Se oye el silbido de la tetera sobre el fogón, seguido por el tintineo de una cucharilla en la porcelana. Esos ruidos hogareños se instalan dentro de ella y la transportan a una época más simple en la que era pequeña, estaba bien cuidada y solo tenía que pensar en divertirse con su hermana haciendo guaridas en las literas o hablando en ese idioma tan divertido que se habían inventado y que usaban para sacar de quicio a su madre. A Ruth le fallan las rodillas y se aproxima al sofá.

—¡No seas tímida! —le grita la mujer desde la cocina—. Siéntate.

Ella se deja caer de inmediato, sintiéndose culpable por estar traicionando a Sandra y a la vez molesta por haberse dejado seducir tan fácilmente por la comodidad. Sus músculos faciales se han relajado en una sonrisa, una elasticidad que le resulta agradable, y la invade el recuerdo de una versión diferente de sí misma: tranquila, pero a la vez curiosa y dulcemente confiada, como solía ser antes, cercana pero esquiva. Se quita el abrigo mientras la señorita Cailleach le ofrece una taza con hojas flotando en la superficie.

—Lo siento —se excusa la mujer—. Me he quedado sin té normal. Solo me queda del blanco. —La mujer tiene las manos marcadas por las manchas solares características de la generación anterior al protector solar. Ya debía de ser mayor cuando tuvo a Liam—. De todos modos, no parece que te venga mal cuidarte un poco.

La madre de Liam tiene los ojos amarillentos, las mejillas hundidas y la piel de la papada flácida, pero, bajo la superficie, la estructura de su rostro es muy pronunciada. Ahí, en su casa, donde puede ser ella misma, la elevación de su cabeza posee el encanto de la belleza, no tiene nada que ver con la anciana que ella ha visto hasta ahora. La mujer se sienta en la silla de enfrente y le sonríe; a Ruth le complace ese gesto fugaz y mira hacia el suelo para ocultar la alegría que le causa ese detalle amable carente de la preocupación habitual. Se advierte a sí misma que debe permanecer alerta, pues no ha olvidado por completo lo que le dijo la anciana el otro día, fuera lo que fuera, aunque de todas las medicinas que ha probado esa ha sido la que ha tenido un efecto más inmediato y gratificante, que ella recuerde. Aleja con unos soplidos el vapor del té, que está demasiado caliente, mientras concluye que ese no es el día apropiado para importunar a esa mujer con lo que muy probablemente será un problema de salud mental propio.

—Me llamo Frieda, por cierto. Me alegro de conocerte oficialmente, por fin.

—Ah, sí. Ya. Yo soy Ruth.

—¿Y tu bebé?

—Se llama Bess. Bessie. Tiene seis meses.

—Es una monada. Un angelito. —Frieda sostiene la taza hirviendo entre las manos, como solía hacer su madre. Decía que tenía «manos de amianto», curtidas por años de trabajo doméstico—. Aunque no es fácil, ¿verdad? —añade Frieda—. Sobre todo si eres sensible, como tú. En mi época tampoco lo entendía nadie. Estaban todo el día metiéndose en mis asuntos, diciéndome que no era una buena madre, pero con el tiempo aprendes a pasar desapercibida.

Ruth sonríe confusa, sin tener muy claro cuál es la respuesta correcta a esa revelación tan repentina e íntima de la mujer.

—Ya...

—¿Has recibido el regalo que te dejé en el buzón para la pequeñina?

Ruth se fija en la mesa de manualidades y en el atrapasueños a medio hacer. Cómo no.

—¿Era suyo? No me di cuenta. No había ninguna tarjeta.

—Los regalos es mejor darlos sin que tengan que agradecértelos.

—Es verdad. Pues gracias de todos modos.

—No tienes por qué dármelas, mujer. Fue un placer.

Ruth traga saliva.

Frieda sigue hablando.

—Bueno, ¿te gusta vivir en esta calle?

—No está mal, supongo. Empiezo a acostumbrarme. —Está tan habituada a que su ansiedad se lleve lo mejor de ella que le sorprende darse cuenta de que se siente relativamente tranquila a pesar de estar con una persona desconocida y bastante rara. Puede que los antidepresivos estén funcionando, después de todo. Sin duda, están atenuando el insomnio crónico que la traía de cabeza. Los cojines del sofá son grandes y suaves y Ruth se recuesta sobre ellos. El doble acristalamiento amortigua los sonidos de la calle y el tictac suave de un reloj la envuelve en su hipnótica certeza. No hay nada que desee más que tumbarse en ese sofá, acurrucarse y quedarse dormida al instante—. Es que... —Combate la pesadez repentina de su cuerpo con un gran sorbo de té. El líquido le abrasa la lengua.

Frieda continúa sentada, prestando atención, y espera pacientemente a que Ruth continúe.

—¿Sí?

—Bueno, para empezar, nadie encuentra la casa cuando viene de visita. Supongo que queda un poco a desmano.

—La energía puede despistar a la gente. Las casas en sí son buenas, pero no las tierras sobre las que están construidas.

—¿En serio? ¿A qué se refiere?

La vecina se inclina hacia delante y empieza a hablar en voz baja.

—Han pasado muchas cosas aquí a lo largo de los años, justo debajo de nuestros pies —asegura, mirándola a los ojos—. Y no todas buenas.

El sofá de Ruth se inclina un poco y esta se agarra al cojín con la mano libre antes de darse cuenta de que la alteración gravitatoria está en su cabeza. Es el mismo desequilibrio que experimentó en la puerta la última vez que habló con Frieda, pero en lugar de hacer caso a esa señal de aviso se acerca más a su vecina, como si se tratara de una película de terror que no puede dejar de ver.

—¿En qué sentido?

—Hace años, donde estamos sentadas ahora, había bosques. Los salteadores de caminos acechaban a sus víctimas.

—Mi marido me ha hablado de eso.

—¿Los sientes? —La señorita Cailleach baja la taza—. Ese tipo de maldad se queda atascada, como la grasa fría en un desagüe.

Ruth endereza la espalda.

—No, yo no... No puedo.

El té le salpica los nudillos; así de efímera es su tranquilidad. Aprieta los dientes hasta que le duele la mandíbula.

La mujer esboza una sonrisa débil antes de apartar la mirada, como si estuviera tachándola de su equipo.

—Bah, no me hagas caso, siempre hablo de más. Le digo a la gente cosas que no quiere oír —comenta; aunque tiene las comisuras de los labios curvadas hacia abajo, intenta aparentar jovialidad, algo que podría ser un indicio de la dureza de la que hablaba Liam—. «Demasiada palabrería», como me suele decir Rainbow.

—¿Rainbow?

—Mi hijo.

Ruth reprime una sonrisita.

—Qué nombre más original. ¿Liam tiene un hermano?

Frieda chasquea la lengua.

—Ay, perdón, claro, tú lo conoces como «Liam». Nunca le ha gustado el nombre que le puse —explica mientras sus dedos juguetean con un hilo del pantalón—. Cuando Rainbow conoció a esa mujer, las cosas empezaron a cambiar. Me imagino que él solo quería encajar, pero al parecer ella creía que necesitaba una reforma integral —señala la mujer en voz baja, con la cabeza gacha—. En mi opinión, no tenía nada de malo, pero seguramente no le quedó más remedio que hacer lo que ella quería para que no le apretara los tornillos. —La vecina mira hacia el techo, como si la respuesta estuviera allí—. «Liam» era el nombre de su padre, ¿sabes? Supongo que Rainbow quería algo suyo, ya que ese inútil asqueroso nunca le había dado nada. —Ruth se queda perpleja y la mujer suspira—. Y luego, cuando mi niño se casó, ella hizo que él adoptara también su apellido, así que ahora le pertenece por completo. —Frieda vuelve a clavar los ojos en ella—. No siempre se ha avergonzado de mí, ¿sabes?

Ruth se aferra a cualquier cosa que pueda hacerles volver a una conversación normal.

—La verdad es que somos buenos amigos.

—Sí, lo he visto por tu casa con la simpática de Sandra.

Frieda se aferra a la *S* del nombre como si no supiera dónde escupirla. Ella no puede evitar sentirse intrigada por esa opinión mordaz sobre su amiga, aunque, ahora que lo piensa, era obvio que el sentimiento debía de ser mutuo. Pero Ruth es muy protectora con Sandra y está dispuesta a dar la cara por ella. Si no fuera porque Liam es el hijo de Frieda, le diría que el problema es él. Ella y la anciana se miran, evaluando en silencio cada una su propia versión de los hechos.

Frieda va más allá, tal vez porque siente la necesidad de justificarse.

—Sandra tiene sus propias reglas. Para el resto de nosotros son incomprensibles, claro, pero aun así espera que las sigamos. Un paso en falso y te tachará por algo que nunca llegarás a entender. No serás la primera ni la última. Esa es de las que van por ahí pisoteando a la gente. —Frieda se bebe de un trago el té, parpadeando para quitarse el vapor de la cara—. Rainbow y yo, es decir, Liam, estábamos muy unidos. Era un muchacho encantador, aunque nunca lo imaginarías por la forma en la que Sandra habla de él. Le echa la culpa de todo y va por ahí diciendo que es un quisquilloso y un avaricioso, pero no era así antes de conocerla. Es todo mentira, todo es por culpa de sus propias exigencias. —Ruth es consciente de que probablemente Frieda no tenga a mucha gente con la que hablar, pero aun así le preocupa la falsedad de no defender a su amiga y abre la boca para meter baza... justo cuando Frieda respira hondo y sigue hablando—: Y ahora pasa más tiempo detrás del dinero del que se digna a pasar conmigo, así que nunca tengo la oportunidad de arreglar las cosas con él. Está metido en tantas historias que he perdido la cuenta. —Una hoja grande se desprende de una planta de la esquina y cae al suelo con un ruido inusitadamente fuerte. Frieda ni se inmuta—. Ahora solo le intereso si hago lo que él dice, pero no pienso someterme a su idea de cómo debo vivir mi vida.

La mujer se desliza hacia la parte delantera de la silla para acercarse a Ruth, que vuelve a sentirse aturdida por haberse visto envuelta tan rápidamente en una disputa familiar con tantos entresijos. Parece que eso de compartir secretos es algo típico de la familia Cailleach, una trampa en la que no quiere volver a caer. Por primera vez, entiende por qué la gente se siente abrumada cuando ella le cuenta su vida demasiado rápido, cuando su necesidad de confianza le hace sobrepasar la línea de las presentaciones amables; no es mala educación, es desconcierto.

Frieda sigue hablando.

—Le he dicho que ya no es bienvenido en mi casa si no me deja ver a mi nieto. Es triste que un hijo se ponga del lado de su mujer, en contra de su propia madre.

El cerebro de Ruth trata de asimilar toda esa información —puede que la medicación nueva le haga sentirse confusa— y valora una serie de posibles respuestas para buscar la forma de consolar a esa mujer a la que no le dejan ver a su nieto mientras teme verse involucrada en una disputa que no le corresponde.

—Lo siento mucho —dice—. Siempre han sido muy amables conmigo.

Frieda resopla y la mira con los ojos entornados, como si estuviera tratando de leer su letra pequeña. Ruth baja la vista para evitar el escrutinio de su vecina, temiendo que descubra que ya sabía que Sandra intentaba alejar a Ian de ella. Mira a su alrededor, tratando de localizar el reloj que está escuchando para comprobar si el tiempo ha pasado tan rápidamente como cree mientras busca desesperadamente una razón para huir de esa mujer de cuyos problemas se siente en parte culpable, ya que es demasiado educada como para marcharse sin una excusa plausible.

Frieda la da unas palmaditas en la rodilla. Las arrugas que tiene alrededor de los nudillos están tan definidas como si se las hubieran dibujado con un bolígrafo.

—No dudo que lo hayan sido, muchacha, no lo dudo. En fin, si alguna vez necesitas ayuda con la pequeñina, aquí estoy. Tengo todo el tiempo del mundo, solo tienes que decírmelo.

—Ah, vale. Gracias.

—Tú y yo estamos cortadas por el mismo patrón, muchacha. A veces tenemos que ser fuertes para proteger a aquellos que son menos afortunados que nosotras.

Ruth se revuelve, inquieta, incapaz de relacionar la intensidad de la declaración de Frieda con su introducción. Entre ese rollo místico sobre la energía del lugar y que Frieda no deja de marear la perdiz en relación con lo que en realidad quiere decir, su neurosis está empezando a aumentar; claro que, desde que está enferma, su radar para las personas está completamente averiado y ya no tiene muy claro qué es lo normal. Mira de reojo la puerta. Está cerca. Podría salir de allí en cinco segundos si quisiera. A la mierda la buena educación; cualquier persona con dos dedos de frente saldría de allí pitando. Se desliza hacia el borde del sofá. Sin querer, por un instante, se encuentra a unos milímetros de la cara de Frieda. Aunque esta tiene los ojos apagados, la oscuridad de su iris es intensa, persistente y desafiante. ¿Cómo se sentirá al estar sola a esa edad, después de haberle fallado a su único hijo, quien no quiere que la relacionen con ella ni por el apellido? Ruth sabe perfectamente que el rechazo alimenta la paranoia, que los límites entre la ficción y la realidad pueden difuminarse con la soledad. No es de extrañar que la fantasía reemplace a la compañía en casa de Frieda. Puede que la mujer tenga razón en eso de que las dos están cortadas por el mismo patrón. Ninguna de ellas es de allí y, sin la ayuda de una buena amiga, puede ser difícil adaptarse. Ruth agradece poder contar con Sandra, tiene suerte de tener al menos una amiga íntima.

Por encima de las cabezas se escucha un golpe. Ella levanta la vista hacia el techo.

—La gata —se apresura a explicar la anciana—. Es muy vieja y no está bien. No la habrás visto porque no sale de casa. Ya ni siquiera es capaz de bajar las escaleras, así que siempre está en mi habitación.

—¿En serio?

De pequeña, a Ruth la atacó el minino semisalvaje de su tía, y, desde entonces, los gatos le daban pánico. Mira fijamente el techo y extiende el brazo para dejar la taza sobre la mesa, disponiéndose por fin a marcharse. Pero le fallan los cálculos y vuelca la taza. El té se derrama sobre la mesa.

—Vaya, lo siento muchísimo —se disculpa.

Los posos pálidos se filtran por los huecos de la mesa de cristal, se acumulan en el suelo y empapan la alfombra.

—No te preocupes. —Frieda se levanta y se dirige a la cocina con una rapidez sorprendente, como si su memoria corporal siguiera siendo la de antes de ser vieja—. No pasa nada —asegura mientras regresa con un paño de cocina.

Ruth hace ademán de coger el trapo para limpiar y se produce un pequeño tira y afloja cuando la mujer se niega a dárselo. Frieda seca la alfombra con la cara demasiado cerca de la suya y Ruth se echa hacia atrás, aplastando la barbilla contra la papada, intentando desaparecer entre los cojines.

En el piso de arriba se oye otro golpe, esta vez mayor, y Ruth da un grito. Las tablas del suelo chirrían como si alguien estuviera andando.

Frieda se levanta del suelo con un crujido de rodillas.

—La gata tiene el arenero arriba. Si la llevo al veterinario, me dirán que tengo que sacrificarla.

—Qué horror.

Ruth se lleva la taza vacía a la boca y se golpea con ella los dientes. Bebe un trago sin mirar, pero solo quedan los posos y una hoja de té se le atasca en la garganta. Empieza a toser y busca a tientas una servilleta de papel en la mesa.

—No sé qué sería de mi gata sin mí. —La anciana retuerce el trapo húmedo entre las manos y se sienta en el sofá. Salvo por la reciente mancha de té, es el paño más blanco que ha visto jamás—. Si me pasara algo, necesitaría que alguien cercano cuidara de ella, alguien bueno.

—Seguro que no le va a pasar nada —comenta Ruth con falso desenfado—. Seguro que Liam tomaría cartas en el asunto si usted... Bueno, que no tiene por qué preocuparse.

—Él odia los gatos. ¿A ti te gustan? Te he visto dejar comida fuera para el zorro. —A la mujer le tiembla un poco la cabeza y Ruth se pregunta si está nerviosa y qué tiene que temer de ella—. Sé que tú haces lo que crees que está bien y no lo que los demás quieren que hagas, como ese tal

Barry. Lo he visto poniendo un cacharro en su jardín. Seguro que era una trampa para el zorro. Me entran ganas de ir allí y tirar una piedra dentro.

Ruth se mira la muñeca, aunque no lleva reloj.

—Lo siento mucho, pero tengo que irme. Está anocheciendo. Mi marido me está esperando.

Frieda cierra la boca, entrecerrando los ojos.

—Qué pena, si acabamos de empezar. —Se da un par de palmaditas en las rodillas antes de apoyar las manos sobre los muslos e impulsarse para ponerse en pie—. Quiero pedirte disculpas otra vez. Siempre hablo de más.

Ruth se pelea con su abrigo abultado y finge reírse.

—No se preocupe. Es que tengo que irme, eso es todo. Le he dicho a Giles que solo venía a dejarle el paquete.

Frieda la rodea para ponerse detrás de ella y ayudarle a introducir los brazos en el abrigo.

—Como aquella vez que hablamos en el portón de tu casa. Entonces también hablé de más —comenta la anciana en voz baja, como si alguien pudiera estar escuchándolas. Luego se pone delante de Ruth y empieza a abrocharle los botones del abrigo, de abajo a arriba. Esta se queda inmóvil, incómoda por tener las manos de Frieda tan cerca—. Y quería pedirte perdón por no haberte apoyado con lo de la policía. Solo habría servido para empeorar las cosas. —Ruth llena de aire los pulmones para intentar mantener la serenidad mientras Frieda sigue hablando—. Cuando has vivido en sitios como en los que yo he vivido, aprendes a agachar las orejas y portarte bien.

Aquí todos son iguales. Te costará un poco acostumbrarte, seguramente. Mejor no meter en esto a las autoridades a partir de ahora. No necesitamos que anden husmeando por aquí, señalando a las personas equivocadas. Debemos encontrar nuestra propia forma de solucionar los problemas.

—No sé a qué se refiere —dice Ruth, dirigiéndose apresuradamente hacia la puerta.

Frieda levanta una mano para detenerla, como hizo con Liam, con un gesto extrañamente autoritario. Su aliento humeante le alcanza la cara.

—Pero recuerdas lo que te dije y sabes lo que viste.

—No, no lo sé. Yo no vi nada. Solo fue un sueño.

Frieda le abrocha el último botón a Ruth, el del cuello, que ella siempre lleva desabrochado, y le oprime la tráquea.

—Bueno —dice Frieda—. Si alguna vez quieres hablar de ello o ves algo más, da igual qué hora del día o de la noche sea, yo estaré aquí.

—No será necesario, estoy bien. Cada vez me encuentro mejor. No me pasa nada.

En la encimera de la cocina está abierto el paquete que ha traído y hay unas cuantas hojas secas esparcidas sobre la superficie de trabajo. El olor impregna el aire y le trae consigo un recuerdo de la adolescencia, emborrachándose o colocándose para tratar de borrar el dolor de la pérdida de su hermana con cualquier cosa que cayera en sus manos, alterando la química de su ya frágil cerebro y atrapándola en un bucle de paranoia mientras la frustración y la ira de sus padres iban en aumento. Para ellos, Ruth estaba agravando el intolerable caos familiar voluntariamente y la depresión en la que había caído *a posteriori* la consideraban una especie de penitencia justa por haber hecho que la calamidad se cerniera sobre todos ellos. Se precipita hacia la salida.

—Sé que puede que no lo parezca, muchacha, pero estoy de tu lado —le asegura Frieda.

Ruth abre la puerta de par en par y el aire frío la envuelve.

—Tengo que irme —dice antes de alejarse a toda velocidad de la casa.

El sol se está poniendo y una brisa fuerte le empaña los ojos. Tiene que hacer varios intentos para introducir la llave en la cerradura porque le tiemblan muchísimo las manos. Una vez dentro, cierra de un portazo y apoya la espalda contra la puerta, casi como si esperara que el viento la abriera de golpe y dejara entrar todo lo malo. Giles está en el suelo de la sala, haciéndole pedorretas en el cuello a Bess, que se encuentra sobre la alfombra de juegos. La niñita se ríe y él inclina la cabeza sobre ella y le canta su canción de padre.

—*You are my sunshine…*

Bess está fascinada.

Ruth agarra el atrapasueños y lo arranca de un tirón del cerrojo de la ventana. El círculo de ramitas se rompe y siembra de plumas todo el suelo. Luego abre de golpe la puerta trasera, que está casi completamente atascada por la humedad, y atraviesa el jardín y el huerto en dirección a la reja del ferrocarril. Con todas sus fuerzas, lanza el atrapasueños por encima y el amuleto aterriza entre la maleza, donde se reúne con todas las cosas afiladas que antes había en casa, los objetos de los que no se fiaba cuando estaba enferma: cuchillos, sacacorchos, un espejo roto...

—¿Ruth? —Giles acaba de salir al jardín—. ¿Estás bien?

Ella lo empuja para entrar y ve su propio reflejo en el espejo de la repisa de la chimenea, su tez fantasmagórica y su mandíbula tensa por el miedo. En los últimos seis meses ha perdido gran parte de su esencia; es como si le hubieran ido arrancando las entrañas poco a poco y se hubiera quedado sin nada en lo que sustentarse. Antes, conocer a personas nuevas le resultaba relativamente fácil, pero, desde que está enferma, incluso ese simple placer se ha convertido en algo tan agobiante y aterrador como cualquier otra decisión que Ruth tenga que tomar. Nunca ha necesitado tanto los cuidados y la compañía de las mujeres como ahora y, sin embargo, todas son de alguna manera inaccesibles.

Giles se acerca lentamente mientras ella separa las piernas para hacer que el suelo deje de moverse; se encuentra a la deriva en alta mar.

—¿Es la hora de la siguiente dosis? —pregunta—. Necesito la medicación ya.

# 10

Evitando que su cabeza sobresalga por encima de la valla del jardín trasero, Ruth trabaja en silencio para no llamar la atención de Frieda. Arranca las malas hierbas para dejar espacio a las plantas que crecerán en primavera. En el bolsillo de su chaqueta de punto larga y raída, los paquetes de papel de semillas traquetean discretamente esperanzados. Ha decidido que, ya que no puede caminar ni conducir, se va a dedicar a plantar. La tierra es un bálsamo para su ansiedad y controlar ese pedacito de Londres le reporta una satisfacción que nunca podrán proporcionarle las labores domésticas. Está llevando a cabo tareas que no se deshacen al instante, creando vida, mejorando su mundo.

Ruth creía que estaría segura ahí fuera, que aún era demasiado pronto para que Frieda volviera a hacer la colada, pero su vecina va a destiempo, o puede que esté buscando nuevas formas de molestarla. En el espacio que separa ambas casas se masca la tensión. La anciana tiende la ropa bajo la tenue luz del sol mientras ella ve cómo sube y baja su silueta por el rabillo del ojo. Agacha la cabeza, achacando lo sucedido el día anterior en casa de Frieda a la inestabilidad de la mujer. «Tú y yo estamos cortadas por el mismo patrón», le había dicho; pero el suyo no es un patrón en el que Ruth quiera encajar. Busque lo que busque en ella esa mujer, aunque no sea más que una vía de escape para sus crípticas incongruencias, debe mantenerse alejada. No necesita otra excusa para preocuparse por cosas que no existen. Todos los caminos la llevan a la unidad de psiquiatría.

Se levanta para entrar en casa y se encuentra a Frieda apoyada en la valla, como si llevara esperando allí un rato.

—¡Ruth!

El panel del cercado cruje bajo su peso.

—Tengo prisa. —Abre de un tirón la puerta trasera—. No puedo hablar.

La puerta cada vez está más hinchada por culpa de la humedad y tiene que cerrarla de un portazo desde dentro. Le cuesta respirar.

Por lo poco que ha visto, Frieda parece más demacrada que cuando ella estuvo en su casa, con las ojeras más marcadas. Puede que el sol de invierno acentuara las sombras o que antes llevara maquillaje, aunque, si era así, Ruth no se había percatado. Liam había dicho que su madre se automedicaba para tratar el problema que tenía, fuera cual fuera, y ella se pregunta hasta qué punto la enfermedad de la mujer es psicológica y hasta qué punto es física. Y si alguien más cuida de ella, aparte de Liam. No la ha visto recibir ninguna otra visita en los meses que lleva viviendo ahí.

Echa un vistazo desde la ventana. Frieda ha vuelto a entrar y ella se repliega en la habitación con un suspiro; acaba de robarle la oportunidad de arreglar las cosas.

Al día siguiente, cuando Frieda pasa por delante de la cancela de la casa de Ruth, esta se mantiene firme; está muy animada y la vecina no hará más que deprimirla. La anciana llama a su puerta al volver de la compra y ella se escabulle al piso de arriba para hablar con Giles.

—No quiero verla —susurra.

Giles está hablando por teléfono en el dormitorio y le molesta la interrupción, pero está tan ocupado que ignora el problema y ninguno de los dos abre la puerta. Mientras Ruth espía por la ventana de la habitación, la mujer sale del jardín arrastrando los pies y tirando del carrito de la compra.

—Faye, tengo que dejarte. —Giles cuelga el teléfono y se vuelve hacia su mujer.

—Deberías preguntarle a Liam si está pendiente de su madre —le dice ella.

Giles se recuesta en la silla con los brazos cruzados.

—Seguro que Liam está haciendo lo que debe. La verdad es que no me interesa involucrarme. —Le llega un mensaje de texto y él lo lee con una sonrisa antes de dejar el teléfono boca abajo—. Déjala con sus puñeteras piedras,

Ruth, y mantente al margen. Ella no es problema tuyo, ¿vale? ¿Recuerdas lo que dijo la enfermera de psiquiatría cuando vino ayer? Esa mujer vive en las nubes. Hay personas que están constantemente enfrentándose al sistema. Si hubiera tenido un hijo hoy en día, no creo que le permitieran quedárselo. No me extraña que Sandra y Liam no quieran dejarle ver a Ian.

La postura encorvada de Frieda mientras camina hacia la puerta de su casa le recuerda a Ruth a su madre en esos últimos meses de enfermedad, cuando iba menguando al tiempo que ella iba aumentando de tamaño por su embarazo. Habían intentado hacer las paces al ver que se les acababa el tiempo y, supuestamente, ambas se habían esforzado al máximo, pero ninguna lo había hecho de corazón. Sentada al lado de la cama de su madre, ya de adulta y con su propia hija en camino, Ruth entendía todavía menos que sus padres le hubieran fallado cuando más los necesitaba. Tam era para todos una estrella rutilante con un futuro prometedor y, cuando la perdieron, ella asimiló tanto el mensaje tácito de que era una pobre sustituta de su hermana —la preferencia de sus padres se hacía evidente cuando no tenían donde ocultarla— como la idea, demasiado explícita, de que había sido la culpable de lo ocurrido; y, como no había nadie que la convenciera de lo contrario, lo interiorizó como si se tratara de la verdad. Ese día, su madre, en el lecho de muerte, extendió la mano hacia la única hija que le quedaba y Ruth se la estrechó con suavidad mientras intentaba recordar cuándo había sido la última vez que había tenido algún tipo de contacto físico con sus padres.

«Nunca se nos han dado muy bien las pérdidas, ¿verdad?», le dijo su madre. «Pero deberías habérnoslo contado, Ruth. No debiste dejarla allí. Tu padre y yo teníamos tantos planes para ella... Imagina lo diferente que habría sido nuestra vida si tú no hubieras sido tan estúpida». Incluso entonces, a punto de morir, su madre seguía dándole vueltas al mismo asunto, pero ella tenía aún menos respuestas después de todos aquellos años, tras haber analizado sus actos desde tantos ángulos diferentes que ya se había vuelto loca una vez. Y la única conclusión a la que había llegado era que ella no creía que le fuera a pasar nada a Tam, porque nunca le pasaba nada malo. En el piso de abajo, al padre de Ruth se le había roto una taza de té y había gritado «¡Maldita sea!» antes de irse dando un portazo. «Las mujeres lloran la pérdida y los hombres la reemplazan», le dijo su madre, cerrando los ojos con fuerza y con lágrimas entre los párpados. «Tu padre no se desenvuelve bien en casa, no es como tu Giles. Va a necesitar toda la ayuda posible cuanto antes». Para Ruth, el mensaje subyacente era que su padre estaba preparado para pasar página, o que lo estaría pronto; que las esposas eran reemplazables —a diferencia de las hijas— por aquellas simples razones. Ella le soltó la mano a su madre, cuyo tacto sudoroso acentuó sus náuseas matutinas, y se marchó, agradecida por haber llorado la ausencia de sus padres hacía ya muchos años y a la vez aliviada por estar formando una nueva familia que reemplazaría a esas personas a las que solo la unía el sentido del deber.

Bess se ha adaptado a una especie de rutina; come y duerme mejor al tiempo que el buen estado de Ruth empieza a animarlos a todos. Al día siguiente, después de darle la medicación, Giles se va unas horas a la oficina, un tiempo fuera que piensa ir aumentando un poco cada día. Se suponía que estaría en casa al menos dos semanas, pero su mujer está mejorando rápidamente con el nuevo cóctel de medicinas y la están preparando para que vuelva a recuperar su independencia, una posibilidad que la emociona y la aterroriza a partes iguales. Lava y seca los platos de la comida y luego organiza la cena, antes de elaborar el menú para los próximos días —la tiranía de la pasta hervida, la monotonía de las patatas asadas...— y sonríe ante la tediosa tarea. Si estuviera preparada para trabajar, buscaría un empleo, aunque el sueldo solo le diera para pagar la guardería; pero ese nivel de salud y confianza todavía está fuera de su alcance. Su falta de independencia económica la ata a la casa; se ha dado de bruces con un estereotipo de género que nunca imaginó que aceptaría y encima no tiene el poder de cambiarlo. Y cuanto más los define el dinero a ella y a Giles —quién lo gana y quién no—, menos es capaz de poner en valor lo que está haciendo, aunque, si otra persona tuviera que trabajar todas las horas que ella trabaja, exigiría un salario decente. Pero prefiere obviar ese problema; hacer como que no pasa nada es mejor que obsesionarse con el deshielo de los casquetes polares o con gente que sale de depósitos de gasolina. Richard, su auxiliar de psiquiatría local, le dijo que se felicitara a sí misma por sus pequeños triunfos. «Deja que las cosas negativas estallen como burbujas», le había dicho. «No te obsesiones con ellas o te harán retroceder». Ruth atesora los logros del día para comentárselos la próxima vez que se vean. Bess está dormida y ella coge el libro que lleva varios días intentando leer. Por el momento, lleva dos párrafos.

La luz que incide sobre la página parpadea y luego se oscurece. Ella levanta la vista, buscando una bombilla moribunda, sin saber muy bien qué ha cambiado. No hay nada evidente. Continúa leyendo la frase hasta que unas voces del exterior la interrumpen. Deja el libro boca abajo sobre los cojines y va hacia la cocina para apartar las cortinas de la ventana. Hay una ambulancia delante de la casa de Frieda. Los paramédicos entran y salen del vehículo y de la puerta principal de su vecina, poniéndose guantes de látex azules y cargados con bolsas de material. Ruth se tapa la boca con una mano y se apoya en el fregadero mientras intenta ver el interior de la casa de Frieda, algo imposible desde ese ángulo. Pasan unos segundos y de la casa de la anciana sale una silla de ruedas. Al principio no reconoce a la persona que va debajo de las mantas, atada con cinturones gruesos, como si fuera un equipaje de gran tamaño, pero la mata de pelo enredado delata a Frieda. Bajo los cobertores, el cuerpo de la anciana está aplanado, desprovisto de sustancia. Lleva una cánula con un tubo enganchada a su mano huesuda y le hace un gesto al paramédico, luchando con los dedos contra la brisa. Ruth abre la puerta mientras los dos sanitarios maniobran para meter a su vecina en la parte de atrás de la ambulancia. Antes de que le dé tiempo a llegar al portón, una tercera paramédica entra en su patio delantero.

Ruth corre hacia ella.

—¿Qué ha pasado?

—¿Señora Woodman?

—Sí.

—Lamento informarle de que la señorita Cailleach se ha desmayado esta mañana. Nos la llevamos para dejarla en observación.

Ella va rápidamente hacia la acera.

—¿Puedo verla? —pregunta, estirando el cuello justo cuando las puertas traseras de la ambulancia se cierran—. ¿A qué hospital la llevan?

—Al Royal Free. Está muy nerviosa ahora mismo, así que es mejor molestarla lo menos posible. Nos hemos puesto en contacto con su hijo y él se hará cargo de sus necesidades inmediatas.

La ambulancia se aleja del bordillo y gira hacia el lado de la calle que no tiene salida.

—¿Se va a poner bien? ¿Qué le pasa?

—Me temo que no puedo darle más detalles si no es de la familia.

—Pero ¿puedo hacer algo? —pregunta Ruth.

La paramédica le entrega un sobre.

—La señorita Cailleach me ha pedido que le dé esto. Ha insistido mucho en que se lo entregara lo antes posible.

Coge la carta con las manos temblorosas. La cantidad de veces que ha esquivado a Frieda, cuando su vecina debía de necesitar ayuda desesperadamente. La sanitaria la observa con la cabeza ladeada, tal vez esperando las lágrimas que cree que van a aflorar, para las que esta no tiene tiempo. Ruth no pierde de vista la calle, esperando que vuelva la ambulancia.

Se sorbe la nariz y se la limpia con la manga; no estaba preparada para llorar y no tiene pañuelos de papel, aunque nadie tendrá en cuenta el decoro ante una emergencia como esa.

—¿Puede decirle que no me he olvidado de ella? ¿Y que lo siento?

—Claro. Le hemos dado algo para el dolor, pero me aseguraré de transmitirle su mensaje cuando despierte.

Bess se está desperezando y sus gemidos atraviesan la ventana. La ambulancia se detiene delante de la cancela, esa vez apuntando hacia la dirección correcta, con las luces azules parpadeando en silencio. La puerta se cierra detrás de la paramédica y el vehículo se aleja a toda velocidad.

Ruth regresa al sofá, dándole vueltas al sobre entre las manos. Su contenido cruje. Dentro hay una carta, además de algo duro e impreciso. Bess se quedará tranquila unos minutos más en la cuna. Deja a un lado el libro que estaba leyendo, cierra la cubierta sobre la página marcada y desliza el dedo bajo la solapa encolada del sobre para abrirlo. La letra de Frieda es trémula y de gran tamaño:

*Querida Ruth:*

*Lamento nuestro malentendido, pero creía que eras la persona adecuada cuando te conocí: las coincidencias no existen. Por favor, cuida de mi gata, la quiero mucho. No dejes entrar a mi hijo, diga lo que diga, y no se lo cuentes a tu marido. ¡¡¡Seguramente llamarían al veterinario!!!*

*Va a llegar un paquete para mí. Lo reconocerás cuando lo veas. Guárdalo a buen recaudo hasta que vuelva a casa. Recuerda que me pertenece a mí y a nadie más.*

*Gracias.*

*Tu amiga,*

*Frieda*

Dentro del sobre hay un juego de llaves. Uno de los llaveros es un ala de ángel de cuero y el otro, un disco de resina transparente con una hoja de cannabis diminuta incrustada en el plástico. Ruth relee la nota con la esperanza de que le revele algo más, pero lo que le está pidiendo le parece un lío enorme para un animal tan pequeño. La gata debe de haberse convertido en el centro de la solitaria vida de Frieda, que no tenía nada más que hacer que fumar la droga que le entregaba el cartero.

Los gritos de Bess resuenan en la sala. Se guarda la carta y las llaves en el bolsillo y sube al piso de arriba; la idea de ocuparse de un animal enfermo y limpiar su arenero le hace sentir las manos pegajosas a causa de unos gérmenes imaginarios.

A Ruth se le va una hora entre dar de comer y cambiar a Bess en su dormitorio y para entonces ya está anocheciendo.

El bebé es un ovillo cálido en sus brazos y ella se mece de un lado a otro mientras le da golpecitos en la espalda, deseando que ese momento precioso no acabe nunca… y evitando pensar en el pobre animal de la casa de al lado, que no tiene a nadie que le dé de comer.

Un coche blanco se acerca; su diseño vistoso llama la atención. A Ruth le da un vuelco el corazón en la milésima de segundo que tarda en darse cuenta de que se trata de Liam. Él sale a grandes zancadas del coche y entra en el jardín delantero de su madre, golpea la puerta y mira a través de la ventana, aunque las cortinas siguen cerradas. A Ruth se le agarrotan las piernas mientras le acaricia la cabeza aterciopelada a Bess, haciéndola callar dulcemente. Liam desaparece. Ella abraza al bebé con más fuerza, sin saber a qué impulso obedecer: al de esconderse o al de transferir su responsabilidad.

De la parte de atrás de la casa llega el sonido de unos arañazos y de algo que cae al suelo. Ruth va de puntillas hacia la ventana del fondo, desde donde espía a Liam en el jardín trasero de Frieda. Está agachado bajo la ropa tendida, levantando ladrillos y tiestos. Hace poco que se ha cortado por los lados su cabello denso y oscuro y se ha echado gomina en los rizos que le quedan en la coronilla para domarlos. Ella aprieta los nudillos y acerca el puño a la ventana para golpearla, pero no se ve capaz de contar la mentira que le han pedido que diga. Maldice su propia indecisión, molesta por que la hayan puesto en esa tesitura, para empezar. Pero Frieda está enferma y tal vez si Ruth hubiera sido más considerada podría haber evitado esa emergencia. Liam llama a la puerta de atrás de su madre y luego desaparece tras la valla. Lo pierde de vista varios segundos antes de verlo reaparecer con un ladrillo en la mano. Coge impulso con el brazo y está a punto de lanzarlo contra el cristal de la puerta trasera cuando ella abre la ventana.

—¡No! —grita por la rendija de la ventana—. ¡No hagas eso!

Bess se revuelve en sus brazos y ella la aleja de la rendija. Liam gira la cabeza.

—¡Estoy aquí arriba!

Él levanta la cara hacia la ventana con las mejillas brillantes y los ojos entornados. Ella retrocede, imaginando que el ladrillo sale volando hacia donde está. Liam lo deja caer con un golpe seco. Ruth deja a Bess en la cuna con un juguete antes de volver a la ventana. Él continúa en el mismo sitio, mirándola fijamente con la tensión concentrada en el rostro.

—Mi madre necesita algunas cosas —dice él—. Tengo que entrar.

Ella asoma el cuerpo un poco más hacia fuera.

—¿Cómo se encuentra?

—Mal, bastante mal. Cuando llegué volvía a estar inconsciente. —Su tono de voz es bastante contenido para la gravedad de la noticia. Puede que esté intentando no llorar—. Todavía no tenemos claro el pronóstico.

La Frieda que Ruth había visto hacía unas horas seguía intentando dar órdenes, dirigiendo a los paramédicos con la mano, ajena al socavón que tenía delante.

—Madre mía. Lo siento muchísimo. Si puedo hacer algo…

—¿Sabes si ha dejado alguna llave? —Liam palpa el marco de la ventana e introduce los dedos en un hueco—. Necesita algunos objetos personales. —«Objetos personales». Las palabras suenan huecas en boca de Liam, como si fuera la primera vez que las pronuncia. Además, ¿qué va a necesitar si está inconsciente?—. ¿Sabes si alguien tiene una copia?

Ruth mete los dedos en el bolsillo y el sobre cruje al rozar los dientes duros de las llaves. Un gato salta la valla hacia los huertos.

—¡La gata! —grita—. Debe de haberse escapado.

Saca las llaves y las levanta, pero Liam sigue empeñado en forzar el marco de la ventana para abrirla.

—¿Qué gata? —pregunta este, aún concentrado en la ventana.

—La gata de tu madre.

Él se ríe.

—Creía que ese vejestorio sarnoso había muerto hace meses.

—Dijo que estaba enferma y que no podía salir de casa.

—Vaya, es una caja de sorpresas. Eso demuestra lo bien que se le da ocultarme cosas. Sabe que la obligaría a sacrificarla. —Liam se aleja de la ventana para intentar forzar el cierre, pero el acristalamiento doble no cede. El gato corre como un rayo hacia el camino y se pierde de vista; no parece que esté viejo ni enfermo, así que no puede ser el de Frieda—. Dios, me saca de quicio —comenta Liam—. Maldita mujer. —Le da un golpe a la pared con la palma de la mano, luego coge un tiesto y lo lanza al suelo, donde se hace añicos. Ruth se estremece al pensar en la frescura de Sandra y en la cantidad de tiempo que debe de dedicar al día a satisfacer los deseos y necesidades de Liam: comprar los últimos modelos de trastos, ponerse guapa, estar disponible sexualmente... Por no hablar de las manías raras de las que Sandra siempre se queja—. ¿¡Por qué siempre se interpone en mi camino!? —grita Liam, mirando al suelo.

No es de extrañar que Frieda no quiera a su hijo en casa, a ese hombre que hace una montaña de cualquier grano de arena, que está tan cegado por lo que quiere, sea lo que sea, que es capaz de romper la ventana para entrar. ¿Y para qué? ¿Para coger unos cuantos «objetos personales»? Seguramente ni se molestaría en ir al veterinario; se limitaría a echar a la única compañía de su madre a la calle. Ruth aprieta las llaves en el puño y cierra filas para proteger el secreto de su vecina. Una vez más, Liam lo intenta con la ventana y por fin el marco vibra bajo sus manos.

—Yo que tú no haría eso —le dice con el mismo tono que la doctora usa con ella, consciente de que no está tratando con una persona racional—. Va a costar una fortuna arreglarla. Además, no es seguro dejar la casa abierta. Ya sabes cómo está la cosa por aquí. Y esos chavales de las motocicletas... Seguramente incendiarían la casa.

Liam refunfuña y se retira. Levanta el felpudo de la puerta de atrás y merodea por el jardín, murmurando. Ruth entierra las llaves en las profundidades de su bolsillo.

—¡Cuando veas a tu madre, dale saludos de mi parte, por favor! —grita Ruth—. Dile... —Liam se la queda mirando—. Dile que ya me ocupo yo de sus paquetes.

—¿Perdona?

—De los que le trae el cartero. O el mensajero. Ya sabes. Los dejan aquí cuando ella no está. Los mantendré a buen recaudo hasta que vuelva a casa.

Liam la observa con los ojos entornados y luego salta la valla. Ella da un paso atrás en la habitación, como si creyera que él va a lanzarse a través de la ventana, mientras desea haberse tragado esas palabras que pretendían ser un código para Frieda, para demostrarle que había entendido lo que le había pedido y lo difícil que debía de ser tener un hijo como Liam. Este desaparece. Segundos después está aporreando la puerta principal. El corazón de Ruth se acelera con los golpes. Se queda inmóvil. Él vuelve a llamar, esa vez con mayor delicadeza. Ella cierra la ventana, esconde las llaves en su mesilla de noche y baja las escaleras.

—Necesito que me llames —dice Liam mientras ella le abre la puerta. Lleva puestos unos vaqueros ceñidos y entallados y unas zapatillas tan nuevas y blancas que casi brillan; es la misma ropa de siempre, pero está todo tan limpio que debe de tenerlo repetido, como si hubiera encontrado o le hubieran dado la fórmula de cómo vestirse y no tuviera imaginación para probar algo nuevo—. Si te llega algo. Para la tienda, me refiero.

—Claro. Sí, lo haré.

—Y si llega cualquier cosa para ella, también.

—Ah, vale. —Ruth cambia el peso de un pie a otro—. Aunque no me importa guardarlo, si es algo para tu madre, quiero decir.

—Ya, como alguna poción rara o algo ilegal. —Liam abre los ojos de par en par, intentando apelar a la buena conducta como ciudadana de ella para que acepte el trato—. Yo me desharé de ello por su bien y también del resto de las cosas de ese tipo que tiene en casa. Toda esa mierda ha sido lo que la ha metido en este lío, para empezar, y yo solo quiero lo mejor para ella. —Una vez más, las palabras de Liam suenan tan falsas como en una obra de teatro escolar.

—Pero a mí no me importa. A lo mejor puedo ir a visitarla cuando se encuentre mejor y llevarle al hospital lo que le haya llegado, para que lo pueda abrir ella misma.

—No hace falta, de verdad. —Esa especie de agarrotamiento nato del cuerpo de Liam empieza a aflojarse—. Pero muchas gracias de todas formas. —Sus hombros se relajan. Deja un brazo caído al lado del cuerpo y levanta el otro para apoyar el codo contra el marco de la puerta: es el relax personificado. Sonríe de oreja a oreja, mirando a Ruth.

Esta flaquea ante ese repentino y sorprendente despliegue de atención, pues no está acostumbrada a que nadie, ni siquiera Giles, la mire así. Liam se cuida muchísimo y posee una belleza clásica; no es en absoluto su tipo, pero ha activado una especie de magnetismo que hace que una emoción olvidada le inunde el pecho. La mira fijamente a los ojos. Ella se sonroja como si él hubiera visto una parte secreta de ella. Por un momento, le asalta la posibilidad de resultar deseable y eso la desarma. Se pasa una mano por el cabello revuelto y se ciñe la chaqueta de punto a la cintura, molesta consigo misma por que le importe lo que piense Liam, pero incapaz de impedir que sea así. Él continúa apoyado en el marco de la puerta con los músculos en tensión bajo la camiseta blanca inmaculada que lleva incluso en invierno, como si no admitiera que el frío le dijera lo que debe hacer. Ruth no puede evitar mirarlo de la forma en la que Barry miraría sus pechos y eso la escandaliza. No por primera vez, imagina cómo se sentirá Sandra al ser el centro de su devoción, y, de no ser por la posesividad de Liam, estaría un pelín celosa.

Tiene una sonrisa torcida, aniñada.

—Y tienes razón, claro. Me ocuparé de llevarle sus cosas al hospital. No creo que esté lo suficientemente bien como para recibir visitas durante un tiempo, pero te agradecería mucho que me avisaras si llega algo.

A ella le abruma su atención permanente y su franqueza la impacta demasiado como para negarle lo que quiere.

—Sí, claro, te llamaré.

—Vale. —Liam deja de sonreír—. Bueno, mejor llama a Sandra. Ella vendrá a recoger lo que sea.

Ruth encaja el recordatorio de la lealtad de Liam como un puñetazo. Es la forma que tiene este de decirle que no se ilusione, como si ella lo estuviera haciendo, como si quisiera hacerlo, pero se ha dejado engañar por sus halagos, que han jugado con su evidente deseo de sentirse importante, atractiva, incluso humana, y está furiosa consigo misma por haberle hecho creer que la tiene en el bote. Liam se va sin despedirse, volviendo a ser el mismo maleducado de siempre.

—¡Dale un beso a tu madre de mi parte! —grita ella—. Espero que se mejore pronto.

Mientras Liam cierra la puerta del coche, se da cuenta de que Sandra se encuentra en el asiento del copiloto. La saluda alegremente, pero está mirando hacia otro lado y a ella no le da tiempo a saber si habrá presenciado su extraño coqueteo con Liam en la puerta de su casa. La cara de su amiga está de perfil: un rostro altivo, orgulloso y serio, con el aplomo de quien ha nacido guapa y no espera que le arrebaten nunca esa ventaja. Ruth lucha contra el leve temor de haber traicionado a su amiga, avergonzada por el descaro con que ha recibido a Liam y por lo claras que han quedado sus necesidades. El lazo de su vanidad se ha deshecho con un tirón ligerísimo y seguramente Sandra lo ha visto todo. El coche se aleja a toda velocidad.

El vapor sale al callejón a través del respiradero de la caldera que hay en la pared exterior de la casa de Frieda. Son los últimos instantes de libertad de Ruth ese día, ya que Giles podría volver en cualquier momento. Las llaves de la casa de su vecina se encuentran tan solo a una escalera de distancia, aunque seguramente esta le habrá dado de comer a la gata por la mañana y las plantas no se van a morir por pasar una tarde sin agua. Cierra la puerta principal y se prepara una taza de té superdulce para calmar los nervios mientras su preocupación por Frieda vuelve a mitigarse por el enfado que le causa la gigantesca obligación que le ha impuesto una mujer a la que apenas conoce, por no hablar de todos los problemas que podría ocasionarle con Giles. Pero Frieda está enferma, tal vez intoxicada por algún fármaco autoprescrito, y Ruth más que nadie debería entender el deseo de la mujer de tener algún control sobre su salud. Tal vez sea mejor confesarle a Giles lo de la carta de Frieda cuando llegue a casa, pero, entonces, él querrá saber por qué no se ha limitado a entregarle las llaves a Liam desde un principio, y, sea lo que sea lo que acaba de ocurrir entre ambos, de algún modo está teñido de deslealtad. Si se lo cuenta a Giles, seguro que le dará las llaves a Liam y este sabrá que ella le ha mentido. ¿Y cómo le sentará eso a Sandra?

Ruth bebe un sorbo de té y saborea los posos del fondo, que están mezclados con el azúcar sin disolver. La idea de tomarse un descansito de su propio espacio adentrándose en el secretismo reconfortante de la casa de al lado no deja de ser atractiva. Se imagina allí sola y el cambio de escenario se le antoja como unas minivacaciones en las que nadie la juzgaría ni esperaría nada de ella, ni siquiera Frieda, con sus ideas descabelladas. Si elige cuidadosamente el momento adecuado para entrar en la casa de su vecina —si es que entra—, podría quedarse un rato, tal vez incluso leer un libro mientras deja a Bess tumbada sobre la alfombra mullida. Su espalda se relaja al recordar los cojines blandos del sofá mientras rebaña con el dedo el interior de la taza para llevarse a la boca los últimos restos de azúcar impregnados en té.

# 11

A medida que se hace de noche, el tiempo cambia de invierno suave a invierno duro y la amenaza de frío se cierne sobre el cielo. Ruth tiembla mientras saca la basura y guarda las herramientas de jardinería en el cobertizo.

—¿Por qué no lo dejas para mañana? —le grita Giles desde el salón.

Ella se lo toma con calma, para ganar tiempo.

—Parece que va a llover —responde.

La puerta delantera está entreabierta y la empuja para echar el cerrojo y sofocar la preocupación de Giles.

Permanece atenta a cualquier movimiento en la acera, a cualquiera que pueda entrar en el patio delantero de Frieda y a la posibilidad de que Liam haya conseguido un juego de llaves. El cubo de basura con ruedas de Ruth está delante de su casa. Tira un par de bolsas de desperdicios en el de Monica y Barry y luego arrastra el suyo por el callejón lateral para guardarlo en el jardín trasero, con el pretexto de protegerlo de los pirómanos de la calle. Lo deja aparcado al lado de la pared de atrás. La maceta que Liam destrozó hace un rato en el jardín de Frieda continúa donde estaba, perdiendo tierra, pero el resto de la casa sigue tan intacta como antes. La expectación de Ruth aumenta, al igual que su temor. Solo ella ha sido invitada a entrar.

Se sacude el polvo de las manos mientras vuelve a subir por el callejón. Pasa un coche; sus faros se reflejan en el cristal de la ventana del piso de arriba de la casa de Frieda y, por un instante, parece que alguien aparta un poco la cortina. Ruth se queda inmóvil y observa el primer piso de la casa. Recuerda el ruido de la gata arrastrándose por las tablas del suelo. Puede que el animal esté arañando la ventana porque necesita comida, medicinas o la compañía a la que está acostumbrado. Se lo imagina clavándole las uñas y los dientes en la piel y el hecho de pensar en la posibilidad de que la gata tenga sarna, así como en su arenero fétido, agravan su miedo. Pero ¿qué pasaría si Frieda volviera del hospital y descubriera que su querida mascota ha muerto porque Ruth había tardado demasiado en ir a verla? Si le confesara todo de una vez a Giles, podría ir a la casa de la vecina inmediatamente y solventar el asunto, o tal vez el propio Giles podría hacerse cargo de la gata. Se para a valorar sus opciones, pero vuelve a pensar en las mentiras que ya ha dicho y en que ese engaño podría perjudicarla. Sigue mirando fijamente la ventana, con la esperanza de que la ausencia de movimiento demuestre que la gata está bien y que puede aguantar una noche más. Ningún movimiento, ningún cambio. El desplazamiento de la cortina ha sido fruto de su imaginación.

Giles asoma la cabeza por la puerta.

—¡Ruth, hace un frío que pela!

Una horquilla de jardinería se cae estrepitosamente y la deja donde ha aterrizado antes de volver a entrar en casa.

Bess se despierta por la noche para tomar el biberón. Por una vez, Giles se levanta para dárselo, pero Ruth lo sustituye porque sabe que necesita estar fresco para una reunión de trabajo importante que tiene al día siguiente.

—Gracias de todos modos —le dice al pasar por delante de él en la oscuridad; sus manos se rozan por el dorso por accidente.

Él se detiene, se gira y le da un beso en la frente antes de volver a la cama.

—De nada.

Ruth está dormitando en la silla de la habitación de su hija con el biberón vacío cuando un ruido de arañazos en el exterior la sobresalta. Deja a Bess en la cuna con los ojos secos por el sueño.

—¿Hay alguien ahí? —pregunta tras abrir la ventana que da al jardín trasero.

Se oyen un par de golpes y luego se hace el silencio. Escruta la noche oscura con los ojos entrecerrados. Nada. Le han prohibido llamar a la policía y no tiene sentido decirle nada a Giles; este se limitará a restarle importancia a lo que ha oído o creerá que vuelve a estar enferma. De todos modos, seguramente se trata del zorro de Ruth, que busca la comida que ella ha olvidado sacar antes para él porque estaba preocupada por los problemas de otro animal. El gallinero está abierto. Por fin el zorro estará calentito.

Un ciclomotor pasa zumbando y, más adelante, en la calle, un haz de luz ilumina el cielo nocturno. El humo inunda el resplandor de una farola lejana. Un contenedor de basura empieza a arder como resultado de la pirotecnia de unos chavales aburridos. Ruth espera a oír las sirenas antes de volver a la cama, aliviada por la intervención de los servicios de emergencia y más satisfecha aún por que el problema no tenga nada que ver con ella. Cae en un sueño placentero y, esa noche, ella y Giles hacen el amor por primera vez en mucho tiempo. Sumida en el lodazal de la duermevela, hay un momento en el que no está segura de si son las manos de Giles las que atrae hacia ella o las de Liam. Rápidamente, destierra ese pensamiento.

Bess despierta a Ruth al amanecer, como si fuera un reloj. Incluso en la penumbra, se percibe un cambio sutil en el dormitorio, los sonidos llegan amortiguados y se filtra un resplandor extraño a través de las cortinas. Echa un vistazo al exterior y se encuentra el mundo al revés. Los cubos de basura, las malas hierbas y los muebles de plástico están cubiertos por un manto blanco y sus imperfecciones se han suavizado para convertirse en una colección de jorobas renovadas por el fulgor de la nieve.

Giles se despierta, parpadeando por el resplandor de la mañana, y consulta las noticias en busca de información sobre el tiempo. La mayoría de los medios de transporte no funcionan y solo recomiendan viajar en caso de emergencia. Hace unas cuantas llamadas, pero todos tienen el móvil apagado, probablemente aprovechando la coyuntura para hacerse los remolones. Si nadie más va a trabajar, tampoco puede hacerlo él. Sin las prisas habituales del trabajo, la pequeña familia se encuentra más relajada que de costumbre. El tiempo les ha regalado un justificante médico, un día gratis, y se dan el gusto de desayunar con calma, de preparar el té en una tetera en lugar de en las tazas y de repetir una y otra vez. De fondo, la televisión los pone al día con historias de lecheros que reparten contra viento y marea y de animales de granja hundidos en la nieve hasta las rodillas. En algún lugar del planeta se siguen librando guerras y el nivel del mar continúa subiendo, pero, ya que las noticias le están dando un respiro a todo el mundo, a Ruth no le importa fingir que ellos también están a salvo, aunque solo sea por un momento. Bess está en el suelo, en la alfombra de juegos, y tras semanas de práctica por fin consigue girarse para ponerse boca abajo y levanta la cabeza triunfante, con las pestañas enroscadas en un tirabuzón perfecto en dirección a la frente. La emoción de la niña inunda la habitación y los une a todos. Si la madre pudiera pedir un deseo en ese momento, sería que la nieve no se derritiera nunca.

Durante esa pequeña fiesta de la cohesión familiar, el caos de Frieda se encuentra demasiado cerca de casa. Ruth lava los platos en el fregadero de la cocina, concentrándose en la vajilla empapada para evitar mirar hacia la casa de su vecina. Se afana en limpiar el queso pegado a una cacerola mientras la pared de enfrente proyecta su descontento a través del callejón. Le entra dolor de cabeza, sube a buscar paracetamol en la mesilla de noche y rebusca entre los trastos del cajón. Las llaves de Frieda se mueven con un arañazo, recordándole lo que tiene que hacer, aquello que no puede postergar eternamente. Guarda en el armario la chaqueta de punto con la carta aún en el bolsillo, consciente de lo que esas pocas palabras podrían desencadenar si Giles las leyera. Tras otra buena noche de descanso, Ruth no logra entender por qué no le dio las llaves a Liam y listo. Si no se lo hubiera pensado tanto cuando él se las pidió, el problema de entrar en casa de Frieda habría desaparecido y la responsabilidad habría sido transferida a su hijo, que tiene más derecho que ella. La ha secuestrado una mujer a la que apenas conoce y entre las sombras acecha la certeza de que Liam ha despertado algo turbio en su interior, aunque eso no tuvo nada que ver con lo que ella y Giles hicieron la noche pasada. Su vanidad le nubló el juicio y ahora está metida en un lío por culpa de sus mentiras. Ella se lo ha buscado.

A última hora de la mañana, unos cuantos coches se aventuran por la calle y abren una zanja gris a través de la nieve. El teléfono de Giles suena mientras la apertura de las líneas de ferrocarril y de autobuses allana el camino para que la ciudad vuelva al trabajo. La reunión a la que no ha podido asistir ha sido reprogramada para esa tarde. Marido y mujer se besan en la puerta. Giles la abraza durante más tiempo del habitual.

—No ha desaparecido, Ruth —le susurra este al oído, como si hablar demasiado alto pudiera romper el equilibrio; luego la atrae hacia él agarrándola por la cintura y la presión de su cuerpo contra el de ella se convierte en un recordatorio seductor de la noche anterior—. Solo hemos olvidado cómo buscarlo.

Ella le rodea el cuello con los brazos y entierra la cabeza en su hombro, aterrorizada por si su cara ahuyenta todas esas cosas buenas.

—Lo siento, pero tengo que irme —se excusa Giles, alejándose de ella con suavidad antes de darle un beso en los labios—. Ya seguiremos más tarde.

Giles se aleja en bicicleta calle abajo y Ruth se queda en la puerta rememorando la noche anterior, en la que la larga espera había hecho que su amor fuera tan intenso como la primera vez que estuvieron juntos; volvían a ser unos desconocidos y eso les permitía dar lo mejor de sí mismos. Pero con la luz del día había regresado la realidad de que el más mínimo error, el desliz más insignificante por su parte, podría hacer que todo volviera a desmoronarse.

El tiempo recupera su brío y unos copos de nieve gruesos caen en el callejón y en el patio delantero de Frieda. Las huellas del cartero trazan un camino hasta la puerta de la señorita Cailleach, donde un manojo de correo comercial sobresale del buzón. El régimen de la casa continúa mientras Frieda está en el hospital; por alguna razón, le ha confiado a Ruth su bien más preciado y ella debe corresponder a su vecina enferma, al menos por un día, alimentando a su gata. Al día siguiente ya habrá tenido tiempo de pensar en otro plan, como decirle a Liam que ha estado rebuscando debajo de los tiestos y que al final ha encontrado las llaves.

Deja a Bess en la cuna para que duerma. Tiene una hora antes de que el bebé vuelva a despertarse. No para de moverse, ansiosa, cambiando las llaves de Frieda de una mano a otra. Si deja a Bess ahí, la visita a la casa de la vecina será más rápida; además, está lo suficientemente cerca como para volver si su hija se despierta. Ruth se llena los bolsillos de guantes de látex y de desinfectante para las manos, se engancha el vigilabebés a la cinturilla de los vaqueros, se pone el abrigo, y comprueba si la puerta principal es segura, abriendo y cerrando varias veces con la llave.

Los patinazos de los neumáticos en la calle se están volviendo a congelar y un montón nuevo de excrementos de perro ha abierto un agujero en la nieve. Mientras sale por el portón del patio, Monica, la vecina, mete otra bolsa de basura en el contenedor, todavía sin vaciar.

—¡Ruth! —exclama esta, sonriendo de oreja a oreja—. Vaya tiempo, ¿eh?

Ella se pone tensa.

—Pues sí —responde, a la espera de que Barry salga también por la puerta, pero no es así.

—A ver si nos tomamos un café algún día. —Monica se frota las manos, intentando espantar el frío—. Para que Bess conozca a Danny como es debido. Solo se llevan un par de meses.

—Sí.

Ruth debería ser más amable, pero lo cierto es que no dispone ni del tiempo ni de la paciencia necesarios para ello. Además, Monica tampoco debe verla entrar por la puerta del jardín de Frieda. Querrá saber por qué lo hace y podría contárselo a Barry, quien seguramente se lo contaría a Liam. Pero si vuelve a entrar en casa ahora su valor desaparecerá. Patea el suelo con las botas, aplastando la nieve hasta convertirla en hielo.

La pausa se alarga hasta que finalmente es Monica quien habla.

—En fin, estoy un poco más tranquila ahora que he conseguido crearle una rutina a Danny, así que estaré más disponible, si necesitas algo. Sé lo duro que puede ser el primer bebé —comenta riendo, algo que resulta agradable y reconfortante—. ¡Verás cuando tengas cuatro, como yo!

Ruth inclina un poco la barbilla hacia arriba, sonriendo tímidamente, mientras Monica entra en el patio y cierra la cancela. En realidad, la gente es amable; es ella la que juzga, la que es inaccesible.

Mira a ambos lados de la calle antes de entrar en el patio de Frieda, inmaculado salvo por las huellas del cartero que la nieve está volviendo a cubrir. La cerradura de la casa está dura y la puerta se abre con un traqueteo fuerte. Entra en una bolsa de aire caliente y repara en que la cocina está más ordenada que la última vez que estuvo allí, como si Frieda se hubiera tomado la molestia de organizarla. Revisa el correo comercial que está en el buzón y, como no hay nada importante, vuelve a dejarlo donde estaba para que Liam no note el cambio. De hecho, si no estuviera tan nerviosa, se le habría ocurrido entrar por la puerta de atrás. La próxima vez, si es que hay una próxima vez, utilizará la otra entrada para que no se vean sus huellas.

Sigue adentrándose en la cocina, armándose de valor para enfrentarse a la gata. Sobre la encimera hay varios sobres acolchados, todos dirigidos al Sr. Smith, como los que Ruth ha recogido en otras ocasiones para Liam. Están sin abrir y decide que lo mejor es dejarlos donde están. Al lado de los paquetes se encuentra la cámara de Frieda, con la parte de atrás abierta y sin carrete. Cierra el compartimento para acercarse la pesada máquina a la cara, mucho menos portátil que su móvil, y vuelve a preguntarse por qué Frieda se empeñará en usar ese trasto anticuado cuando lo digital es infinitamente más sencillo. Con el ojo en el visor, ajusta el enfoque del largo objetivo. Deja la cámara y abre el frigorífico. En la puerta hay un cartón de leche semivacío, pero apenas hay otros alimentos. Los viajes diarios que Frieda hace a las tiendas deben de ser únicamente para comprar lo necesario para el día, solo lo que se puede llevar, un hábito residual de la generación anterior a la refrigeración, quizás, aunque ella no parece tan vieja, solo anticuada.

Ruth enjuaga y rellena el envase de la leche con agua para regar las plantas que están repartidas por el suelo y por el alféizar de la ventana del salón; algunos tallos se han marchitado en aquella sauna de habitación; claro que tampoco ayuda que todas las cortinas estén cerradas, incluso las del fondo, que estaban abiertas la última vez que estuvo allí. Sin embargo, todas las luces están encendidas y un resplandor halógeno de sol falso hace brillar las hojas. Se baja la cremallera del abrigo para acercarse el vigilabebés a la oreja. Entre las interferencias se oye la respiración suave de Bess, que sigue dormida. Ruth suda bajo todas las capas de ropa que lleva encima, pero quitarse el abrigo implicaría permanencia, lo que a su vez significaría que se siente cómoda con la tarea que le han asignado. Una voz se acerca a la casa. Se queda inmóvil, aterrorizada ante la posibilidad de que Liam esté a punto de entrar por la puerta. También se oye el llanto de un bebé, aunque no es el de Bess, que Ruth reconocería en cualquier parte, y tampoco el de Ian, porque él solo gime. El grito se aleja y entonces se escucha otro ruido, esa vez procedente del interior de la casa de Frieda: un golpe fuerte y un chirrido. Se tapa la boca con una mano para no gritar. Los golpes se repiten y luego se aceleran mientras, en la cocina, la caldera de la pared cobra vida y los radiadores se unen al coro. Ruth se dobla hacia delante para recuperar la calma, con la respiración tan agitada como el corazón. La caldera decrépita es casi tan vieja como Frieda y hace más ruido que un hombre orquesta para impulsar el agua caliente a través de las tuberías chirriantes ocultas en las paredes y en el suelo. En el techo del salón, otra tubería repiquetea al dilatarse, haciendo el mismo ruido que escuchó el día que tomó el té con Frieda.

Una vez regadas todas las plantas, Ruth sube sigilosamente las escaleras. «Vale, acabemos con esto de una vez, gatita». Aguza el oído para ver si oye algún maullido o arañazo, pero solo hay silencio; a lo mejor la gata ya ha muerto. Se imagina teniendo que explicarle a Frieda que no ha llegado a tiempo y eso la motiva para continuar. Entra en la habitación de la parte delantera y se le hace raro tener que girar a la derecha en lugar de a la izquierda para acceder a esa réplica de su propio dormitorio, aunque por dentro no podría ser más diferente. Las paredes están pintadas de un rojo intenso y una cama con dosel de madera tallada ocupa gran parte del espacio. El mueble está desgastado y debe de haber sido un suplicio subirlo hasta esa habitación tan pequeña. Nadie se habría molestado en hacerlo si no tuviera valor sentimental; puede que la cama haya sido una herencia de su madre o de su abuela. Es probable que varias generaciones de la familia de Frieda fueran concebidas y paridas en esa cama, tal vez incluso Liam.

Sobre el colchón hay un montón de colchas y cojines de *patchwork*. Ruth levanta la parte colgante de las mantas para mirar debajo de la cama. Allí, durmiendo sobre un cobertor raído, se encuentra una gata negra y vetusta. Esta abre tranquilamente un ojo y la observa antes de volver a posar la cabeza sobre las patas. Ella retrocede, deja de contener la respiración, algo que no sabía que estaba haciendo, y echa un vistazo a la habitación. En la esquina hay un par de cuencos, uno con agua y otro con pienso. Ambos están llenos hasta los topes. Ruth arrastra la comida hacia la cama y la cuela debajo, procurando no acercar la mano a la gata. El animal olfatea brevemente el pienso y vuelve a dormirse. «Vamos, gatita», dice ella, acercándole un poco más el cuenco. «No has probado bocado desde ayer». La gata sigue durmiendo. Debajo de la cama también hay una caja de metal polvorienta y ella la empuja hacia la manta de la gata para intentar que esta se mueva. Esa vez el animal entorna ambos ojos y bufa. Ruth aparta la mano rápidamente y se fija en las iniciales «F. C.» que están talladas en un lateral de la caja: deben de ser de «Frieda Cailleach». El cofre está lleno y la tapa no cierra por el montón de sobres que hay dentro. Uno de ellos ha caído al suelo. En un lado se puede leer «Fotografías exprés» y un par de fotos borrosas de árboles sobresalen de la funda.

Ruth se pone de pie y se limpia el polvo de las rodillas mientras la gata escuálida sale tranquilamente de debajo de la cama. Un cojín en el suelo alberga el fantasma de su figura. El animal se acomoda en la hondonada redonda, ni demasiado enfermo para moverse ni demasiado débil por la falta de comida, y ella se siente aliviada de que el hecho de no haber llegado antes no haya provocado que el animal muriera estando a su cargo.

Gira sobre sí misma para echar un vistazo a toda la habitación. Los cuadros de flores y paisajes que hay en las paredes son muy coloridos, nada que ver con los tonos beis habituales que Frieda elige para su ropa. Uno es ligeramente cubista, de un pájaro entre el follaje, y otro parece mexicano. También hay un par de fotos de aves, como las de las paredes de abajo, muy poco profesionales y probablemente tomadas por Frieda con el objetivo largo. En una de las fotografías, Ruth identifica la estela de un tren de fondo; puede que la instantánea fuera tomada desde el huerto de la anciana. Hay otra imagen de un cernícalo planeando sobre los árboles, hecha desde una perspectiva diferente, mirando hacia el otro lado, con las chimeneas de las casas adosadas de fondo. Frieda solo puede haber hecho esa foto desde el otro lado de la reja, en las vías muertas, así que debe de haber algún acceso. Eso explicaría las hogueras que Ruth ve de vez en cuando, cuando los chavales del barrio se chutan su dosis de naturaleza: un antídoto contra el asfalto y los ladrillos de su territorio habitual.

Hay dos plantitas en el alféizar de la ventana de la habitación con unas hojas plumosas de cannabis reveladoras y se emociona un poco por la sensación de clandestinidad mientras las riega, aunque no tiene ningún deseo de volver a fumar ni de regresar a ese tipo de paranoia. Separa un poco la cortina cerrada para que a las plantas les llegue la luz del día. Del cerrojo de la ventana cuelga un atrapasueños parecido al que le dejaron a Ruth en la puerta al nacer Bess, el mismo que tiró a las vías muertas hace solo unos días.

En la mesilla de noche de Frieda hay una foto de una señorita Cailleach mucho más joven, con un niño pequeño al lado. Debe de tener unos siete años y es regordete y mono; está abrazando a su madre y sonríe abiertamente a la cámara. Frieda está rodeándolo con un brazo e irradia felicidad. Ruth coge el marco de fotos. Bajo la gordura infantil del niño, reconoce a Liam de pequeño; o a Rainbow, como debía de llamarse entonces. Él y Frieda están en la huerta de la parte de atrás con la reja del ferrocarril a sus espaldas y la zona, cubierta de zarzas y ortigas, tiene un aspecto muy diferente al actual; debían de acabar de mudarse. Liam tiene un rostro noble, transparente y amable y Ruth piensa que le gustaría mantener una conversación con ese pequeño que parece lo suficientemente inocente como para no preocuparse por su nombre. Así podría preguntarle cuál había sido el error y por qué, de todos los caminos que podía haber elegido, había decidido reinventarse convirtiéndose en un hombre tan hostil.

Ruth deja el marco, impaciente por encontrar y limpiar el arenero para poder irse por fin a su casa. Saca los guantes de látex y sale al pequeño rellano al que dan las otras dos habitaciones que hay al final de la escalera. Abre la puerta del aseo. Varias toallas de baño y de mano se amontonan pulcramente en un armario. Hay unas flores de plástico polvorientas en un jarrón en el alféizar de la ventana y se percibe un olor fuerte a jabón desinfectante de señora mayor por encima del hedor a desagüe. Ni rastro del arenero. Ruth abre el grifo del agua caliente y esta se cuela humeante por el sumidero, llevándose parte del olor con ella. La última puerta del rellano da paso a una copia del dormitorio de Bess, seguramente la habitación de Liam cuando vivía en esa casa. Intenta imaginarlo allí de joven; aunque ha visto su foto, es el tipo de hombre que parece haber sido siempre adulto, ya que no conserva ni rastro de ternura infantil.

Gira el pomo, preocupada por dónde habrá estado haciendo la gata sus necesidades, ya que es imposible que haya podido entrar en esa habitación. Tiene las manos mojadas por el agua del baño y el picaporte se le resbala de su mano enfundada en látex. La puerta se desplaza unos milímetros, pero no va más allá. Al otro lado del vigilabebés se escucha un gemido. Ruth sube el volumen al máximo porque a esa parte de la casa no llega bien la señal, pero aun así es posible identificar los movimientos de Bess. Se oye un susurro mientras la niña se revuelve entre las sábanas y luego un quejido cuando se vuelve a acomodar. Ruth espera a tener la certeza de que se ha vuelto a dormir, aunque Bess no tardará mucho en despertarse del todo. Se quita los guantes, se seca las palmas de las manos en los vaqueros para agarrar mejor el pomo, apoya un hombro en la puerta y empuja con fuerza. La puerta se cierra rápidamente. Lo que más desea en ese momento es entrar y acabar de una vez por todas, así que empuja con todo su peso contra la barrera. Con un último golpe, la puerta se abre de par en par.

La silla que le impedía entrar cae al suelo. Entra a trompicones en una habitación pequeña. En la cama, justo enfrente de ella, hay una chica delgada con los ojos muy abiertos y llenos de lágrimas.

Ruth da un grito y retrocede de un salto hacia el rellano.

—¡Joder! —Piensa inmediatamente en Bess, que está sola en casa durmiendo. Si esa chica la ataca, no podrá reunirse con su bebé—. ¿Qué demonios es esto? —exclama, pegándose a la pared como si intentara hacer retroceder la habitación unos milímetros.

—Por favor —dice la chica, que está acurrucada rodeándose con fuerza las rodillas con los brazos—. Ella me dijo que vendrás.

—¿Quién? ¿Frieda sabe que estás aquí?

—Sí —dice la niña con voz ahogada, hundiendo la cabeza en las profundidades de sus piernas.

—No entiendo nada.

Lentamente, la desconocida sube la boca a la altura de las rodillas.

—Por favor, soy un secreto.

Ruth está jadeando. Frieda la ha engañado para que entre en su casa con esa persona peligrosa dentro.

—Esto es una locura. —Mira hacia las escaleras: la salida está despejada. Ahora es el momento de huir, de marcharse y no volver nunca más.

—No te vayas. Solo necesito comida —dice la chica como si presintiera que Ruth está a punto de salir corriendo.

—No pienso... —replica ella, avanzando hacia las escaleras—. No puedo hacer esto.

La muchacha da un salto hacia delante y la agarra de la manga.

—Debes ayudar.

Ruth tira violentamente del abrigo.

—Déjame o llamo a la policía.

Al oír eso, la chica la suelta. Baja las escaleras de dos en dos, rozando el zócalo con los pies, mientras se agarra al pasamanos para sujetarse. La otra le pisa los talones. Ruth atraviesa el salón y va hacia la puerta principal. Agarra el pestillo, pero la muchacha da un salto y apoya todo su peso contra la puerta. Forcejean en silencio, ambas conscientes de que nadie del exterior debe enterarse de que están ahí. Ruth trata de apartar a la chica y, al hacerlo, le araña el antebrazo con una uña rota. Una raya de sangre brota en la piel de la desconocida.

—Por favor —le pide esta—. Solo hasta que señora Frieda vuelva a casa.

—De eso nada, no pienso meterme en esto.

—Te suplico. —La joven la agarra de la mano y le transmite su temblor—. No hay nadie más.

Ruth recupera el equilibrio jadeando, con la caldera todavía rugiendo a sus espaldas. Con indecisión, la chica se aleja un poco de la puerta. En ese momento, Ruth se abalanza sobre el pestillo y, con el otro brazo, empuja a la muchacha con todas sus fuerzas y la lanza hacia la pared opuesta, donde su cabeza se estrella contra el arquitrabe de la puerta del salón. La chica grita y se lleva las manos al cráneo mientras curva hacia delante el pecho y los hombros, como si intentara encogerse y desaparecer.

Ruth se queda inmóvil y se pega a la puerta.

—Dios mío. —Ella ha hecho eso, puede llegar a ser así de fuerte—. Lo siento mucho. ¿Estás bien?

La joven se pone en tensión para esquivar cualquier otro golpe que Ruth le pueda propinar. Esta afloja los dedos alrededor de la manilla mientras observa por primera vez a la muchacha con atención: se trata de una adolescente de apenas dieciocho años, tal vez menos, y va vestida con ropa de Frieda; un forro polar verde le cubre los hombros huesudos y sus piernas se pierden dentro de unos pantalones de tela voluminosos.

—Ya me has visto otra vez —susurra la joven; sus brazos ahogan sus palabras—. Y no contaste a nadie.

—¿Cuándo? ¿Cuándo te he visto?

—Antes, cuando era oscuro. Fui en tu jardín.

Ruth se agarra el estómago tras ese puñetazo invisible mientras la chica aparta lentamente las manos de la cabeza y deja al descubierto su cuello esbelto. Un montón de posibilidades se le presentan de golpe y las baraja a toda velocidad hasta que llega a la retorcida conclusión de que está lo suficientemente bien como para plantearse su enfermedad. Pero, incluso en el terreno conocido de su psicosis, ¿podría su mente ser capaz de hacer unas piruetas tan fantásticas, de convocar a un ser tridimensional que siente dolor? Una muchacha que, hace un montón de meses, ella imaginó que vivía en la pared de su casa y que ahora le pide que la alimente. ¿Con qué? ¿Con su cordura? No puede ser posible.

Bess se queja a través del vigilabebés. La hija de Ruth está en casa. Sola. Necesita hacer algo rápido para salir de allí. Logra hilar unas cuantas palabras.

—¿Qué es lo que quieres?

La chica se rodea la cintura con los brazos. Las lágrimas se le acumulan en la barbilla y caen al suelo. No emite ningún sonido.

Una vez más, Ruth habla, esa vez con mayor contundencia.

—¿Cómo puedo hacer que te vayas?

La joven no la mira.

—Después de que tú me ves, la señora Frieda me encuentra. —La sangre le corre por el brazo y le mancha la manga—. Dijo que eres buena.

Ruth aún siente en la yema del dedo la sensación de haber arañado con la uña la piel de la niña. Un impulso se había desatado en ella, dándole permiso para hacer lo que fuera necesario, para infligir dolor si era preciso; había sido un arrebato casi incontrolable. El miedo y la necesidad de ganar la habían enardecido.

Extiende la mano hacia la chica, cuyo cuerpo delgado sigue agarrotado de miedo.

—¿Te duele?

La joven esquiva la mano de Ruth.

—Solo necesito comida —dice, meciéndose adelante y atrás mientras se abraza a sí misma—. Frieda no sabía que va al hospital tan rápido.

Se oye un ruido a través del vigilabebés. Bess está a punto de echarse a llorar.

La chica se estremece, con las rodillas sobresaliendo bajo los pantalones, y pronuncia unas palabras casi inaudibles.

—Vuelvo pronto.

—¿A dónde? ¿A la pared? —Incluso mientras lo está diciendo, a Ruth le suena ridículo, pero el hecho de verbalizar la peor de las posibilidades le ayuda a ahuyentar parte del miedo.

La muchacha se muerde el labio inferior y la piel palidece con la presión.

—¿Estás loca?

Bess se ha puesto a llorar a pleno pulmón y la ansiedad por regresar a casa se apodera de Ruth.

—Sí —responde ella en voz baja—. Me temo que sí.

No tiene espacio en su vida para hacerse cargo de ese problema nuevo y no hay absolutamente nadie a quien pueda pedir ayuda; lo único con lo que cuenta es con su juicio falible. Está atrapada entre dos personas de las que es responsable y solo tiene la certeza absoluta de la existencia de una de ellas. Necesita estar bien, priorizarse a sí misma y a su bebé.

Se vuelve lentamente para salir de ese mundo al revés, consciente de que tendrá que hacer algo más para hacerlo desaparecer. ¿Quién va a creer que hay una niña escondida en casa de Frieda? Y, si Ruth lleva allí a Giles o a la policía, ¿cómo puede estar segura de que esta no va a desaparecer? De su imaginación o por la puerta de atrás. Giles no debe enterarse nunca. Si lo hace, lo que redescubrieron la noche anterior se esfumará. Marido y mujer volverán a convertirse en cuidador y paciente.

Abre la puerta. La muchacha presiona la palma de la mano sobre el corte del brazo, con la boca entreabierta y los ojos enrojecidos. Aquella la mira por última vez, con dureza.

—Me llamo Leila —dice la chica.

Ruth cierra la puerta al salir.

# 12

Ruth continúa agarrotada por la tensión mientras saca a Bess de la cuna.

—Lo siento muchísimo, cielo —le dice al bebé antes de besarle la cabeza y abrazarla con fuerza—. Mamá no quería dejarte sola tanto tiempo, lo siento mucho.

La pequeña tiene las mejillas resbaladizas por las lágrimas. Esta se calma un poco en brazos de su madre, pero lo que necesita es leche.

Una vez en la planta baja, Ruth se pone a caminar por la sala mientras el biberón se calienta. Sus pasos guían sus pensamientos; no deja de darle vueltas a lo que pasa en la casa de al lado, sin saber muy bien qué creer. Está mejorando y ahora mismo está demasiado bien como para haberse imaginado otra aparición, aunque no siempre ha sido dueña de su mente y no puede descartar por completo la posibilidad de que esta se haya puesto a funcionar de nuevo en modo automático. Al fin y al cabo, hace poco que ha tenido otras alucinaciones. Pero en esas ocasiones estaba medio dormida y ninguna de las visiones había sido como esa, con un ser humano que habla y sangra. Se sienta y se vuelve a levantar, con las piernas inquietas por la energía que le genera la necesidad de tener una seguridad absoluta.

Bess llora y se estira hacia el suelo. Ruth se aferra con fuerza a ese pedacito viviente de normalidad que no deja de retorcerse, la única criatura que con total certeza pertenece a este mundo. Con una mano, busca en la cartera el número para casos no urgentes que le dio la agente de apoyo comunitario; juguetea con la tarjeta maltrecha entre los dedos, marca dos dígitos en el teléfono y está a punto de continuar cuando piensa en la conexión irreversible que está a punto de establecer. ¿Acaso la policía se hará cargo de su preocupación si la llama? Y, si insiste en que vengan, ¿esos agentes cuya presencia aún persiste en los márgenes de la ineptitud de Ruth se hundirán en su sofá, observando, juzgando y esperando a que ella rompa el hielo tartamudeando: «He encontrado a una chica en la casa de al lado. La propietaria sabe que está allí, así que ni siquiera tengo claro que sea un problema. Pero lo más grave es que puede que me la haya inventado»? Cuelga el teléfono.

Bess se inclina hacia un lado. Su madre la sienta en la hamaca y le da el biberón. La pequeña se aferra a la leche con sus manitas regordetas y la engulle entre suspiros de satisfacción, siguiendo a Ruth con los ojos brillantes de complicidad; su pequeña es como un barómetro de la realidad y mucho más sensata que la adulta que está con ella en la sala.

Le acaricia el cabello húmedo a su hija mientras con la otra mano recorre los contactos de su teléfono hasta llegar al número de Giles. Ensaya qué decir: «He salido sin que lo supieras y me he visto envuelta en algo que podría ser peligroso». O: «¿Me ayudarás a desentrañar mi alucinación más real y seguirás confiando en mí para cuidar de nuestra hija?». Las palabras aguardan en su lengua, preparadas para salir al éter y llegar al oído de Giles, que las utilizará para calcular la forma más rápida de llevarla de vuelta a la unidad maternoinfantil. Ruth deja el teléfono boca abajo.

Encima de la mesa del comedor hay un sobre que él ha dejado allí antes de irse, con una nota a mano en la parte delantera: «No olvides tomarlo». Dentro está el antidepresivo. Así le deja la medicación ahora que pasa tiempo fuera de casa. Antes al menos endulzaba la orden plantándole un beso en la frente o la consolaba con una broma —«Eres mi paciente favorita»—, pero en cuestión de días el mensaje se ha convertido en un mero trámite, en otra tarea motivada por las dificultades de su mujer. En un par de horas estará en casa. Entonces, Ruth ya no podrá salir y el asunto de la chica se alargará un día más. Y si la nieve se acumula y Giles no puede volver a trabajar al día siguiente, habrá una joven atrapada y hambrienta esperándola; ella es la única que la puede ayudar.

No es de extrañar que Frieda no quisiera a Liam en su casa y que las cortinas llevaran varios días cerradas para evitar miradas indiscretas. Aunque no tiene claro lo que debe hacer, también se siente extrañamente orgullosa por haber sido la elegida para cuidar de Leila; hace meses que nadie le confía nada importante. Además, se siente mal por Frieda, porque el niño que Ruth ha visto en una fotografía hace apenas unos minutos se ha convertido en un ogro de tal calibre que hasta su madre está segura de la poca amabilidad con la que trataría a la niña que acoge en su casa. Si lo único que necesita Leila es comida, tal vez ella pueda proporcionársela hasta que Frieda salga del hospital..., si es que sale. Solo una cosa está clara: ella es más fuerte, al menos físicamente, que lo que sea que hay en la casa de al lado. Se toma la pastilla y coge una bolsa de plástico para guardar algo de pan y unas cuantas latas de comida viejas. Añade algo de queso, leche y mantequilla de la nevera, procurando no vaciar las estanterías, y esquiva el paté y el queso curado que tanto le gustan a Giles y que este echaría en falta de inmediato. Coge a Bess en brazos, envuelve a la pequeña en una manta y sale por la puerta delantera, ya que la trasera se ha hinchado con la humedad y está atascada. Se mete por el callejón para ir hacia la parte de atrás de la casa de Frieda, abre la puerta como quien le abriría el portón a un toro y aleja a Bess de la entrada mientras Leila se acerca a todo correr. Ruth retrocede rápidamente un par de pasos hacia el jardín y levanta una mano para detener a Leila, que está fuera de sí, pero que no se atreve a salir al exterior, donde podrían verla. Bess parpadea, hunde la cabeza en el cuello de su madre y luego echa un vistazo, estrujando entre los dedos el jersey de aquella, que mira alternativamente a ambas niñas. El aliento de su bebé alberga una precaución húmeda. El rostro de Leila está oculto entre las sombras de la puerta, pero sus ojos miran fijamente al bebé. Bess se acurruca todavía más con timidez mientras mira de reojo a esa persona desconocida.

La pequeña acaba de llegar al mundo y es tan insensible a la sugestión que le resultaría imposible fingir o disimular su reacción.

—¿Quién es esa? —le pregunta Ruth, señalando a Leila.

Bess sonríe y da pataditas con las piernas como un jinete sobre un poni. Quiere acercarse más. Ruth avanza con prudencia hacia la casa y, cuando llega al lado de Leila, Bess estira un brazo y la joven del umbral toca con sus propios dedos los de la niña, que esconde la cara en el cuello de su madre, riéndose emocionada, curiosamente entusiasmada con aquella desconocida, y la sonrisa que se dibuja en el rostro de Leila le deja claro a Ruth que la joven no es ninguna amenaza para ella ni para su hija. Y que tampoco se trata de una fantasía. Ahora que está segura, se da cuenta de que nunca debió creer lo contrario; había sido su abrumadora inseguridad lo que le había impedido fiarse de su sentido común. Esa respuesta, sin embargo, trae consigo una nueva remesa de problemas: los pertenecientes a esa joven clandestina y desesperada.

Ruth entra en la casa y la golpea el olor afrutado de las sofocantes habitaciones sin airear. La cara de Leila rebosa expectación y miedo y una pregunta flota en su boca ligeramente entreabierta. Querrá saber si la mujer la ha delatado.

Ruth cierra la puerta y le entrega la bolsa de comida.

—Tranquila, estás a salvo.

La bolsa tiembla mientras Leila la abre para mirar en su interior.

—Gracias.

—No es mucho, pero debería durarte un par de días.

La chica pasa por delante de ella para ir a la cocina, abre apresuradamente una de las latas y unta un poco de mantequilla en un trozo de pan.

La mano redundante de Ruth le da unas palmaditas en la espalda a su hija mientras esta gira la cabeza a derecha e izquierda para explorar ese espacio nuevo. La iluminación austera se ve acentuada por la gran cantidad de espejos y las innumerables plantas que proyectan una luz verdosa. Acerca una mano a la cortina de la ventana del fondo con intención de dejar entrar un poco de luz solar, pero Leila da un grito.

—¡No! —Ruth se queda inmóvil y se da la vuelta—. Ya basta que vengas. Si hay otra cosa diferente, ellos verán —añade la chica, más tranquila.

—¿Quiénes? ¿El hijo de Frieda? ¿Ha estado aquí hoy?

—Nadie ha estado.

—¿A quién te refieres, entonces?

—Del lavadero de coches —murmura la chica.

Ruth abraza con más fuerza a Bess.

—¿Te están buscando? —pregunta mientras le viene a la mente la imagen de la calle bloqueada por el pequeño ejército que rodeaba el pozo en respuesta a la escena que ella había montado en la explanada.

Leila lleva un plato de comida al salón y se sienta delante de la mesa de centro; se encorva sobre el pan con alubias frías y los ataca con los cubiertos. Ruth se acomoda en el sillón de enfrente.

—Si supieran que estoy aquí, vendrían —declara Leila con la boca llena.

—¿Por qué?

La chica traga.

—Porque no hago lo que querían.

Ruth baraja las palabras, intentando buscar la mejor forma de preguntarle aquello, aunque ya sabe la respuesta.

—¿Y qué era?

La niña endereza la espalda y se pone tensa. Ruth se queda clavada al sillón, maldiciéndose por haber hecho una pregunta tan obvia y someter a la niña a otra humillación más.

—Me venden —responde Leila.

Ruth traga saliva.

—Entiendo —dice, incapaz de dar con una respuesta más adecuada; la frase es demasiado sobria, pero es lo único que puede decir sin que se le note el miedo en la voz—. ¿Y querías dejarlo?

—Claro. —Leila sigue engullendo más comida.

—¿Trabajabas en esta calle?

—No, hay piso con más mujeres. Pero al llegar a este país venimos aquí.

—¿Por qué?

Leila deja el tenedor suspendido sobre el plato.

—Por policía, inmigración. Tenemos que escondernos.

—¿Os quedáis en la gasolinera?

—No. —Leila parpadea con rapidez—. Vamos debajo del suelo.

Ruth siente un hormigueo en el cuero cabelludo.

—He visto a gente por la noche saliendo de un depósito de gasolina.

—Nadie mira allí. —La joven aplasta las alubias que quedan—. Nos dejan dentro hasta que es seguro, luego nos llevan a trabajar.

—Pero la policía dijo que era imposible. Que los tanques estaban llenos de agua.

—Se equivocan.

—¿Cómo? No lo entiendo.

—Puede que mienten. No lo sé. —Leila baja la vista hacia el suelo—. Después de salir, nadie habla, estamos contentas con aire fresco.

—¿Cuánto tiempo has estado ahí abajo?

—Unas horas, puede que un día. No tenemos luz, no lugar de baño, ni podemos estar de pie —explica Leila; se le cae el cuchillo al suelo—. Es como morir.

Ruth se acerca más a la chica.

—¿De ahí escapaste? ¿Del tanque?

—Ray quiere hacerme bajar otra vez, pero salgo corriendo.

—¿Ray?

—El hombre que vigila. —La joven recoge el cuchillo y lo clava en la comida. Ruth aguza el oído para escuchar el susurro de Leila—. Me separan de mi hermana porque nos ayudamos, planeamos escapar. No sabía dónde la llevaron, así que me peleé para que Ray me dijera, pero nada. Estoy enfadada siempre, hago difícil trabajar, así que nadie paga por mí.

Ruth siente que le falta el aire y el corazón le da un vuelco.

—Ray quiere meterme debajo de suelo para castigarme, para romperme, como a animal. Cree que así hago lo que él quiere, que trabajo mejor, pero yo solo quiero buscar mi hermana. Yo grito y corro cuando él intentó meterme allí.

—Por Dios.

Bess le sonríe a Leila y esta extiende la mano para acariciarle la mejilla.

—Mi hermana es como mi bebé. Intento protegerla, prometo que cuidaría de ella.

Ruth deja a su hija en el suelo entre ambas y se cambia de lado para sentarse junto a Leila.

—Lo siento muchísimo.

—No sé cómo encontrarla. Solo puedo aquí fuera, pero no hay nadie para ayudar.

—¿Dónde estaba el piso en el que trabajabas?

—Estábamos siempre encerradas. Nunca veo la calle. Una vez pedí ayuda a un hombre que paga, pero le daba miedo la policía. Tenía mujer e hijos, no quería que descubrieran. —Leila se distrae mirando a lo lejos la ventana, que sigue con las cortinas echadas—. Mi hermana y yo teníamos colegio, yo estudiaba Ciencias e Inglés y también buena casa. Mis padres tenían dinero, pero usan todo para ayudarnos a Farah y a mí a salir, para salvarnos. —Leila respira hondo—. Pero los hombres engañan. Pagamos todo desde salir de casa. Es camino largo, a veces en un coche o andando, a veces escondiéndonos. Poco después, un barco muy peligroso. A lo mejor se hunde a propósito para que los guardacostas vienen, pero nadie va. Ya no les dejan ayudar. —Leila agacha la cabeza—. Suerte saber nadar, porque los chalecos salvavidas están malos. Vi a gente debajo del agua. —Bess observa a Leila en silencio, como si ella también hubiera percibido la intensidad de la historia de la chica. Los hombros de la chica se sacuden y mira a Ruth antes de seguir hablando en voz baja, atropelladamente—. Cuando intentamos el túnel, nuestro dinero se había acabado, así que tenemos que trabajar para devolver y ahora los hombres nunca nos dejan parar. —El pánico intensifica las lágrimas de la muchacha—. Mi hermana solo quería ir a casa. Tengo que encontrarla, no estará segura sin mí. Creerá que la abandono. Llevo en esta casa una semana. Es mucho tiempo sin hacer nada, sin ayudar.

—¿Tienes alguna idea de a dónde pueden habérsela llevado?

Leila niega con la cabeza.

—A otro piso a trabajar, puede ser. Pero no sé a dónde.

Ruth le posa suavemente una mano sobre la espalda.

—¿Has hablado con la policía?

Leila se aleja de ella.

—No, policía no. Son malos.

—No es verdad. En serio, ellos pueden ayudarte.

La joven inclina la cabeza hacia atrás para aumentar la distancia entre ambas.

—A lo mejor ayudan a ti, pero para mí sería diferente.

Ruth se revuelve en el asiento, tirando de su jersey, demasiado grueso, incapaz de encontrar una postura cómoda, consciente de que no acaba de creerse del todo lo que está diciendo y sin entender las repercusiones de involucrar a la policía en lo de Leila.

—Estoy segura de que te escucharían si les contases tu historia. A ver, tu hermana ha desaparecido.

El aliento de Leila tiene un olor dulce a causa de la comida.

—Pero soy ilegal. Me detendrán. Iré a centro de menores y nunca encontraré a Farah.

—¿Puedes llamar a alguien de tu casa? ¿A tu padre o a tu madre? ¿A algún amigo?

—No queda nadie. Todo desaparecido.

—Pero ¿de dónde eres?

Leila levanta la barbilla hacia Ruth.

—¿Qué más da? ¿Solo ayudas a gente como tú? ¿Con mismo dinero, misma piel?

—Claro que no.

Bess está intentando subirse a sus rodillas y el esfuerzo de sostener la cabeza le resulta agotador. Mira a su madre y chilla. Aquella levanta a la niña y la abraza. Los rasgos de la pequeña son un patrón de su yo adulto: ojos almendrados, labios carnosos y nariz de botón. Ruth y Giles no habían decidido conscientemente el lugar donde había nacido Bess, simplemente había sido una casualidad que ellos hubieran nacido en ese rincón del mundo y que pudieran ofrecer esa misma seguridad a su hija, pero, si les quitaran ese beneficio, ¿en quién podría confiar Bess? ¿Quién la valoraría como si fuera su propia hija si no estuvieran ellos?

—¿Y si les pagas a los hombres lo que dicen que les debes? —pregunta Ruth—. ¿Cuánto necesitarías, para ti y tu hermana? No sé si es posible, pero tal vez podría conseguir algo de dinero.

La gravedad tira de Leila hacia los cojines y se hunde hacia atrás.

—Tú no entiendes. Los hombres dicen que quieren dinero, pero en verdad solo quieren más trabajo.

El sudor resplandece en el rostro de la joven y su cabello brilla a causa de la grasa. Ruth regresa a su época de adolescente: las uñas mordidas, su rechazo a lavarse, un limbo de preguntas sobre Tam, la incertidumbre alimentando la ira, llevándola al límite..., y sus padres, demasiado extenuados por su propio dolor para saber cómo afrontar ese nuevo asalto, eligiendo perder a ambas hijas antes que enfrentarse a la defectuosa, a la que creían culpable de haber dejado a Tam sola ante el peligro. Ruth los recuerda caminando por la orilla el día que Tam desapareció, escupiendo rabia —«¿Por qué no nos has avisado antes? ¿Cómo has podido ser tan retorcida?»— mientras el socorrista volvía a meterse entre las olas una vez más, a pesar de que empezaba a oscurecer, de que estaba agotado y de que solo era un chaval. Le sorprenden unas lágrimas inesperadas por la desesperación de Leila y se cubre la cara con una mano. Hace años que no llora tanto.

Leila la abraza, probablemente pensando que las lágrimas son por ella, que lo son, pero también por muchas otras cosas.

—¿A dónde puedo ir? ¿Qué puedo hacer? No tengo pasaporte ni amigos. Mi inglés no es suficiente, así que todos sabrán que no soy de aquí —dice la muchacha antes de soltar a Ruth—. Aunque a lo mejor... Puede que los hombres te hacen caso a ti —señala, hablando cada vez más rápido—. Tú eres de aquí. Ray no puede dañarte.

—¿Ray? —pregunta Ruth, entre sollozos; luego se queda pensando un rato—. ¿Qué podría hacer yo? No creo que... —Se pone de pie y coge a Bess en brazos. En el exterior se oyen voces, portazos de coches, gente que vuelve a casa del trabajo. Mira el reloj de la cocina—. Madre mía, tengo que irme. —Le castañetean los dientes mientras cambia el peso de su culpa de un pie a otro, mirando fijamente la puerta, que se encuentra apenas a unos metros, aunque bien podrían ser kilómetros—. Volveré mañana, ¿vale? Puedo traerte más comida.

Leila baja la vista. Está tan delgada que su cuerpo casi parece transparente en esa habitación llena de luz, y la única arma de la que dispone es un lugar seguro en el que alojarse; se ha quedado sin raíces y desamparada, todo por el anhelo de una vida mejor.

—Entonces, tengo que volver a trabajar, por Farah. Es única forma.

Ruth se coloca un poco más arriba a Bess sobre la cadera y va hacia la puerta de atrás.

—Oye, lo siento, no sabía que era tan tarde. Mañana seguimos hablando.

—Mi hermana tiene quince años.

A Ruth le suben por el brazo cientos de agujas y alfileres y se le quedan los dedos agarrotados sobre el cerrojo. Su esfuerzo por marcharse se contrapone a la atracción ejercida por esa chica, que solo la tiene a ella para ayudarla.

—Mi hermana pequeña —añade Leila.

A Ruth le sobreviene un torbellino de opciones: todo aquello que tiene que hacer y todo lo que no debería. El suelo se tambalea bajo sus pies y apoya la palma de la mano en la puerta para no caerse. Ese día en la playa, ella y Tam se encontraban tan lejos de la costa que estaban más allá de la rompiente y veían a la gente como puntitos de colores sobre una franja de guijarros amarillos. «¿Cuánto crees que tardarán en darse cuenta de que nos hemos ido?», le preguntó Tam mientras ella chapoteaba en las aguas negras y profundas imaginando el bosque de algas del fondo, que podría enroscarse alrededor de sus piernas y arrastrarla hacia abajo. «Yo ya no puedo más», declaró Ruth, tosiendo agua salada. «Estarán preocupados. Por favor, Tam, vamos. Quiero volver». Tam, que era la que mejor nadaba con diferencia, se deslizó hacia ella. «Eres una mojigata, Ruthie». Luego se sumergió bajo la superficie y emergió como una hermosa sirena. «Tú vuelve si quieres, pero prométeme que no les dirás a mamá y a papá dónde estoy. Se pasan todo el rato encima de mí».

Ruth aparta la mano de la puerta y mira a Leila.

—Voy a tener que hablar con mi marido.

—No se lo cuentes. Por favor, te lo suplico. —Leila se limpia las lágrimas de la cara, encerrando bajo llave a la niña vulnerable que se había permitido ser por un instante.

—¿Por qué?

—Porque la señora Frieda dijo que solo confío en ti. Si él viene, me escapo.

—Pero... —Gira la cara hacia Bess para que Leila no se dé cuenta de que se está planteando traicionarla.

—Yo te vigilo. —Leila se aferra al sofá como si este estuviera a punto de hundirse. Sus nudillos se han quedado sin sangre—. Si lo traes, desaparezco.

Ruth reconoce cada átomo del pánico de Leila como si fuera el suyo propio. Bess tiene casi siete meses y en ese intervalo de tiempo su mundo ha dado un giro de ciento ochenta grados: ya no reconoce absolutamente ningún rasgo de su antiguo ser. Lo único que había necesitado siempre era una buena persona, alguien que no la juzgara.

—Vale. No se lo contaré.

Leila asiente, radiante por su compromiso. Ruth asiente también, aunque no tiene ni idea de a qué se está comprometiendo.

Abre la puerta. El aire frío entra a raudales en la casa. Patina sobre el sendero helado y se agarra a la valla para no caerse.

—Mierda —murmura—. Joder.

«Soy yo la que no es de fiar, yo soy la peligrosa». El caos es un lugar que Ruth habitó en su día, en el que convivió con lo peor de lo peor, y ahora lo está invitando a volver. Giles quiere proteger a su bebé y si se enterara de la existencia de esa chica, o de lo que sea en lo que está a punto de involucrarse, sería la gota que colmaría el vaso.

El crepúsculo avanza mientras ella cruza el callejón hacia su casa. Ensaya lo que le va a contar a Giles sobre esa tarde, seleccionando trivialidades que contrastan con la magnitud de la verdad. En las vías muertas, los árboles jóvenes se balancean con el viento y entre la vegetación ve una pequeña reunión de personas en un claro. Sus huellas han roto la superficie prístina de la nieve.

# 13

Para cuando Ruth y Giles han acabado de cenar y de acostar a Bess, es ya la hora de irse a la cama. Al otro lado del callejón, la condensación de la caldera de Frieda ha dibujado una lágrima en la pared exterior. Al menos Leila está calentita y tiene algo de comida.

No consigue estarse quieta en la cama; las preguntas y la ansiedad agitan su mente hasta que, a eso de las tres de la madrugada, le parece oír a Bess. Sale de entre las sábanas húmedas por el sudor y se encuentra a su bebé profundamente dormida. Ruth aprieta la mandíbula, frustrada por la falsa alarma, pero agradecida por estar atenta a cualquier movimiento en la casa de al lado, porque ¿quién más sabe que hay que estar en guardia? Una vez en su propio dormitorio, aparta la cortina y ve a su zorro merodeando por el camino, con la cola y el hocico pegados al suelo, como si le hubieran regañado. Una vez más, Ruth ha olvidado dejarle la comida; ahora el problema de Leila acapara todo su tiempo y energía. Ojalá el animal encuentre un contenedor fácil de asaltar.

Al lado del portón del patio de Frieda, un arbusto grande de hoja perenne ha acumulado varias nubes de nieve sobre las hojas. En el suelo, una hilera de huellas frescas dibuja un camino entre el arbusto y la puerta principal.

Algo se mueve al lado de la planta. De pronto, una sombra asoma entre el verdor. Una figura emerge, abre el portón y sale a la acera. Ruth se queda helada: es Leila. La chica echa a andar por la calle a paso ligero. Ella coge un jersey y unos calcetines, se los pone a trompicones y el pánico la hace chocar contra la cómoda cuando intenta salir de la habitación. Una fotografía de su hermana cae de la cajonera al suelo y el cristal se rompe.

Giles se sobresalta.

—¿Ruth? —exclama mientras se sienta, asustado—. ¿A dónde vas?

Ella se queda paralizada en el rellano, con un pie todavía dentro de la cama.

—Abajo. No puedo dormir.

—¿En serio? ¿Te has tomado la medicación cuando debías?

—Sí, claro, como siempre.

—Entonces, vuelve a la cama, volverás a quedarte frita si lo intentas.

—Iba a prepararme un vaso de leche caliente.

Giles echa hacia atrás las mantas. Sus pies golpean el suelo.

—Ya lo hago yo. Tú vuelve a la cama. Intenta descansar.

—Pero...

—Ruth. —Ahora él está a su lado, agarrándola del brazo y haciéndola entrar de nuevo en el dormitorio—. Déjame ayudar. Tú también necesitas dormir.

Ella echa un último vistazo desde la ventana, pero Leila ha desaparecido.

De nuevo en la cama, tiembla bajo su jersey grueso, con el cuerpo hirviendo y congelado al mismo tiempo, mientras una marea de sudor le recorre la espalda. Se quita la capa extra y la parte de abajo del pijama antes de echar las mantas a un lado. Abajo se oye el repiqueteo de un cazo. Y un tintineo de tazas al salir del armario.

Leila estará ya cerca del final de la calle a esas alturas. Las uñas de Ruth dibujan medias lunas pequeñas y dolorosas en sus muslos. No debería haber dejado sola a la chica, debería haber encontrado la forma de ayudarla de inmediato o haber sido lo suficientemente valiente como para contárselo a Giles, quizás incluso para llamar a la policía. Pero ¿qué va a hacer ahora? Ya no hay nadie en la casa de al lado y, aunque consiguiera que Giles la acompañara a buscar a Leila, la chica se escondería. Cualquiera que sea la forma en la que aborde el problema, solo hay un desenlace posible y es la constatación de su enfermedad por parte de Giles.

Este sube pesadamente las escaleras. Deja una taza en la mesilla de su mujer, otra en la suya y apoya las almohadas sobre el cabecero para recostarse sobre ellas. La luz sigue encendida.

—Bébetela —le dice—. Te haré compañía hasta que te vuelvas a dormir.

—Estoy bien, de verdad. Mañana estarás cansado en el trabajo.

—No pasa nada. Quiero que estés descansada. —Giles se gira hacia ella. La luz de la calle se refleja en sus ojos vidriosos. Respira hondo, como si fuera a cantar, pero solo le sale un susurro—. Siento mucho que tu enfermedad sea en parte culpa mía, por haberte cargado a ti con todo cuando nació Bess. —Su marido le acaricia el pelo y Ruth siente su mano tibia sobre la cabeza—. Di por hecho que podrías con ello. Siempre has sido tan capaz, tan reacia a dejarte ayudar... Simplemente asumí que con el bebé sería lo mismo. —Ella sabe que lo dice de corazón, porque ha esperado a la oscuridad para confesar lo que realmente piensa—. E imagino que esa suposición me venía bien. He sido un perezoso y también un poco egoísta. Si pudiéramos volver atrás, estaría más presente. Ahora me doy cuenta de que todo esto ha sido un revés para tu organismo. —A Giles se le quiebra la voz—. Quiero que todo vuelva a ser como antes. Te echo de menos, Ruth.

Ella le da la mano por encima de las mantas. Ambos están temblando. Qué bueno es Giles; fue una buena decisión casarse con él. Al menos ha hecho una cosa bien en su vida. Es necesario compartir esos momentos de intimidad tan añorados si existe alguna posibilidad de que vuelvan a ser una pareja, y se siente tentada a aprovechar el espacio que se le brinda para disculparse por sus propios errores, que son muchos y van en aumento, pero solo puede pensar en que Leila ya habrá llegado a la gasolinera. Una joven está ahí fuera sola en plena noche y a nadie le importa, excepto a ella. Y si las personas equivocadas la descubren, la van a secuestrar de nuevo y Ruth no va a volver a hablar con ella nunca más.

Logra arañar unos minutos de sueño antes de que por fin empiece a amanecer. Ahora está abajo, preparándole a Giles la comida para llevar y ordenando la cocina, y, cuando su marido se levanta, ya ha vestido a Bess y le ha dado de comer. Se ocupa de cualquier otra tarea en la que él se ofrecería a ayudarla, detalles que ella suele agradecer, pero que esa mañana se interpondrían en su camino. Una araña negra y gorda acecha en el fregadero. El desagüe está medio atascado, así que el bicho debe de haber subido por las malditas tuberías. En circunstancias normales, Ruth le habría puesto un vaso encima y habría tapado la parte inferior con un cartón para echarla fuera, pero hoy no tiene paciencia y abre el agua caliente a tope hasta que la última pata de la araña desaparece por el sumidero. En el baño de abajo, coge las pastillas del armario, presiona el blíster para extraer una dosis, pega la boca al grifo y se la traga con agua tibia. Ahora Giles ya no tiene ninguna excusa para quedarse en casa.

Él baja al salón, frotándose los ojos para desperezarse, y se sorprende al encontrarse la habitación impoluta.

—¡Caray! —Ruth está en el suelo, acabando de cambiarle el pañal a Bess. Giles se inclina para darle un beso en el cuello—. Está claro que esas horas de más que dormiste anoche te han venido bien.

—Sí y te lo agradezco. Se me ha ocurrido devolverte el favor y ayudarte para que puedas irte a trabajar. ¿Te imaginas llegar temprano por una vez? Y esta noche vas a salir a tomar algo, ¿no? ¿No es la despedida de Faye?

—Ah, sí, lo había olvidado. —Giles se estira y bosteza antes de encender la tetera—. Me parece un poco pronto para dejarte sola tanto tiempo. No sé si voy a ir. No es obligatorio.

—Claro que vas a ir —exclama ella—. Te va a venir bien. Y yo me las arreglaré perfectamente.

—¿Seguro? —pregunta Giles, aliviado, antes de abrazarla e inhalar su aroma, como si la estuviera oliendo por primera vez; su marido le rodea la cintura con un brazo; han recuperado la confianza tras las palabras de la noche anterior y pueden volver a tocarse sin pedir permiso—. De hecho, no creo que me pusieran ningún problema para trabajar hoy desde casa.

Ruth se zafa de su abrazo y levanta a la hija del suelo.

—A Bessie no le toca volver a dormir hasta dentro de una hora.

Giles la persigue con las manos.

—¿No podrías dejarla en la cuna con un juguete? —le propone este, estrechando a su mujer entre los brazos, al parecer, ya con menos miedo de que se rompa—. Podríamos intentarlo.

Ella aún no se ha duchado; tampoco se ha lavado los dientes y lleva ropa interior desteñida. Aquello no le apetece lo más mínimo y menos con lo preocupada que está por Leila. Además, le desconcierta que Giles sea capaz de arreglar tan rápidamente todos los platos rotos que hay entre ellos recurriendo a lo físico... Aunque el hecho de recuperar lo que habían perdido enciende una chispa en su interior. Marido y mujer se besan. Muy a su pesar, ella aprieta las caderas contra las de él y está a punto de rendirse a lo que ambos desean cuando su mente la obliga a centrarse en esa chica desesperada que necesita su ayuda.

—Lo siento —se excusa, un tanto temblorosa por el esfuerzo que le supone alejarse—. No estoy de humor.

El resentimiento de Giles es evidente y su rechazo le resulta más difícil de encajar porque ella también necesita continuar lo que empezaron la otra noche. Ruth les ha negado la opción de comportarse como una pareja y no hay manera de explicar la verdadera razón, así que toda la culpa recae sobre ella.

—Si altero la rutina de Bess, el día va a ser un caos —susurra Ruth, bajando la vista para que Giles no pueda ver sus ojos llenos de lágrimas, mientras piensa en lo que le dijo Sandra de que a los hombres hay que darles sexo para que no lo busquen en otro lugar.

Giles se aleja cabizbajo, contrariado y resignado. Coge sus cosas para irse y envía unos mensajes de texto antes de marcharse; su teléfono pita con las respuestas y luego se va en la bici sin volverse siquiera para despedirse con la mano, como suele ser habitual. Ruth se frota los ojos con la parte de atrás de la mano con tal fuerza que se hace daño, pero la urgencia de lo de Leila enseguida se antepone a su tristeza. Coge a Bess en brazos y sale de casa.

Comprueba que Giles ha doblado ya la esquina de la calle antes de dirigirse apresuradamente hacia la parte trasera de la casa de Frieda. Por la noche ha caído más nieve y va dejando un rastro de huellas en el camino a su paso. Introduce la llave en la cerradura y abre la puerta de atrás con tanta fuerza que esta choca contra la pared. Bess se sobresalta. Ella cruza el salón.

—¿Leila? —exclama en el espacio vacío—. Leila, ¿estás aquí? —No hay respuesta. Grita hacia la parte de arriba de las escaleras—. ¡Leila! —El silencio inunda las habitaciones—. Por favor, contéstame.

Alguien arrastra los muebles del piso de arriba. El alivio de Ruth es efímero; se trata de un sonido más fuerte que los que había oído hasta el momento. Alguno de los hombres de la gasolinera podría haber obligado a Leila a llevarlo allí y ahora ella está indefensa en esa casa con su hija. Se inclina sobre Bess y abraza al bebé, poniéndole la palma de la mano sobre la cabecita. Se escuchan pasos en el suelo, más lentos de lo que recuerda. Le tiemblan las piernas. Nadie haría daño a una mujer con un bebé, ¿no? Se queda al lado de la puerta, con una mano en el pestillo y preparada para salir corriendo si es necesario, pero si se va ahora nunca sabrá si Leila está sana y salva. Alguien baja las escaleras pisando con fuerza. Ruth abre la puerta de atrás y avanza unos centímetros, preparándose para huir, cuando Leila aparece cojeando.

—¡Leila, menos mal! —Cierra de un portazo y su alivio da paso al enfado—. ¿A dónde fuiste anoche? Te vi salir de casa. Era tardísimo.

—Es loco no hacer nada. —La barbilla de Leila se arruga y se le llenan los ojos de lágrimas—. Tengo que probar ayudar. Es primera vez que voy.

Ruth se acerca más a la chica y posa una mano sobre ella.

—Estaba preocupada por ti. No debes salir sin avisarme.

Tras la vulnerabilidad de Leila hay una rabia latente y la aparta de un manotazo.

—Hago lo que me da la gana.

Ruth no le responde; Leila es una niña que se está enfrentando a los problemas de una mujer, una situación que conoce a la perfección.

—No sabía si volvías —sigue diciendo Leila.

—Claro que iba a volver. Te dije que lo haría, ¿no?

—¿Cómo sé para fiarme?

—Estoy aquí, ¿no? —dice con suavidad.

Leila relaja los hombros y Ruth la acompaña al sofá, donde toman asiento. Una marca sucia de humedad rodea los bajos de los pantalones de la chica, donde el tejido se ha empapado de nieve, y su ropa huele a moho. Las luces del techo están apagadas; solo se encuentran encendidas un par de lámparas de pie en las esquinas de la habitación y, en la penumbra de la sala oscurecida por las cortinas, la tez de Leila se ve tan apagada y seca como un trapo viejo. Debe de hacer semanas que no ve la luz del sol.

—¿Por qué saliste? ¿Necesitas más comida? —le pregunta.

—Fui a por Farah. Ya te lo dije, estoy hace mucho tiempo aquí y tengo que encontrarla.

—Creía que no sabías dónde estaba.

—Y no sé. —Ruth nota una pequeña sacudida en el sofá: el miedo de Leila se está transmitiendo a través del asiento—. Pero no puedo esperar más, así que anoche intento buscar una pista.

La joven saca un pañuelo de seda blanco con lunares negros del bolsillo del forro polar.

—¿Qué es eso? ¿De dónde lo has sacado?

—Es de Farah. Lo encontré en la gasolinera.

—¿Ah, sí? ¿Cómo?

—Rompí una ventana. La habitación de detrás de tienda es una oficina.

Ruth rememora el día que preguntó por el grito: el grupo de hombres de la trastienda con el almuerzo en el regazo, Katty comiendo chucherías y metiéndole el dedo en la boca a Bess... y un pañuelo de seda muy bonito colgando del pomo de la puerta.

—Por Dios, Leila, ¿y si hubiera habido alguien allí?

—Tenía que intentar. Tuve suerte.

En el exterior se escuchan ladridos y gruñidos. Un hombre grita; luego se oyen un chillido y un aullido, como si alguien le hubiera pegado a un perro. Unas voces airadas se pierden en la distancia.

—Pero ¿qué hacía allí el pañuelo? ¿Crees que eso significa que Farah está en el tanque?

—No está.

—¿Cómo lo sabes?

—Porque miré.

—Dios mío, Leila. Pero ¿cómo conseguiste levantar la tapa?

—En la tienda está la herramienta. —La muchacha echa hacia fuera el labio inferior y se encoge de hombros—. Y soy fuerte cuando es por mi hermana.

—Pero ¿qué hay de lo que dijo la policía? Lo de que los tanques estaban llenos de agua.

Ruth vuelve a recordar esa noche en la que vio unas figuras saliendo del suelo.

—No agua. Creo que vosotros llamáis «alcantarilla». Una escalera en la pared para bajar. Bloqueada en el fondo y seca, al menos.

—Vaya. —Se desploma hacia atrás en el sofá, pasándose una mano por el pelo. Bueno, eso tiene más sentido. No se trata de un depósito de gasolina, sino de una alcantarilla. Se sentiría aliviada por saber que no se había imaginado a aquellas personas saliendo del suelo si eso no hiciera que la realidad fuera tan aterradora. La presión de las uñas sobre el cuero cabelludo la hace centrarse—. ¿Y ahora qué?

—No hay más donde buscar. Lo único ahora es preguntar a Ray.

—Pero eso es imposible.

—Después voy a gasolinera. Pueden llevarme atrás, con Ray.

—Leila, eso es una locura.

La caldera de la cocina se activa con un ruido metálico y ambas mujeres se sobresaltan.

—Es por mi hermana —dice Leila en voz baja, inclinándose hacia delante.

—No quiero que vayas allí, Leila. Tienes que encontrar otra solución.

El rostro de la joven se ensombrece.

—No depende de ti. Esto hago porque no hay nada más.

—Pero...

—No sé qué han hecho a Farah. —Leila inclina la barbilla hacia Ruth—. Fui tonta, no debí irme, pero creí que podía encontrar ayuda fuera. —Bess se acurruca sobre el cuello de su madre con un chillido ansioso y ella le acaricia su cabecita suave. Leila sigue hablando, con los labios temblando de indignación—. Ahora que la señora Frieda se ha ido, solo tengo a ti. —La chica parpadea con rapidez, intentando contener las lágrimas—. Y tú no puedes hacer nada.

Entonces la muchacha se levanta de un salto y entra cojeando en el baño de abajo. Cierra de golpe.

Ruth se pone de pie y pega la oreja a la puerta, llamando con suavidad.

—¿Leila?

No hay respuesta. Dentro se oye el chorro de un grifo abierto.

Ella aprovecha el inciso para llenar la tetera y echar las bolsitas de té y el azúcar en las tazas. Ese ritual tan familiar le da margen para pensar. Se suponía que su única labor era alimentar a Leila, pero también le está dando consejos, aumentando activamente su implicación y acrecentando sus propios problemas, y las repercusiones de todo ello podrían acabar devorándola por completo. Pero eso no es nada comparado con lo que está sufriendo Leila. Incluso contando con la enfermedad de Ruth, aquella ha padecido más penurias en su corta vida de las que ella padecerá jamás; sus numerosas redes de seguridad —familia, dinero, sanidad, ciudadanía— la sostienen cada vez que se cae. Regresa al salón vacío con dos tazas en la mano, imaginando a la joven al otro lado de la puerta, replegando sus emociones, unas flaquezas nada prácticas ni para ella ni para los clientes que en su día tuvo.

Los minutos pasan. El vapor se escapa de las tazas de té. Ruth cambia a Bess y le da comida de una bolsita que lleva en el bolso para las emergencias. En la pared, junto a la puerta del baño, se encuentra otra de las fotos de Frieda del cernícalo, quizás tomada el mismo día que la del dormitorio. El ave planea sobre los árboles, las chimeneas de las casas adosadas y el tejado de la gasolinera que está al fondo, una perspectiva que solo sería posible si Frieda estuviera en las vías muertas mirando hacia su calle.

Ruth vuelve a llamar a la puerta.

—¿Leila? Te he preparado un té. —Silencio. Fuera, las ruedas de un coche sisean al cruzar la nieve medio derretida—. ¡Leila!

En el baño no se oye nada. El miedo se apodera de ella. Golpea la puerta con el puño y acciona la manilla, suponiendo que estará cerrada, pero la puerta se abre de golpe. Leila está de pie en medio de esa habitación pequeña, en bragas y camiseta. Su cuerpo delgado y musculoso es el de un gato callejero preparado para la batalla. Tiene los brazos llenos de cardenales que parecen manchas y de heridas desgarradas. Ruth se tapa la boca con la mano. El pie de la joven está sumergido en un cubo con algo de agua rosada por la sangre.

—¿Quién te ha hecho eso? —le pregunta.

La expresión de la chica es sombría.

—Anoche me corté el pie con cristales de la ventana.

—¿Por qué no me lo has dicho? ¿Estás bien?

Leila está encorvada; es tan delgada que parece estar doblada sobre el hueco de su estómago. En el suelo hay un montón de pañuelos de papel ensangrentados.

—A lo mejor necesito vendaje.

—Veré si Frieda tiene vendas. —Ruth se inclina para echar un vistazo más de cerca—. Pero creo que deberían darte puntos.

—No. —La joven la aparta suavemente—. El hospital hará preguntas, luego me mandarán a centro de detención.

Ruth mide sus palabras.

—¿Y el resto? —pregunta, señalando con la cabeza los brazos de la chica mientras le levanta una esquina de la manga corta de la camiseta; Leila tiene más moratones por los hombros—. ¿Quién te lo ha hecho?

Leila se aleja de ella, encogiéndose de hombros como si no fuera nada, pero su ceño podría hervir agua.

—A veces Ray, a veces uno de los hombres que pagan. —La chica la mira con los ojos inyectados en sangre, desafiándola con la misma mirada de antes, rechazando su compasión e instándola a actuar—. Farah no quería trabajar, así que dejó de comer, dejó de hablar. Los clientes protestaban que no era buena. No querían pagar si era difícil, si no era sexy. —Leila se pone un poco más recta y el dolor que le causa el esfuerzo se refleja en su cara—. Ray no le pegaba a ella porque era popular, los hombres pagan menos por moratones, así que él me castiga a mí para hacer cambiar a Farah. —La muchacha tiene el rostro sudoroso e intenta reequilibrar el peso, pero se apoya demasiado sobre el pie malo y hace una mueca de dolor—. Ray cree que cuando Farah ve mi dolor eso la obligará a trabajar para que él pare. Pero yo no le decía lo que él me hacía. Yo estaba contenta de que me pegara si ella estaba bien. Luego la separaron de mí. Por eso necesito buscarla. Ella no tiene ayuda sin mí.

—Dios santo.

Ruth apoya una mano en la pared mientras la totalidad del problema de Leila la arrolla como si el río que fluye bajo sus pies hubiera arrastrado la tierra y hubiera abierto un socavón. Para ella, antes las amenazas eran los extraterrestres o las tormentas, las inundaciones y el hambre, catástrofes bíblicas que parecían vagamente factibles. Había utilizado la poca energía que le quedaba para seguir adelante con su insignificante vida mientras el miedo obstaculizaba su capacidad de inspirar amor, y con las minucias de la crianza, cuando esa otra oscuridad, real, acuciante y nauseabunda, estaba por todas partes. Ruth siempre había sabido de su existencia —como todo el mundo—, pero no se podía llegar muy lejos solo con una sospecha.

Leila sigue hablando, como si lo estuviera haciendo con el agua.

—Solo tengo a Farah y Farah solo me tiene a mí.

—Entonces, deben de estar esperando a que vuelvas a buscarla. Será aún más peligroso para ti.

La cancela del jardín se cierra de golpe. Se oyen pasos y una voz en la puerta delantera.

—Sí, tío, son una cerradura Yale y una Chubb normales y corrientes, creo. —Liam está al otro lado de la cortina cerrada. Se queda callado un instante y luego sigue hablando a gritos—: ¿No puedes venir antes? ¿No se supone que los cerrajeros sois un servicio de emergencia?

Ruth y Leila contienen la respiración y se acercan sigilosamente a la puerta del baño para ver qué hace Bess. La niña está en la alfombra, jugando con algo que ha encontrado entre ese mar de cosas. Se trata de un objeto diminuto y redondo, del tamaño de una cuenta o de una pila pequeña, que la pequeña hace rodar entre sus dedos antes de llevárselo a la boca. Ruth empieza a hiperventilar en mitad del silencio. Liam sigue hablando:

—¿Qué? ¿Esta tarde, a las tres? ¿Me estás vacilando?

Bess muerde el objeto con las encías. Eso hace que esté callada, pero corre el riesgo de asfixiarse. La madre se arrastra hacia su hija mientras Liam continúa hablando:

—No, es la casa de mi madre. Vivo en la misma calle. —Le da una patada fuerte a la puerta y Bess abre los ojos de par en par, alarmada—. Me parece un puto chiste, tío.

La voz de Liam se oye con tanta claridad como si estuviera en la habitación con ellas y Bess se queda inmóvil unos segundos, asustada, antes de ponerse a sollozar. Ruth extiende la mano hacia su hija.

—Si no puedes venir antes —sigue Liam—, no me queda otra puñetera opción, ¿no?

Entonces las fuertes pisadas de Liam se pierden en la distancia y la cancela del jardín se cierra con fuerza. Ella sale disparada hacia Bess, le mete un dedo en la boca y saca una semilla enorme cubierta de baba. Justo en ese momento se da cuenta de que Leila le estaba apretando el brazo con las manos sudorosas. La chica le ha dejado la marca de las uñas en la piel.

Ruth la aparta bruscamente.

—No puedo seguir con esto —dice alterada antes incluso de que su mente pueda procesar la situación—. A ver, ¿qué demonios esperas de mí? Solo soy una mujer con un bebé. Bess casi... Podría haberse ahogado. —Recoge sus escasas pertenencias mientras Leila la observa, con el pecho hundido y la cabeza gacha en señal de derrota. Ruth abre la puerta de atrás—. Lo siento. Tendrás que buscar otra solución. Llama a la policía o a tu casa. Tiene que haber alguien. Frieda tiene teléfono. Tendrás que hacerlo antes de que vuelva Liam e irte de aquí rápido. Esto no es seguro —dice antes de cerrar la puerta tras de sí.

Una vez en casa, coge el teléfono fijo para que la llamada sea más difícil de rastrear si a Giles se le ocurre hacerlo, aunque no tiene nada que ocultar, al menos por el momento. Se escucha el zumbido del tono de marcación y el aparato chirría en la palma de su mano húmeda. Mientras sujeta el auricular entre el hombro y la oreja, rebusca entre los contactos del móvil el número del hospital donde dio a luz a Bess. Lo marca y espera hasta que le contestan.

—La señorita Cailleach acaba de despertarse —le informa la enfermera—. Está bastante frágil, pero veré si puede atender su llamada. ¿Ha dicho que es su nuera?

—Sí. —A Ruth se le acelera el corazón por la mentirijilla—. Me llamo Sandra, Sandra Smith.

Ponen su llamada en espera mientras se la pasan a su vecina a la cama. Se oyen interferencias.

—Un momento, por favor.

Es como si estuvieran rellenando el auricular con algodón.

—¿Se encuentra bien? —pregunta.

Frieda vuelve a ponerse al teléfono y esa vez se la escucha mejor.

—¿Ruth? Menos mal, me habían dicho que eras Sandra.

—Sí, lo siento. —Cambia el teléfono a la otra oreja—. ¿Cómo está?

—He tenido días mejores. Tendré que quedarme por aquí un tiempo. —Una flema hace carraspear a Frieda—. Dios sabe lo que me estarán dando. Estoy tan atontada que no sé si es de día o de noche. —Se produce otra pausa larga mientras Frieda recupera el aliento—. ¿Te estás haciendo cargo de mi gata? ¿Hay algún problema?

—Sí. —Ruth aprieta los dientes. No se le puede gritar a una anciana enferma, pero la tarea descomunal que le ha impuesto Frieda sin preguntar siquiera se ve agravada por ese código de colegiala absurdo—. Hay un problema enorme. No tiene derecho a cargarme con esto.

La mujer farfulla un poco.

—Pero ¿mi gata sigue en casa?

—Si se refiere a Leila, por supuesto que sí, pero Liam va a venir hoy con un cerrajero.

—Mi hijo no debe entrar. —Frieda empieza a toser—. No lo entendería. No puedes dejar que la encuentre allí.

Ruth se esfuerza por controlar su voz.

—Lo sé, por eso la he llamado.

A través de la línea se oye un repiqueteo metálico mezclado con el eco clínico de las conversaciones de hospital.

—Lo siento, sé que es pedirte mucho, pero es muy importante que mantengamos a Leila a salvo.

—¿Que «mantengamos»? Querrá decir que «mantenga». Usted está en el hospital, así que ahora es mi problema.

—Es mala suerte que haya salido así. —Frieda emite unos gruñiditos, como si se estuviera reacomodando en la cama—. No esperaba que me trajeran aquí, al menos tan pronto. Yo estaba intentando estar bien, pero el universo tenía otros planes.

Ruth mira hacia el techo al oír aquellas tonterías esotéricas, incapaz de seguir controlándose.

—Pues sí que le han servido de mucho sus remedios caseros.

Frieda responde de inmediato, como si hubiera estado ensayando qué decir.

—Habría acabado en el hospital mucho antes de no haber hecho nada. —Su voz se vuelve distante—. Lo que pasa es que estoy pagando por todos mis errores juntos... Es mi ajuste de cuentas. —Frieda respira con dificultad—. Un momento, por favor.

—¿Frieda? —Se produce una pausa larga llena de golpes y tintineos—. ¿Qué pasa? ¿Tiene algún problema?

—Estoy bien, solo necesitaba un poco de agua. —La mujer habla en voz tan baja que Ruth tiene que pegar la oreja al teléfono—. Hay algunas cosas que deberías saber. Sobre Rainbow, es decir, Liam, cuando era niño. —La respiración de la anciana es asmática y lenta—. Yo... Bueno, hacía las cosas de forma diferente. Para empezar, no consideraba necesario que fuera a la escuela, al menos no para aprender las patrañas que querían enseñarle. —Sus palabras cobran ritmo, como si los recuerdos le estuvieran dando un poco de energía—. Nos iba bien haciendo las cosas a nuestra manera, pero la trabajadora social no opinaba lo mismo. —Su tos le retumba en el oído—. Ella creía que yo estaba siendo una imprudente, que mi piso no era el entorno adecuado para criar a un niño.

Ruth se muere de impaciencia.

—No la sigo.

—Si hubiera tenido un buen marido y una casa lujosa, no habrían movido un dedo, pero el dinero no tiene nada que ver con el amor y yo no necesitaba a ningún hombre y mucho menos a uno como el padre de Rainbow —asegura Frieda con dureza—. Lo estaba viendo venir, ya les había pasado a otras personas dentro del sistema; me refiero al Estado. Me quitarían a mi hijo. Así que me vine a Londres para empezar de nuevo e intentar pasar desapercibida, pero acabaron encontrándome. Entonces, tuve que volver a entrar en el redil.

—Oiga, siento lo que le pasó, pero ¿qué tiene eso que ver con el presente, con Leila?

—Estoy intentando explicarte lo de Rainbow. La gente puede ser cruel, no quiere dejarte entrar. Era como si yo apestara e hiciera lo que hiciera mi olor me delatara. Hasta mi propio hijo acabó rechazándome. Aunque no era más que un niño solitario. Lo único que quería era que alguien le ayudara a encajar.

—Frieda, nada de esto tiene sentido.

—Mi hijo no es perfecto y esta vez se ha metido en un buen lío, pero yo lo quiero por encima de todas las cosas. No puedo volver a defraudarle, no puedo dejar que me lo vuelvan a arrebatar. Como madre, tienes que entenderlo.

—Así que, como usted y Liam se llevan mal, ¿de repente tengo que verme involucrada en este follón? —Ruth levanta la voz, olvidándose de la buena educación y enzarzándose en una discusión con Frieda, como si esta fuera de su familia—. Leila no es responsabilidad mía. Esto es peligroso. ¿A dónde demonios va a ir si no se puede quedar en su casa?

Frieda responde en voz baja y ahogada, como si tuviera el auricular pegado a la cara y se estuviera quedando rápidamente sin energía.

—Confío en ti, Ruth. Me recuerdas a mí misma a tu edad. Yo también tenía a muchas personas en contra. —Ella aguza el oído—. Sé que eres la persona adecuada para ayudarla, siempre lo he sabido. Tú sabes lo que es estar sola en el mundo.

—Ya tengo suficiente sin todo este follón.

—Con alguien como tú de su parte, Leila podría tener una oportunidad.

Ruth refunfuña.

—¿Por qué es problema mío?

—Porque es una oportunidad para ti. Por favor, todo acabará encajando. Me va a llegar una cosa. Guárdala bien, no dejes que nadie más se haga con ella.

—¿Qué? ¿Qué le va a llegar?

—Sé que harás lo correcto. Lo he visto en un sueño.

—No me joda.

—Ruth... —La voz de Frieda se apaga y el teléfono traquetea.

Se oye un chirrido lejano de unos zapatos con suela de goma sobre un suelo limpio y luego a otra persona de fondo: es la enfermera.

—¿Señorita Cailleach? —Esta se pone al teléfono, con voz asustada—. Lo siento, pero su madre necesita descansar. Me temo que se han acabado las llamadas por hoy. Mejor hable con la doctora, después de la ronda.

La llamada se corta.

Ruth cuelga el auricular de golpe, con la ira a flor de piel. Puede dejar que Leila se las arregle sola, pero lo más probable es que la muchacha acabe donde empezó y permitir que eso suceda sería tan funesto como involucrarse. Ahora que conoce de primera mano la verdad, no puede seguir dándole la espalda; tiene una responsabilidad y al menos puede elegir entre lo correcto y lo incorrecto, mientras que Leila solo puede apelar a su bondad con la esperanza de no espantar a su única aliada, ya que ella y su hermana son prescindibles, porque tienen la desgracia de ser pobres y vienen de un sitio lo suficientemente lejano como para que los demás lo consideren ajeno. Pero todas las opciones que se le ocurren, todos los planes de acción, están relacionadas con algo o con alguien que podría sabotear sus decisiones y acabar convirtiéndola en un daño colateral. Si Ruth viviera en un universo paralelo en el que le hubiera entregado las llaves a Liam cuando se las pidió, ni siquiera sabría de la existencia de Leila. Seguiría mejorando día a día y su matrimonio seguiría recuperándose. Pero también volvería a jugar a las palmitas con Bess, a planificar su vida en torno a las comidas y a fingir que esos pasos diminutos no eran como intentar encauzar un río con unas cuantas ramitas.

Va hacia la ventana de la cocina con el corazón tan desbocado que está a punto de salírsele por la boca. Más allá del callejón, observa fijamente la puerta principal de Frieda. En cualquier momento Liam podría aparecer con el cerrajero o Leila podría salir huyendo aterrorizada para volver a la gasolinera. Las oportunidades de actuar que tiene Ruth se agotan a la velocidad de una cuenta atrás, solo que, ahora que su rabia empieza a remitir, por una vez se siente menos confinada entre las paredes de su casa y el mundo exterior se vuelve más cercano. Es posible marcarse un objetivo y lograrlo. Ya no tiene por qué ser invisible, seguir allí encerrada cuidando a una niña pequeña.

# 14

Leila está inmóvil en medio del salón de Ruth, con la ropa colgando como piel muerta de su figura menuda. Acaban de salir huyendo de la casa de Frieda y el desorden que han dejado atrás refleja más el abandono repentino de la vivienda por parte de la dueña que el hogar limpio y ordenado que se encontró ella cuando descubrió a Leila. Esta se quita la bufanda en la que Ruth le ha envuelto la cabeza y el impermeable de la anciana, como una agente doble despojándose de su disfraz. En los pies lleva un par de zapatos de abuela con velcro de Frieda, demasiado pequeños para ella, pero la otra opción eran las chanclas con las que llegó. Leila echa un vistazo a su nuevo entorno y ella ve que la chica se fija en los aparatos electrónicos: la televisión enorme con su multiverso de mandos a distancia, el portátil de Ruth y un equipo de música anticuado con tocadiscos y altavoces. Ella vuelve a observar sus pertenencias, que hace solo unos segundos le parecían cutres y que gracias al filtro de esa desconocida se han convertido en tesoros.

Cierra con pestillo la puerta principal. Se supone que Giles va a salir a tomar algo después de trabajar, pero, aun así, ella está como un flan porque podría cambiar de opinión y aparecer sin avisar. Bess llora de hambre y eso hace que Ruth se centre en esa necesidad inmediata en lugar de en el caos que se está formando en el horizonte. Calienta el biberón, saca un táper con las sobras del estofado del día anterior de la nevera y lo lleva a ebullición en una sartén. El olor a carne elimina el frío del ambiente.

Leila saca de debajo del forro polar y la camiseta algo que parece una fotografía; debe de llevarla oculta en el sujetador, por seguridad. La muchacha mira fijamente la imagen ajada, aferrándose con fuerza a la que Ruth entiende que debe de ser su única y verdadera posesión; es un momento de gran intensidad personal. Desea respetar la privacidad de la joven y no piensa pedirle que se la enseñe a menos que ella se lo ofrezca, aunque se muere de ganas por echarle un vistazo. Finge que necesita coger algo del bolso, deja el biberón de Bess sobre la mesa de centro al pasar y echa un ojo por encima del hombro de Leila. Es una fotografía suya con otra niña, pero está demasiado lejos todavía como para apreciar los detalles. Bess extiende los brazos hacia el biberón desde la hamaca y, antes de que Ruth pueda llegar hasta ella, Leila coge a la pequeña y se la sienta en el regazo. La joven comprueba la temperatura de la leche echándose una gota en la mano y luego le ofrece la tetina a Bess, acunándola suavemente de un lado a otro, como si alimentarla fuera lo más natural del mundo y lo hubiera hecho mil veces antes. El bebé se calma de inmediato y engulle la leche, mirando fijamente a Leila con sus ojos enormes y explorando con la mano libre la barbilla de la niña mayor. Ruth se aproxima deseando coger a Bess y alimentarla ella misma, con una sensación de ineptitud cercana a los celos por carecer de la naturalidad de Leila, porque esa relativa desconocida se siente a gusto con su hija después de tan poco tiempo y porque ni siquiera se le ha pasado por la cabeza pedirle permiso. Ruth sospecha que Leila es de un sitio donde se exige menos a los niños y donde las madres y los padres no se presionan para ser perfectos. La chica levanta la vista hacia ella y sonríe, y esa felicidad sincera en su rostro la reconforta de inmediato. Si la atención angustiosa que Ruth presta a su hija perturba a Leila, ella no emite ningún tipo de juicio. Bess juguetea con el pelo de la muchacha, con el biberón ya por la mitad, y a Ruth le entran ganas de envolver para regalo ese momento en el que Leila está allí, ayudándola, mientras su propia motivación aumenta y la reconecta con la persona que era antes.

La foto ha caído al suelo. Ruth la recoge. Leila no se lo impide ni intenta recuperarla. Es una instantánea de la joven con una niña menor que ella y, por la similitud de sus rasgos —ojos oscuros profundos, frente ancha, nariz recta y hermosa—, se da cuenta de que se trata de Farah. Las mejillas de la hermana pequeña son más redondas que las de Leila y su sonrisa es más tímida. Esta se esconde detrás de la niña mayor como si la cámara fuera demasiado reveladora y su vulnerabilidad, una marca de nacimiento que no puede ocultar. Leila tiene los hombros hacia atrás y la cabeza alta, como si intentara llenar el objetivo por ambas. Farah lleva puesto el mismo pañuelo de seda de lunares que Leila recuperó en la gasolinera, anudado un poco demasiado arriba en el cuello, tal vez en un intento de parecer más adulta, seductora incluso, y Ruth se pregunta en qué momento del viaje de Farah ese acto inocente se convirtió en una realidad siniestra.

Se sienta al lado de Leila en el sofá y la joven agacha la cabeza. Sus lágrimas le estampan varios círculos sobre los pantalones. Ruth coge suavemente a su hija en brazos y Leila aprieta los puños sobre el regazo; la ausencia de Farah es una presencia tangible en la habitación.

—Solo tiene un año menos que yo —comenta Leila—. Pero parece más pequeña. No estará a salvo sin mí.

—Lo siento muchísimo —dice Ruth, que le posa una mano sobre el brazo y lo frota—. Escúchame —le pide mientras sus hombros suben y bajan con un suspiro enorme—. Hay que llamar a la policía ya. Ha llegado el momento. No veo ninguna otra opción.

—¡No! —El grito de Leila rebota en las paredes—. Aunque ayuden, tardarán demasiado y pueden hacer daño a Farah.

—Pero hay albergues para mujeres como vosotras, organizaciones que pueden cuidaros, que sabrán qué hacer. —Ruth coge el portátil, animada por esa idea nueva—. Podemos buscarlas.

Leila extiende el brazo para impedírselo.

—Si esas personas vienen, tendrán preguntas. Solo harán problemas.

—Pero están para ayudar a mujeres en tu situación.

—¿Ves? —Leila se levanta la camiseta, con el rostro encendido por la rabia. Sus cardenales parecen haber adquirido un color más intenso; sangre vieja bajo la piel fina—. Esto hace Ray cuando está un poco enfadado. Solo un poco. Si creen que la policía viene o si la gente que tú dices intenta ayudar, entonces, con Farah será más. —Leila irradia miedo como si fuera una estufa. Se baja la ropa y se recuesta en el sofá, agotada por ese subidón emocional. Le brillan los ojos—. Anoche soñé. Estaba debajo del suelo. Hacía frío y estaba oscuro. Encontraba a Farah, pero no podía despertarla.

Ruth se levanta y le coloca la ropa a su hija para darle una oportunidad a su propio pulso de calmarse. Va hacia la ventana para cerciorarse de que el mundo sigue girando. Dos paseadores de perros se cruzan, procedentes de direcciones opuestas, inclinando apenas la cabeza y sin sonreír, tal vez resentidos por la pelea perruna de antes. Las aceras siguen llenas de nieve, pero el clima ha dejado de ser novedad y el granizado blanco ahora es simplemente un incordio. Solo ha hecho falta una subida ligera de las temperaturas para que la alegría fugaz decaiga. Puede que Monica ya no le dé ni la hora a Ruth. Esta echa las cortinas y se pone a servir el estofado, un detallito en comparación con la inmensa miseria de Leila. La comida se ha pegado al fondo de la sartén y Leila le añade puñados de cheddar que Ruth ha rallado para disimular el sabor a chamusquina. Los hilillos de queso cuelgan de la cuchara de la muchacha mientras esta engulle el guiso y se limpia las salpicaduras con la manga. Ruth la observa con la satisfacción que le niega su propia hija, que es una quisquillosa con la comida. En la seguridad de esa casa, Leila ha dejado a un lado el disfraz de adulta que le ha permitido sobrevivir durante tanto tiempo y su falta de modales en la mesa tiene un punto infantil. Su manga roza la superficie del estofado. Ruth la aparta y le sujeta un mechón de pelo detrás de la oreja, dejando la mano sobre la cabeza de la chica un instante de más. Ella esboza una sonrisa. De alguna manera, estar allí entre la montaña de problemas de Leila es más satisfactorio para ella que las exigencias diarias de quedarse en casa con su hija. Pero ese escuadrón pequeño y extraño que ha acampado en esa casa en penumbra tiene las horas contadas.

—Le he mandado un mensaje a Giles —comenta Ruth, rodeándole la espalda a Leila con un brazo y notando la línea dura de su columna vertebral bajo el jersey—. No volverá a casa hasta más tarde, pero, si no podemos llamar a la policía, hay que pensar qué vas a hacer ahora.

La respuesta de Giles al mensaje había sido seca; era obvio que todavía estaba dolido por el rechazo de esa mañana. «No me esperes despierta», había escrito. «Y agradecería no tener que ocuparme del bebé esta noche». Ella había leído el mensaje varias veces, deseando que aquellas palabras le revelaran algo más, pero no había nada críptico en ellas ni ningún tipo de dulzura entre líneas. Y tampoco caritas sonrientes ni besos al final.

Leila posa el cuenco.

—Me iré pronto —declara.

Sin querer, golpea con el pie el bol vacío que ha dejado en el suelo y la cuchara tintinea contra la porcelana.

—No dirás en serio lo de ir a la gasolinera, ¿no?

—Es la única forma. Debo ir, por Farah.

—En serio, no quiero que lo hagas.

—¿Qué más hay? —Leila pasa las uñas por las costuras de sus pantalones—. Di. ¿Qué?

—Pero no es seguro.

—¿Seguro? Nunca puedo estar segura. —La chica se levanta de un salto y hace una mueca de dolor al apoyarse en el pie—. No sabes qué es tener miedo siempre, no tener país ni elección.

—Leila, por favor, podrían oírte.

—¿Crees que yo quiero dejar mi hogar? Nadie se va a menos que quedarse sea la muerte —susurra ella.

Ruth abre la boca para responder, pero no encuentra palabras. Leila cruza los brazos sobre el estómago con expresión alarmada. Sale corriendo hacia el baño. Tras la puerta cerrada se oyen unas náuseas seguidas del eco de un vómito. El pánico la está haciendo vomitar la comida que acaba de ingerir. El estofado era la única protección que podía brindarle y ahora ya ni eso. Bess se aferra a su madre y esta coge uno de sus cuentos para tranquilizarla. Abre las páginas de cartón grueso y aparece una ilustración de una niña sonriente vestida de rojo con una cesta en la mano que se adentra en un bosque. Ruth reflexiona sobre lo antiguos y universales que son esos mitos, esas advertencias que nos hacen ya desde la infancia para que no nos salgamos del camino, porque fuera de él nos acechan los lobos. Y allí, los que puedan, harán lo que les plazca. Leila vuelve a la sala y se sienta en tensión, como si estuviera a punto de salir corriendo, como si el corte que tiene en el pie no pudiera impedírselo, como si tuviera algún lugar al que escapar.

En el exterior se oyen unos pasos seguidos por la voz de Liam. Este pasa por delante de la casa de Ruth y se escucha el vaivén y el golpe del portón de Frieda cuando el hombre entra en su patio delantero. Ella se acerca a hurtadillas a la ventana y fisga tras la cortina. Liam da vueltas por el jardín de su madre, hablando a gritos por el móvil.

—Estoy aquí, tío —dice—. Te estoy esperando, así que date prisa.

Ha llegado antes que el cerrajero, ansioso por entrar en casa de su madre y ponerse a revolver entre las cosas de Frieda, deseando aprovechar su ausencia y el hecho de que ella no pueda decirle nada.

Ruth deja caer la cortina y se gira hacia la sala. No tenía ningún plan en concreto al llevar a Leila a su propia casa, simplemente trataba de eludir un peligro inmediato, y la poca seguridad que es capaz de brindarle pronto resultará insuficiente. Necesita urgentemente que todos los problemas desaparezcan y la única forma de que eso ocurra es convertirlo en algo personal.

—No puedes volver —dice Ruth en voz baja, como para sus adentros; camina hacia Leila; está lo suficientemente loca como para hacer suyo ese caos y lo suficientemente cuerda como para saber que no hay otra opción—. Te voy a conseguir un teléfono y algo de dinero —declara, ya en voz más alta. Sus nervios se calman por el alivio que supone empezar a avanzar y dar salida por fin a la eterna preparación para el desastre y a la ansiedad acumulada—. Luego te voy a buscar un hostal. Creo que Frieda tiene algún plan, está esperando un envío o algo así. Tengo que volver a hablar con ella, pero no podré hacerlo hasta mañana.

A Leila le tiemblan los dedos sobre los ojos.

—¿Harías eso por mí? ¿Por qué ibas a hacerlo?

—Es la única opción práctica.

Bess se echa a llorar a moco tendido. Ruth le posa una mano sobre la frente; tiene un poco de fiebre porque le están saliendo los dientes y necesita que la metan en la cuna desesperadamente. Pero no ha tenido tiempo de tener en cuenta su siesta. Recuerda la promesa que le hizo a Giles después de salir en coche aquella noche con Bess, el pánico en su cara porque creyó que les había sucedido algo o que Ruth había puesto en peligro a su hija.

—Voy a dormir a Bess —le dice a Leila— y esperarás aquí con ella mientras consigo las cosas que necesitas.

Para Ruth, dejar a su bebé con ella es la decisión más racional que ha tomado en meses.

—Pero ¿y Farah? Debo ir con ella rápido.

—No pienso permitírtelo, ¿vale? Al menos no así, todavía no. —Su emoción aumenta—. Buscaremos un sitio para alojarte cuando regrese. Debería darnos tiempo antes de que Giles vuelva a casa. —El dedo de Bess se enreda en un nudo del pelo de Ruth y esta se aparta—. Dame solo otro día. Al menos podemos intentar descubrir dónde está Farah antes de correr más riesgos. Si vuelves ahora, las dos estaréis atrapadas. Así tendrás una oportunidad para liberarla.

Con un bolígrafo en la mano, busca un trozo de papel para apuntar su número de teléfono.

—Toma —le dice Leila, extendiendo el brazo—. Aquí mejor.

Ruth escribe su número de móvil en el anverso suave de su antebrazo.

—Prométeme que seguirás aquí cuando vuelva —le pide—. Y júrame por tu vida que vas a cuidar de mi bebé.

—Por supuesto. Yo estoy aquí con Bess. No me iré.

Las nubes bajas aceleran el ocaso. Por el espejo retrovisor del coche, que está aparcado al lado de la acera, Ruth ve a Liam hablando por teléfono en el jardín de su madre, con la piel del cuello brillante y candente alrededor de su cabello rapado. Él sale apresuradamente por el portón y se pone a pasear por la acera —se ve que el patio le resulta demasiado agobiante—; mira hacia el callejón, por donde ella y Leila han salido hace un rato. Puntitos de lluvia salpican el limpiaparabrisas. La nieve se está derritiendo rápidamente, pero el fantasma de sus huellas permanece sobre el camino en penumbra. Liam baja el teléfono de la oreja al muslo y ladea la cabeza mientras examina la trayectoria de las pisadas. Si sigue el sendero, verá que alguien ha atravesado el jardín trasero de Frieda y después, si sigue esos mismos pasos en dirección opuesta, se dará cuenta de que conducen directamente a la puerta delantera de Ruth.

Esta sale corriendo del coche y se acerca a Liam con su mejor sonrisa. Saca pecho y apoya una mano en la cadera.

—Hola, Liam, ¿qué tal? ¿Cómo está tu madre? —Su coqueteo previo añade fuerza a su actuación y él da un paso adelante alentador hasta que se encuentran muy cerca el uno del otro. Ruth sigue hablando—: Estoy muy preocupada por ella. ¿Puedo hacer algo para ayudar?

Liam analiza su cara como si estuviera decidiendo si tragárselo o no y ella le hace ojitos, esforzándose por resultar convincente, pero la expresión de él no es en absoluto profunda, sino más bien bovina e indescifrable.

—¿Le ha llegado algo a mi madre por correo?

—No, aún no.

Liam se distrae con algo más interesante que está detrás de Ruth mientras ella se muere de vergüenza por estar intentando jugar con él a su propio juego.

—No —responde él—. Entonces, no puedes ayudarme. —A los hombres como Liam les gusta tener la sartén por el mango y, fuera cual fuera el tipo de interés que había sentido el día anterior, se ha esfumado. Esboza una sonrisa fugaz, como si estuviera disfrutando de hacerle saber que ha sido fácil de engañar—. Pero sí puedes hacer algo por Sandra —añade con una risa húmeda extraña, como si la tuviera atascada en la garganta—. ¿Qué más va a tener que hacer para librarse de ti?

Ruth palidece y se queda con la boca abierta, tan sorprendida como avergonzada. Oye unos pasos a su espalda. Se gira y ve que Sandra va andando hacia ellos, con la mitad inferior de la cara enterrada en el cuello alto con cremallera de su chaqueta acolchada y unas botas con cordones hasta la rodilla, las mismas que se puso para ir a cenar una vez a su casa con Liam, cuando el suelo de madera de Ruth estaba todavía tan nuevo que intentaban mantener los tacones altos alejados de él. Liam fue el que le puso las botas a su esposa esa noche, antes de irse. Sandra extendió un pie y luego el otro sin pedirle nada, limitándose a esperar, mientras él se arrodillaba en silencio a sus pies para atarle los cordones.

Como a Sandra solo se le ven los ojos, ella no puede discernir si está sonriendo o enfadada, así que no sabe si Liam simplemente estaba intentando envenenar su amistad en beneficio propio o si Sandra también está en el ajo. Esta parece diferente y Ruth tarda un rato en caer en la cuenta de que es la primera vez que ve a su amiga sin maquillar. Curiosamente, parece más joven y más guapa. Un rastro de cicatrices de acné del pasado le recorre los pómulos y lleva el cabello mojado y recogido hacia atrás: debe de venir directamente del gimnasio. Sandra los mira con los ojos entornados y él ni se esfuerza en disimular su desdén por la incomodidad de Ruth. Esta entrelaza las manos delante del cuerpo con los brazos extendidos y se aleja de Liam, que le ha endosado a ella toda la culpa por estar tan cerca.

Finalmente, Sandra saca la barbilla del abrigo: su boca es una línea fina y seria.

—¿Va todo bien?

Ruth tensa los hombros.

—Sí. Solo quería saber cómo estaba Frieda.

—¿Dónde está Bess?

—Ah, pues... está con Giles. —Analiza la cara de Sandra, en busca de algún rastro de indulgencia.

—No me digas. —Sandra la mira fijamente, con expresión inescrutable.

Ruth tiene la cabeza tan saturada con todo lo que debe hacer por Leila que fuerza la máquina.

—Sí, Giles se ha tomado el día libre —comenta alegremente—. Se ha llevado a Bess a dar un paseo.

—Qué bien.

Aunque Sandra es más baja que ella, su porte hace que parezca más alta. Tiene una magulladura en la mandíbula con un poco de costra en los bordes. Es reciente, pero no demasiado, y el maquillaje que suele usar podría cubrirlo con facilidad.

Ruth extiende la mano hacia la cara de Sandra.

—¿Qué te ha pasado?

Sandra aleja la barbilla y mira a Liam.

—Ah, nada, ha sido en clase de boxeo. —Esta vuelve a inclinar la mandíbula para meterla dentro del cuello del abrigo y ocultar la magulladura—. Más bien qué te pasa a ti. Pareces un poco nerviosa. ¿Quieres que llame al médico? —pregunta su amiga en tono cortante.

Ruth recuerda que el día anterior Sandra la vio flirteando con Liam en la puerta de su casa y ahora otra vez está volviendo a traicionar a su amiga a la vista de todos.

—Estoy perfectamente —responde, sintiéndose cada vez más culpable—. No hay nada en absoluto por lo que preocuparse —asegura, ciñéndose el abrigo sobre el pecho para intentar mantener su dignidad en su interior, desesperada por decirle a Sandra que Liam no es su tipo y que la amistad es mucho más importante que coquetear con un hombre como él, aunque eso sería un insulto para su mujer.

—¿Seguro que estás bien, cielo? —Sandra sonríe y le acaricia el hombro—. ¿No estarás volviendo a ver gente que no existe?

A Ruth le reconforta un poco la caricia de Sandra, pero se ruboriza por la humillación de que esta hable abiertamente de ese tema delante de Liam.

—Qué va, nada de eso —responde con una risita nerviosa, deseando marcharse y ponerse con lo que tiene que hacer—. De hecho, hacía tiempo que no me encontraba tan bien. Ya no necesitas estar pendiente de mí, de verdad.

—Ay, cielo —dice Sandra, acercándose a ella mientras le guiña un ojo—. Yo siempre estaré pendiente de ti. —Sandra pronuncia esas palabras con olor a chicle con tal desenfado que es imposible interpretarlas como una amenaza, así que Ruth no entiende por qué se siente incómoda. El hecho de que su amiga no deje de darle una de cal y otra de arena en cuestión de segundos le impide tener algo sólido a lo que aferrarse. Sandra señala con la cabeza las llaves que tiene en la mano—. No sabía que habías vuelto a conducir.

—¿Eh? —Baja la vista hacia la mano, sorprendida por que la hayan pillado—. Sí, Giles me ha dado permiso. Es genial. Por fin soy libre.

—Debe de ser un alivio para él poder volver a confiar en ti. —Las palabras de Sandra siguen siendo amables: continúa asestando sus golpes con extrema dulzura—. Fíjate, has mejorado muchísimo.

—Sí. —Ruth está totalmente desorientada y responde con voz aguda, intentando convencerse a sí misma y a ellos de que tiene todo controlado—. Todo ha vuelto a la normalidad.

La furgoneta del cerrajero se detiene al lado de la acera. Sandra se queda mirando al conductor.

—San —dice Liam con aspereza—. Vamos, ha llegado el gran día.

Sandra lo mira hundiendo un poco la barbilla.

—A mí no me digas lo que tengo que hacer —le espeta en voz baja.

Liam parpadea con fuerza.

Para estar tan enamorados, no hacen más que lanzarse pullas. Puede que les guste eso, a lo mejor el conflicto mantiene vivo su deseo y tras las peleas llega el sexo salvaje de reconciliación.

—Cuidad de la gata. Tu madre no quería llevarla al veterinario —les grita.

Sandra se detiene en seco y gira la cabeza hacia ella.

—¿Y tú por qué lo sabes?

Ruth baja la vista.

—Por nada —responde esta, dándole una patadita a un poco de musgo congelado que hay sobre la acera—. Me lo comentó un día, de pasada.

Sandra asiente lentamente, mirándola, y Ruth va apresuradamente hacia el coche. A su espalda, le parece escuchar a alguien que dice: «Está como una cabra». Pero cuando mira hacia atrás no ve a nadie cerca, solo al cerrajero en la puerta y a Liam, que entra y sale por el portón medio paseando, medio dando zancadas, como si hubiera acorralado a su presa y estuviera deseando matarla. Espera que se porte bien con la gata, aunque ahora mismo Ruth tiene cosas más importantes en las que pensar. Enciende el motor mientras repasa lo que tiene que hacer: ir al centro comercial, comprar un teléfono, sacar dinero y buscar un hostal para Leila. Fácil. Sandra vuelve a casa mientras ella saca el coche de la plaza de aparcamiento y conduce hacia el final de la calle, observándola por el espejo retrovisor entrar en el patio delantero. Ruth espera en el cruce, tamborileando sin cesar con los dedos sobre el volante. Siente un hormigueo en la nuca, como si alguien la estuviera vigilando, pero ella solo es una mujer conduciendo un coche; es imposible que nadie sepa en lo que se ha metido.

En la calle principal, la lluvia empieza a caer con más fuerza. El tiempo ha cambiado en cuestión de horas y su volubilidad resulta inquietante. Solo quedan los cuerpos ennegrecidos de los muñecos de nieve, arrinconados como monedas fuera de curso. El cielo se oscurece y Ruth se aferra al volante; ha perdido la costumbre de moverse entre la melé del tráfico londinense. Los niños cruzan en bici por delante de ella y los peatones se lanzan a los pasos de cebra. Una farola ilumina la silueta del coche que va delante mientras otro vehículo se acerca por detrás y se pega a ella, cegándola con el reflejo de los faros en el espejo.

Aún no son las cuatro; tiene tiempo suficiente para conseguir lo que necesita y volver a casa. Cada vez se siente más segura al volante mientras atraviesa la calle interminable de salones de bronceado, tiendas de beneficencia y cafés. Las verduras tiernas, colocadas en cajas en las aceras de las tiendas, absorben el humo. Todas las carnicerías y verdulerías han desaparecido; la red de comercio local que antaño habría conformado un pueblo ha sido sustituida por grandes cadenas de supermercados y tiendas pequeñas baratas. Han construido sobre los campos y las granjas para crear un paisaje urbano sin fisuras ni límites al final del asfalto, sin costa con mar extendiéndose hacia el horizonte, sin ningún lugar limpio, luminoso y abierto.

Los minutos se esfuman en el reloj del salpicadero hasta que por fin Ruth llega al centro comercial. Entra en una tienda para comprar unos vaqueros y un par de camisetas para Leila. Un jersey con una mariposa en el pecho, un paquete de braguitas y un sujetador nuevo, una parka gruesa y unas zapatillas deportivas básicas. El tipo de cosas que usaría cualquier adolescente, unas prendas que harán que Leila aparente la edad que tiene. El importe total triplica lo que Ruth gastaría normalmente en sí misma, pero el desembolso hace que la ropa se convierta en una armadura, en una declaración de cariño por su parte, porque ¿quién se atrevería a hacer daño a Leila cuando resulta obvio que hay alguien que la quiere?

Mueve los brazos con energía, balanceando la bolsa de ropa a un costado mientras cruza el vestíbulo hacia la tienda de telefonía. Sin un carrito al que agarrarse ni un bebé al que cuidar, tiene mucho espacio libre alrededor del cuerpo y una agitación nerviosa le bulle en el pecho. Oleadas de gente cruzan por delante de ella y un rayo de sol tardío se cuela por una claraboya y le ilumina el pelo a una mujer atrapada en la corriente. El resplandor del sol hace que destaque entre ese mar de cabezas, como si no fuera de este mundo. Ruth intenta acercarse más a ella y aligera el paso, casi como si fuera a echar a correr: es la doble de Tam, o al menos ese es el aspecto que se imagina que tendría su hermana si no hubiera desaparecido; si en lugar de ahogarse hace tantos años la hubiera recogido un barco pesquero y la amnesia la hubiera llevado a una vida totalmente diferente. O si hubiera sido arrastrada a otra costa y decidiera hacer borrón y cuenta nueva, abandonando a su familia y reinventándose a sí misma. Lo que fuera; Ruth aceptaría cualquiera de esas hipótesis antes que el hecho definitivo de que su hermana ha muerto. A lo lejos, el tsunami de gente se traga a la mujer a su paso.

Da media vuelta y va hacia el centro de telefonía, donde se pasea por la tienda de planta abierta mientras los clientes rellenan contratos larguísimos con los pocos asistentes disponibles: hombres y mujeres jóvenes con piercings, tatuajes y peinados que parecen fijados con un vendaval. Su pánico por haber dejado a Bess va en aumento: ¿ha hecho bien en confiarle su bebé a Leila? Llama a casa, pero nadie le contesta. Obviamente, Leila no va a responder: ¿cómo va a saber que es Ruth y no cualquier otra persona? Juguetea con la pantalla de un teléfono en exposición para olvidarse de la preocupación. El teléfono cae al suelo sin soltarse del cable de seguridad en espiral. Un asistente la mira mientras vuelve a colocarlo en su soporte. Se sienta en un cubo acolchado en el centro de la tienda, moviendo las piernas con impaciencia. Más por costumbre que por deseo de recordar, abre el teléfono y se pone a mirar las fotos, una distracción que apenas hace mella en su ansiedad, pero siempre es mejor hacer algo que no hacer nada. Busca fotografías de cuando Bess era pequeña, imágenes con destellos, sombras extrañas y algunas instantáneas subexpuestas que tienen un aspecto acuoso, como si la casa estuviera sumergida. En su búsqueda obsesiva de una figura en la oscuridad —el intento de su cerebro de dar forma al caos— nunca había dado con nada concreto.

Entre el montón de fotos se encuentran un par de imágenes tomadas por encima del muro de la parte de atrás de la casa de Sandra, cuando Ruth estaba tan paranoica que creía que le ocultaba algo. El interior de la casa en sí está en penumbra, solo se ve la figura de Liam con su camiseta blanca, pero hay una sombra más oscura en un rincón que siempre la ha obsesionado. Amplía la imagen con dos dedos para acercarla. La fotografía granulada se distorsiona, volviéndose indescifrable, y luego se enfoca de nuevo lo más cerca posible. Incluso estando en su sano juicio, Ruth sigue planteándose posibilidades, dándole vueltas a qué podría haber en casa de Sandra en aquel momento. Borra las fotos y guarda el teléfono en el fondo del bolso.

Una de las vendedoras está charlando y riéndose con un cliente en el mostrador. Ruth va hacia ellos.

—¿Cuánto falta para que me atiendan? —pregunta, acercándose a la vendedora—. Tengo muchísima prisa. Por favor, solo necesito un móvil de prepago.

El mostrador está lleno de papeles y la vendedora se inclina hacia la mano que ha posado encima del montón.

—Alguien estará con usted en cuanto pueda.

—Pero no entiende...

—Tendrá que esperar a su turno. —La mujer ensancha las fosas nasales y el cliente que está delante de ella baja la vista y sonríe—. Disculpe, caballero —se excusa la vendedora, dándole la espalda a Ruth y señalando el contrato—. Si puede firmar aquí...

—Pero ¿qué se ha creído esa? —dice a sus espaldas el cliente mientras ella va hacia la puerta.

Ruth se gira en redondo para enfrentarse a ellos. Los del mostrador se sonríen con superioridad. Mantiene la boca cerrada: si entra al trapo, tardarán más tiempo solo por fastidiarla.

Se queda de pie al lado de la entrada, con los brazos cruzados con firmeza. En medio del vestíbulo hay una cafetería con una zona para sentarse. Los clientes hacen escala en una nevera llena de sándwiches y bebidas carbonatadas antes de pedir su café en la caja. Se trata de una normalidad tan inmaculada que Ruth se pregunta cómo es posible que Leila y todos sus problemas coexistan a solo unos kilómetros de ese mundo tan luminoso y eficiente. Le entran ganas de pedirle a gritos a todo el mundo que despierte. O tal vez ya sepan lo que ocurre de puertas para adentro y sean cómplices de ello por conveniencia, para después aliviar su culpabilidad con coches limpios, uñas pintadas, verduras baratas y fantasías cumplidas. Un hombre joven vestido de traje está sentado enfrente de ella, dando golpecitos con los pies en el suelo bajo la mesa. Pasa las páginas de un periódico sensacionalista, haciendo más caso al móvil que a las noticias, mientras se bebe de un trago el café. ¿Pagaría por utilizar el cuerpo de una mujer? ¿Y Liam? El nivel de devoción que le profesa a Sandra solo parece posible si hay implicada cierta falsedad o cosificación, y Ruth se lo imagina perfectamente disociando el respeto que asegura sentir por su esposa del hecho de ir a ver a una *stripper*. Pero ¿sería capaz de llegar más lejos? Se le encoge el estómago al recordar eso que le ha dicho de que Sandra quiere que la deje en paz.

Suena el teléfono. Saca el móvil del bolso: es Giles.

Ella está allí sin permiso; no confía en sí misma para hablarle sin parecer ansiosa y silencia la llamada para responder con un mensaje de texto. «Perdona, no puedo hablar. Bess tiene un berrinche. Pero va todo bien. Hablamos después».

Giles le responde de inmediato.

«Llámame ahora mismo. Tengo que hablar contigo».

La vendedora le da un golpecito en el hombro.

—¿Puedo ayudarla?

Ruth mira fijamente a la mujer, aterrorizada, con el teléfono caliente en la mano, y la vendedora inclina hacia atrás la cabeza, alarmada, con los ojos como platos.

—¿Se encuentra bien?

—Sí. Gracias.

—Vale. —La mujer mira hacia atrás con expresión suplicante antes de volver a girarse hacia ella—. ¿Qué tipo de teléfono necesita, entonces?

La musiquita de la tienda tintinea en los oídos de Ruth.

—El más barato que tengan de prepago. Y el más fácil de configurar.

Le llega otro mensaje de Giles.

«Yendo hacia casa. ¿Dónde coño estás?».

# 15

El corazón de Ruth se acelera al ritmo de su conducción, cada vez más frenética, mientras su deseo de reunirse con Bess se convierte en una necesidad imperiosa. Giles le envía otro mensaje: «Tienes muchas cosas que explicarme». Ella le responde a tientas, muerta de miedo ante la posibilidad de meterse en más problemas: «Vuelvo ya». ¿Llegará Giles a casa antes que ella? Y, si es así, ¿Leila se quedará con Bess o le dará pánico al oírlo llegar y huirá? Ambas son cosas que ha prometido hacer en el pasado y Ruth no sabrá exactamente qué es lo que tiene que explicar hasta llegar a casa. Las palabras de la chica resuenan en sus oídos: «Yo estoy aquí con Bess. No me iré». Se aferra al volante con los dedos agarrotados por la necesidad de volver al hogar y pasa volando con el coche sobre un badén; la suspensión resopla al impactar contra el asfalto.

Cuando llega a su calle intenta buscar un sitio para aparcar, pero se encuentra aún más saturada de lo habitual.

Al pasar por su casa, ve la bicicleta de Giles apoyada contra la pared y le da un vuelco el corazón. Si Leila se ha escapado, al menos ahora alguien está en casa con Bess. No hay ningún sitio donde parar, así que pisa a fondo el acelerador y frena abruptamente al final del callejón sin salida, donde una farola ilumina la capota de un coche de policía que se encuentra allí aparcado. El agente que está en el interior aparta la cara de los faros de Ruth mientras esta intenta no chocar contra su vehículo, cada vez más aterrorizada —van a por ella—, antes de ver el bulto ennegrecido de un cubo de basura derretido sobre el pavimento. Han debido de llamar a la policía para que se ocupe del incendio; no todo tiene que girar en torno a ella, pero la preocupación es su adicción, una reacción innata que sitúa su error en el centro de todos los problemas.

Por fin encuentra un sitio cerca del cruce principal de su calle y aparca sin pensar en si está girando el volante o cambiando de marcha, dándole vueltas a lo que estará pasando en su casa. Echa a correr por la acera. Se fija en que alguien ha abierto las cortinas de la casa de Frieda, ha apagado las luces y ha dejado el contenedor de basura delante del portón del patio para la próxima recogida. Los ramilletes de ramitas de la anciana y lo que parecen los restos del material de su mesa de manualidades impiden que la tapa se cierre por completo. Una hoja de cannabis vuela por la calle y se cuela en el seto. También han vaciado el arenero de la gata y lo han dejado al lado del cubo de la basura: Liam ha hecho una limpieza a fondo. ¿Querrá decir eso que se ha librado del animal? Ya se verá. Ruth tendrá que ir a comprobarlo más tarde. Al menos ha conseguido sacar de allí a Leila a tiempo, aunque ¿qué problemas le habrá ocasionado a la chica llevándola a su propia casa? Se le llenan las uñas de migas mientras busca a tientas las llaves en el bolso y el llanto de Bess suena como un timbre diáfano a través de la ventana, como una cuerda que no deja de tirar de ella hacia su casa. Se le tensan los músculos; podría limitarse a huir en ese momento, dejar todo atrás, pero su miedo se ve superado inmediatamente por la culpa de ser así de cobarde cuando Leila la necesita, y, además, alejarse de Bess acabaría matándola en cualquier caso. Se oye una voz de mujer. Habla demasiado bajo como para saber qué está diciendo, pero eso significa que Leila está dentro; parece que la ha esperado, después de todo. Giles estará subiéndose por las paredes por haber dejado a una extraña a cargo de su hija y Leila estará llorando en el sofá mientras él pasea por delante de ella haciéndole preguntas y reproches, pero al menos así Ruth no tendrá que convencerlo de que la chica es real. Se siente más aliviada de lo que hubiera imaginado ahora que el problema de Leila ya no es cosa suya y ha pasado a manos de alguien con muchas más herramientas para ayudarla. Giles es buena persona, acabará entendiendo por qué ha hecho lo que ha hecho para ayudar a esa muchacha vulnerable.

La cancela chirría y se cierra de golpe. Giles abre la puerta principal antes de que a Ruth le haya dado tiempo siquiera a cruzar el camino de cemento. La recibe con una mirada glacial. Ella entra en el salón mirando hacia el suelo.

Allí, en el sofá, de nuevo completamente maquillada y haciendo rebotar a Bess sobre sus rodillas con el vigor de una tía en una boda, está Sandra. Bess tiene el rostro cubierto de lágrimas y parece a punto de vomitar. Ruth quiere decirle a su amiga que pare, pero la boca no le funciona. De pie junto al sofá está la misma agente de policía que ha ido en otras ocasiones, con las piernas colocadas en forma de uve invertida y los brazos en tensión a los costados, en previsión de lo que esa loca sea capaz de hacer. Giles entra en la habitación detrás de Ruth, bloqueándole la salida hacia la cocina.

«Ya sé de qué va esto, sé qué hacen aquí: se trata de un motín», piensa. Giles quiere internarla, pero ahora no puede ser, no hasta que sepa que Leila está a salvo.

—Gracias, agente —dice Giles, frotándose la frente—. Obviamente, está bien. Siento mucho haberla molestado.

La mujer pasa por delante de Ruth sin establecer contacto visual y ese desaire le deja claro que ella no es igual que los demás, que es una paciente atrapada por su enfermedad, que no es del todo humana.

—Tendré que rellenar un informe de desaparición —señala la agente—. Y habrá que avisar a las instituciones necesarias. Los servicios sociales se pondrán en contacto con ustedes, pero de momento les concederé un poco de intimidad.

—Gracias, se lo agradezco —dice Giles, acompañando a la policía a la puerta—. Le pido disculpas de nuevo por haberle hecho perder el tiempo.

—Un bebé solo en casa no es una pérdida de tiempo para la policía, señor Woodman. Es un alivio comprobar que ya están todos bien.

La agente se marcha y Giles cierra la puerta tras ella.

—Puedo explicarlo —dice Ruth.

—No hay nada que puedas decir que me convenza de que estás lo suficientemente bien como para cuidar de nuestra hija ni un minuto más —le espeta Giles y una gota de saliva le aterriza en el ojo.

Ninguna palabra logrará atravesar la piedra que tiene en la garganta.

—¡Por Dios, Ruth! —Giles levanta los brazos, poniendo entre paréntesis la magnitud de su indignación—. Esto es lo peor. —Su marido mira a Sandra, hundiendo los puños en las caderas. Esta ha dejado de sacudir a Bess y está abrazando con fuerza al bebé. Giles sigue hablando—. Menos mal que alguien se ha fiado de su intuición.

Sandra se revuelve nerviosa en su asiento, dándole vueltas a algo que necesita ser dicho.

—Lo siento, cielo —dice con esa voz infantil aguda con tufillo a Marilyn Monroe, sin rastro de la frialdad con la que se ha dirigido a ella hace tan solo un par de horas. Sandra le acaricia la cabeza a Bess para alisarle el pelo sudado al bebé—. Pero yo siempre estoy pendiente de ti, ya lo sabes, y cuando te he visto antes me han saltado las alarmas. Al llegar a casa llamé a Giles para comprobar que estaba con Bess y, por supuesto, no era así —declara, con una risita que se convierte en sollozo—. Le pedí a Liam que viniera a echar un vistazo porque él estaba al lado, en casa de su madre. —Sandra estrecha al bebé de Ruth con más fuerza y Bess hace un mohín—. La oía llorar por la ventana... —Se tapa la boca con la mano para esconder sus lágrimas—. Habías dejado a tu bebecito solo en casa. Liam se la encontró en la cuna.

Ella mira alternativamente a Sandra y a Giles.

—¿Y cómo ha entrado? —pregunta.

Sandra mira a Giles y baja la vista. Él responde por ella.

—Sandra tiene llaves, ya lo sabes. Se las dimos hace unos meses, por si acaso. La doctora Fraser dijo que era buena idea que alguien más pudiera entrar en caso de emergencia, ¿recuerdas?

—Y casualmente Liam las llevaba encima, ¿no? —comenta Ruth.

—Pues sí —responde Sandra—. Si no las lleva uno, las lleva el otro. Es lo que hablamos con Giles. Lo siento, cielo, pero teníamos que pensar en la seguridad de Bessie, además de en la tuya, por supuesto. Hoy podría haber pasado cualquier cosa. —Una lágrima manchada de máscara de pestañas le surca la mejilla a Sandra—. Aunque a Liam no le habrían hecho falta las llaves, porque te dejaste la puerta de atrás abierta —añade en voz baja.

—¿Qué? De eso nada. —Bess extiende los brazos hacia su madre y Ruth se aferra a su manita caliente, cada vez más enfadada con Leila no solo por haber dejado sola a Bess, sino por haberla puesto en peligro—. Tengo que contarte algo, Giles. —Ahora todas las miradas se centran en ella—. Había otra persona...

—¿Quién? —Giles acerca la cara a la suya, como si estuviera intentando leer entre líneas—. ¿Creías que había alguien más aquí? ¿Alguna de tus amigas imaginarias se quedó cuidando de nuestra hija?

—No, claro que no. Pero...

—¿Es que no lo entiendes? —La voz de Giles retumba en ese espacio pequeño—. Estás enferma. Esas personas que ves no existen. Había una chica en la pared, ¿recuerdas? Creías que era tu hermana. Casi echas la casa abajo para sacarla de ahí. —Él le da la espalda, moviéndose con brusquedad a causa de la rabia—. Todas esas chicas, Ruth, son inventadas, pero la única de la que realmente se supone que debes cuidar es para ti la menos real de todas.

—No me refería a eso. —Rememora aquel día en el baño de abajo, cuando, estando en su momento más psicótico, trató de hacer un agujero en la pared. Revisa todos los recovecos de su cerebro en los que puede estar agazapada su enfermedad. No queda ni rastro de aquella fantasía antigua. Leila es real, está segura de ello, aunque ahora no será capaz de convencer a Giles ni a Sandra—. Entonces no estaba bien, eso lo entiendo. No me estás dando la oportunidad de explicar lo que ha sucedido hoy.

Giles se pasea por la sala, sacudiendo la cabeza como haría un perro para espantar a las moscas.

—Se acabó, esta es la gota que ha colmado el vaso. Estoy a punto de acabar con todo esto, Ruth.

Sandra baja la vista y entre su maquillaje se vislumbra un destello, pero Giles no percibe su incomodidad, está demasiado excitado por la ira, como si la hubiera estado conteniendo durante mucho tiempo y ahora le sobreviniera cual avalancha irrefrenable. Le brillan los ojos y su monólogo se transforma en una diatriba.

—No creo que pueda aguantar mucho más —prosigue—. Siempre estás buscando algo más que esto y nada de lo que buscas tiene sentido para mí.

—Ruth, cielo —dice Sandra más calmada, mirando a Giles con los ojos muy abiertos para suplicarle que baje el pistón—. Solo tienes un poco de lío en la cabeza. —La toca con la mano y ella se sobresalta.

—Dame a mi hija.

Ruth arranca a Bess de los brazos de Sandra y abraza a su bebé. Los bucles de su cabello danzan cerca de su nariz mientras Sandra se seca los ojos con un pañuelo de papel.

—Siéntate, Ruth —le ordena Giles con voz áspera.

—No quiero.

Se tambalea un poco al notar esa sensación, ya familiar, de que la tierra se mueve bajo sus pies; se ha quedado a la deriva, desamparada. Leila ha abandonado a Bess y ha dejado que cargue con la culpa. Después de todo lo que ha arriesgado por ella…

Giles la agarra del brazo.

—Necesito que hagas lo que te digo, Ruth.

La conduce hasta al sofá y los músculos de ella se muestran extrañamente complacientes en medio de ese caos. La mano de Giles la empuja hacia abajo con suavidad e insistencia y las piernas de Ruth se pliegan hacia el asiento mientras sigue abrazando a Bess. Giles saca una silla de la mesa del comedor y se deja caer sobre ella, completamente extenuado.

—Las cosas están volviendo a ser como al principio y no puedo permitirlo.

—No estoy enferma —exclama ella furiosa porque Leila ha contribuido a asestarle el golpe de gracia—. No puedes internarme.

Sandra se levanta para marcharse y Giles extiende una mano hacia ella.

—Por favor, espera un momento.

—No creo que me necesites aquí. —Sandra tiene las mejillas sonrojadísimas, como si se hubiera pasado con el colorete—. Tengo que volver a casa con Ian, Liam me está esperando.

—Solo un momento —le pide Giles, sin dejar de mirar a Ruth—. Por si... Bueno, ya sabes. —Sandra oculta la cara tras su melena, vuelve a sentarse y él sigue hablando—. Tienes que mejorar, Ruth, y la única forma de que eso suceda es que estés con gente que sabe cómo ayudarte. Con profesionales. Porque yo me he quedado sin ideas. —Se da unas palmadas en las rodillas—. Voy a hablar con la doctora Fraser. Estoy seguro de que ellos estarán de acuerdo conmigo cuando sepan cuánto han empeorado las cosas. Encontrarán una cama en alguna unidad maternoinfantil; dudo que sea en un psiquiátrico, pero si lo es lo es; llegados a este punto, ya me da igual. Yo puedo ocuparme de Bess. En cualquier caso, será mucho mejor que lo que le estás haciendo pasar ahora.

—No estoy loca —insiste Ruth, con el corazón golpeándole las costillas; el pobre músculo debe de estar a punto de romperse—. Y no necesito ir al hospital —asegura, inclinándose hacia Giles y aferrándose a sus dedos, que se quedan inertes cuando ella los agarra—. Últimamente he estado muy bien y también estábamos bien entre nosotros, ¿no? —Giles aparta la mano, parpadeando con fuerza. Ella sigue hablando, intentando buscar cualquier excusa que le haga recuperar un ápice de su confianza—. Lo siento, ¿vale? Se supone que no debería salir, ya lo sé, pero no me he llevado a Bess conmigo, tal y como te prometí.

—¿Qué? ¿Cuándo me lo prometiste?

—Aquella vez que salí por la noche tan tarde, cuando Bess no podía dormir.

—Por favor, Ruth, si ese es tu razonamiento, me preocupas más todavía. Es inadmisible dejar a Bess sola.

—Lo sé, lo sé, lo siento. He tomado una decisión nefasta, ahora me doy cuenta. —Se siente mareada a causa de la tensión—. Es que necesitaba hacer algo de compra para cenar. Tú no ibas a volver hasta más tarde y no me dejan entrar en la gasolinera, así que he ido al Nisa de la calle principal. —Las palabras le salen a borbotones mientras busca en el rostro de Giles algún signo de conmiseración—. He cogido el coche para ir más rápido. He dejado a Bess dormida en la cuna, así que sabía que estaría a salvo. No quería despertarla metiéndola en la sillita del coche porque le están saliendo los dientes y había tardado muchísimo en dormirla. Solo iban a ser diez minutos, pero había atasco.

Él niega con la cabeza.

—Debiste pensar en eso. Es totalmente inaceptable —murmura, más para sí mismo que para cualquier otra persona de la sala.

—He cometido un error, eso es todo. No significa que esté enferma. A veces la gente deja solos a sus hijos. No está bien, pero tampoco es ninguna novedad. Y nadie llama a la policía ni los manda al hospital. Prometo no volver a hacerlo, ¿vale? Por favor, Giles.

Este suspira y se inclina hacia delante.

—Al parecer has estado haciendo excursiones a la casa de la señorita Cailleach y durmiendo en la habitación de invitados. Había un pañal y un potito vacío en la basura. —Giles hincha las fosas nasales—. La madre de Liam está al borde de la muerte, por el amor de Dios. ¡Él no podía entrar en su casa y todo este tiempo le has estado ocultando que tú tenías unas llaves!

—Frieda me dejó una nota en la que me pedía que no permitiera entrar a Liam. No sabía qué hacer. No iba a llevarle la contraria, ¿no? Solamente he estado regando las plantas y dándole de comer a la gata. —Ruth pone la espalda recta y mira alternativamente a Giles y a Sandra, que se miran fijamente el uno al otro. Sigue hablando—: Y... cambié a Bess en la cama una vez. Debí de olvidar volver a hacerla.

Giles se gira hacia ella.

—¿Y qué hay del resto? ¿De esos pensamientos raros que tienes sobre perder el control y hacerle daño a Bess?

—¿Qué? ¿Quién te ha dicho eso? —Ruth mira a Sandra, que está desenredándose un mechón de pelo con los dedos. Piensa en aquel día en el café en el que sintió que estaba dando un pequeño paso adelante al encontrar la confianza necesaria para abrirse a una amiga, pero Sandra no tuvo la empatía necesaria para comprender nada más allá de su propia experiencia. Y ahora está volviendo esa peculiaridad contra ella—. ¿Qué le has dicho, Sandra? ¿Qué le has contado?

Giles se le adelanta.

—Sandra ha estado pendiente de ti y de Bess, nada más. Ha rellenado los huecos, ha completado el puzle de lo que estaba sucediendo.

Sandra sigue acariciándose el mismo mechón de pelo una y otra vez, con la boca curvada hacia abajo.

—Yo solo he repetido lo que tú me contaste, cielo.

Ruth se pone de pie.

—¿Cómo has podido? Confiaba en ti —exclama; no puede creer que haya sido tan ingenua, se avergüenza de haber creído que Sandra era su aliada cuando todo ese tiempo ha sido una agente doble—. Sabes que no lo decía en ese sentido.

Giles le posa ambas manos sobre los hombros para obligarla a tranquilizarse y le habla en voz baja, como si estuviera intentando no asustar a un caballo.

—¿Le has hecho daño a Bess? Dímelo, tienes que ser sincera para que pueda hacer que la examinen.

—Por supuesto que no. ¿En serio vas a creer a alguien como Sandra antes que a mí?

—¿Sabes qué te digo? —señala esta, poniéndose en pie y colocándose la ropa—. Que me importa un bledo que no estés bien, ya me he hartado de todo esto —declara Sandra, echándose la melena por detrás del hombro—. Lo he intentado una y otra vez, hasta en contra de mi voluntad, pero ya no puedo más —susurra—. Eres una arrogante, Ruth.

—No me refería a eso.

—Entonces, ¿a qué te referías?

—Pues... —No es capaz de mirarla a la cara—. No lo sé, lo siento.

—Además, te he visto coquetear con Liam, así que no me vengas con ese rollo de amiga dolida —añade Sandra, sin escuchar siquiera las palabras de Ruth—. Me ha dicho que no dejas de entrarle. Qué vergüenza. —Mira a Giles—. Lo siento, no quería soltarlo así, pero tienes que saberlo. No solo se monta películas con gente que no existe.

Giles se queda boquiabierto.

—No tenía ni idea —reconoce, mirando fijamente a su mujer antes de acompañar a Sandra a la puerta; esta sale afuera y Giles le pone una mano en el brazo—. Dios, lo siento muchísimo.

La puerta se cierra de golpe y Sandra sale por el portón.

La habitación se ha quedado sin aire; está bajo el agua, ahogándose.

—No es lo que parece. Empezó Liam, yo solo estaba fingiendo.

—Ojalá nunca nos hubiéramos mudado a este puñetero lugar —dice Giles, con cara de desprecio absoluto—. Te lo has cargado, Ruth, has destrozado nuestro matrimonio.

—¿Que yo me lo he cargado? Tuvimos un bebé, se suponía que lo íbamos a hacer juntos. ¿Crees que lo que me pasó después de tener a Bess fue decisión mía?

—Bueno, desde luego mía no.

Giles le quita a Bess de los brazos y se produce una descarga de electricidad estática entre los tres. La niña gira la cabeza para mirar a sus padres, más confundida de lo que Ruth la ha visto nunca, y el corazón se le llena de un amor tan feroz que se acerca más al dolor que al placer. En su corta vida, Bess ha presenciado comportamientos que sus amigos más cercanos habrían considerado intolerables y ahora su bebé sabe más de lo que debería para su edad, como si fuera la hija de una adicta o de una maltratadora. Ha traído la locura a su familia, real o imaginaria. Ha puesto a Bess en peligro al dejarla con una relativa desconocida y, fuera lo que fuera lo que haya sucedido después, su niña había acabado en manos de Liam. Ruth está estropeada y nunca se va a arreglar; no es apta para ser madre.

—Voy a darle algo de comer a Bess —anuncia Giles—. Luego necesita dormir un poco. Llamaré a la doctora Fraser a primera hora de la mañana —dice mientras trastea con una sola mano en la cocina para preparar la comida del bebé, golpeando los cuencos y los cubiertos en la encimera—. Ni siquiera creo que seas consciente del apoyo que necesitas, o no haría falta que yo te lo recordara. Piensa en Bess y en cómo le está afectando tu comportamiento.

A Ruth se le encoge el alma. No se merece eso.

—Giles, por favor.

—La otra opción es internarte a la fuerza. Lo haré si es necesario, pero preferiría que lo hicieras por voluntad propia. —Él revuelve los cereales en pequeños círculos—. Me gustaría que recordaras cuánto mejoraste la última vez que estuviste en la unidad y lo rápido que fue todo. —Giles niega con la cabeza, sin establecer contacto visual—. Va a suceder, te guste o no, pero preferiría poder contar contigo. Aprovecha la tarde para preparar una bolsa o algo.

En la parte de atrás de la casa, el enorme foco de seguridad de Barry se enciende. La luz blanca e intensa entra por la ventana. Algo ha activado el sensor; quizás Leila ha estado ahí fuera todo el tiempo, escondida en el gallinero. Ruth pega la frente al cristal frío y recorre con la mirada los huertos mientras se adapta al resplandor, sin saber si le gritaría a Leila o correría a abrazarla si apareciera en ese momento. Una trampa casera para animales situada en el centro de la parcela descuidada de Barry brilla bajo la luz fría. Entonces, por el rabillo del ojo, ve pasar a su zorro a toda velocidad por delante de la trampa sin activarla antes de escapar por un agujero que hay bajo la reja del ferrocarril.

El teléfono de Giles está justo debajo de ella, en el alféizar de la ventana. Se ilumina con un mensaje de texto: «Qué pena que no hayas podido venir esta noche». Ruth no puede evitar sentirse atraída por aquellas palabras. «¿Todo bien en casa?». El mensaje es de Faye y va seguido de un emoticono de una carita triste. Sin pensarlo dos veces, introduce la contraseña de Giles y pulsa sobre el mensaje de texto para abrir la cadena entre él y su jefa. Hay uno del día anterior, de Giles: «El trabajo no será lo mismo sin ti», y otro de hace una semana: «Me han dejado sin ti». Es un hilo largo y los mensajes siempre giran alrededor del trabajo, pero es imposible no intuir el deseo en ellos. Un temblor surge muy dentro de ella; se transmite a su mano y agita el teléfono.

Giles está poniendo a Bess en la trona para darle de comer cuando Ruth se gira hacia él, con el móvil en la mano. Otro mensaje ilumina la pantalla y ella lo lee en voz alta:

—«¿No puedes volver? Tu bebida favorita te está esperando».

Giles se dobla por la cintura para incorporarse.

Ruth sigue leyendo:

—«Esto es aburrido sin ti. Besos» —dice susurrando la última parte.

Giles tartamudea.

—No es lo que crees.

—Eso dicen todos.

—Solo somos muy buenos amigos. Ya sabes cómo son las cosas en el trabajo.

—¿Sí?

—Oye, no ha pasado nada.

A Ruth se le llenan los ojos de lágrimas.

—Eso significa que te lo has planteado.

Él vacila.

—Claro que no. —La mano que sostiene el cuenco de comida de Bess permanece inmóvil en el aire—. Yo nunca... Sabes que yo...

—Está claro que tienes más cosas bonitas que decirle a ella que a mí.

—Yo nunca haría nada.

—Pero te gustaría.

Giles respira hondo.

—Pues no, la verdad es que no. Parezca lo que parezca, creo que el hecho de que Faye se vaya es algo positivo.

—¿En serio? ¿Por qué? ¿Porque no eres capaz de controlarte, porque es increíble comparada con la inútil de tu mujer?

—¿De verdad tenemos que hacer esto ahora? —Giles deja de golpe la comida sobre la mesa—. ¿Después de todo lo que ha pasado esta noche?

—¡Pues dime que no quieres algo más! —Ruth se acerca a él y toda la rabia y el dolor acumulados esa tarde anulan cualquier tipo de precaución—. Vamos, Giles, me lo debes. Dime la verdad.

Él niega con la cabeza mirando hacia el suelo y eleva los hombros suspirando con fuerza.

—Son solo emociones, un encaprichamiento tonto, nada más. Estaba deseando que todo acabara y lo hará, en cuanto ella se vaya.

—Así que te sientes atraído por ella más que por mí.

—Claro que no. —Giles la mira a los ojos—. Pero, si así fuera, ¿me lo echarías en cara? Faye ha sido un gran apoyo estos últimos meses. —Hasta cuando pronuncia su nombre Ruth percibe el deseo, la voluntad de proteger su honor—. A veces, no sé, me resulta dificilísimo querer volver a casa, regresar a todo esto.

Entre ellos se interpone una roca de tal tamaño y densidad que hará falta algo más que ese matrimonio ruinoso para escalarla. Ella aprieta los dientes, centrándose en la magnitud del problema y en su propia rabia.

—Así que me has mentido.

Giles pone los ojos en blanco.

—Sí, si quieres verlo así. Fue una mentirijilla. Una mentira piadosa. Pero lo estaba gestionando. ¿Para qué iba a contártelo? Solo habría servido para hacerte sentir mal.

—Pero me afectaba a mí y también a nuestra familia.

—No iba a llegar a nada.

—Bueno, ya lo ha hecho. Está claro que llevas semanas entreteniéndote con ese «encaprichamiento tonto». Has tenido la posibilidad, o más bien la libertad, de largarte y buscarte a otra que te baile el agua, dejando las sobras para la pobre loca de tu mujer. —Un coche pasa a toda velocidad por la calle, con el motor rugiendo como si fuera en la marcha equivocada—. ¡Y todavía te atreves a ponerte en plan gallito por mis supuestos coqueteos con Liam!

—Ruth, estás sacando las cosas de quicio.

—De eso nada. —Lucha para que las palabras se antepongan a las lágrimas—. Has estado muy... muy distante, y me has hecho creer que el problema era solo mío.

—Lo siento, ¿vale? No soy perfecto.

—No, desde luego que no. —Alarga la columna vertebral uno o dos centímetros más mientras mantiene los pies firmemente clavados al suelo—. Pero aun así esperas que confíe en ti, cuando has estado intentando controlar algo que podría alejarte de nosotras.

—Por el amor de Dios. —Giles se deja caer en la silla y sostiene la cabeza entre las manos—. No es tan grave, Ruth.

—Y, sin embargo, soy yo la que siempre queda en evidencia, a la que se la acusa de ser un lastre. ¿Por qué tú puedes cometer errores y yo no?

—Tampoco te pases, Ruth.

—No me paso, es la pura realidad. —La luz de seguridad de Barry se apaga y la noche vuelve a invadir el interior—. ¿Sabes qué te digo? —exclama Ruth, señalando con un dedo a Giles y enseñándole los dientes—. Que estoy harta de que me digas lo que tengo que hacer.

# 16

Esa noche, cuando faltan unos minutos para que el sol vuelva a salir, suena el móvil de Ruth. Esta se despierta sobresaltada de un sueño ligero y siente pánico en la oscuridad. El sonido continúa; el teléfono está cerca y tarda unos instantes en recordar que lo tiene en el bolso, al lado de la cama, con el modo avión desactivado. Mete la mano dentro y los recibos, la cartera y las llaves caen al suelo antes de palpar el aparato rectangular, delgado y frío. La pantalla se ilumina con el consabido «Número oculto». Ruth vacila, con el corazón acelerado, recordando la vez que imaginó la voz de Tam al otro lado de la línea, pero tiene que contestar: podría ser Leila. Arrastra el dedo para responder y pega la oreja al teléfono. Se oye un ruido agudo, como si alguien sostuviera un secador de pelo delante del micrófono, y lo que parece una voz de fondo, casi inaudible: «Me estoy ahogando». Luego se escucha un crujido rápido y la llamada se corta.

—¿Ruth? —Giles se incorpora, apoyándose sobre un codo—. ¿Qué pasa? ¿Qué estás haciendo?

Ella se gira hacia él.

—Era mi móvil.

—¿Qué?

—Estaba sonando —dice ella, temblando.

—Yo no lo he oído.

Ruth aprieta la mandíbula.

—Qué sorpresa.

Él encaja el golpe. El resquemor por lo suyo con Faye sigue ahí.

—¿Quién era? —pregunta su marido intentando tener más tacto.

Ella busca la forma de explicarle que se trataba de una voz desconocida y que le ha parecido oír tres palabras. En la oscuridad, Giles la mira fijamente, aunque parece más molesto que preocupado. Ella respira hondo.

—Un número desconocido —responde, lanzando el móvil sobre la cama.

—Entonces, yo no me preocuparía. Seguramente habrán llamado sin querer.

Ruth decide meter el dedo en la llaga. Porque puede, porque la traición de Giles le ha devuelto un ápice de poder y porque él es la única persona, aparte de sí misma, con quien puede descargar su ansiedad.

—¿Es que no hay nada que te afecte? ¿De verdad tu vida es así de simple?

—Oye, ¿qué quieres que te diga? Tengo tan poca idea de quién era como tú, así que ¿por qué no aceptas por una vez que la llamada no era importante y dejas de intentar encontrarle significado?

—¿Y si resulta que sí lo era? ¿Y si alguien está intentando ponerse en contacto conmigo?

—Entonces, habría dejado un mensaje. Además, ¿quién va a ser? ¿Quién te va a llamar sin número en plena noche?

Ruth se pasa la lengua por los labios secos.

—Tienes razón —reconoce ella antes de poner el móvil en modo noche y dejarlo en la mesilla—. Lo siento.

Giles aparta el codo y se desploma sobre el colchón al perder el apoyo. Le da la espalda a Ruth y, en cuestión de segundos, está roncando. Ella se deja caer sobre las almohadas y observa el techo con los ojos abiertos de par en par. El parpadeo de la luz de la calle sobre las grietas del yeso le resulta ya tan familiar que supone una tortura; por enésima vez, analiza mentalmente los acontecimientos del día y lo que puede haberle ocurrido a Leila. La imagen de la chica no se desvanece; sigue siendo apremiante y desafiante incluso en su ausencia. Se debate entre la rabia y el miedo, como lleva haciendo toda la noche, incapaz de saber si Leila simplemente se dejó llevar por el pánico y huyó, abandonando a Bess, o si creyó que no tenía más opción que ir a la gasolinera a entregarse. ¿Y la llamada telefónica? ¿Estaba imaginándose de nuevo a su hermana, o es que Leila estaba en una situación todavía peor que la de antes? Ruth aún no tiene ni idea de dónde ni cómo encontrar a la muchacha. Se imagina el enfrentamiento que se produciría en la tienda si ella entrara y exigiera que le entregaran a

Leila: insinuarían que está loca, la maltratarían fuera, delante de los clientes, o llamarían a la policía para que la acompañaran en su paseo de la vergüenza hasta casa. La noche anterior acabó convenciendo a Giles de que no llamara a la doctora para volver a ingresarla en la unidad, pero la tregua que han acordado es frágil y cualquier paso en falso podría volver a poner en marcha el proceso. Ante todo, necesita estar ahí, alerta y en guardia por Leila.

Echa a un lado las mantas y se sienta en el borde de la cama con la cabeza entre las manos. A su espalda, Giles murmura en sueños. Probablemente está soñando con Faye y con la lujuria que han incubado en secreto, aunque tal vez las cosas le resulten más fáciles ahora que todo ha salido a la luz y ya no necesita ocultar que su amor por Ruth es —y siempre ha sido— condicional. El edredón sube y baja con su respiración suave. En otros tiempos, hace un siglo, ella lo habría abrazado y le habría acariciado la espalda en busca del alivio que necesitaba, con fe ciega en el deseo que era capaz de inspirar en él. Ahora se frota la cara y los dedos le lijan las mejillas mientras se esfuerza por conectar con sus celos; sabe que están ahí, firmemente envueltos en la rabia, el fracaso y esa soledad asfixiante que solo la tristeza logra atravesar.

Se levanta y entra sigilosamente en el cuarto de Bess, donde su pequeña se halla profundamente dormida. Va hacia la ventana y abre la cortina para apoyar la frente en el cristal frío. En el exterior, el alba enmarca el cielo nocturno mientras el suelo sigue sumido en la oscuridad. A unos metros de distancia, sin embargo, en las vías muertas, se vislumbra un destello. A Ruth se le acelera el corazón. Alguien ha encendido una hoguera. Un aura la rodea y algo pasa por delante del resplandor, aunque es imposible saber de qué se trata desde esa distancia. Puede que Leila esté escondida entre en los matorrales como un animal salvaje, esperando a que vaya a rescatarla. Baja corriendo las escaleras para ver todo más de cerca e intenta abrir la puerta de atrás. Se ha vuelto a hinchar y no puede moverla; es un misterio cómo Leila la ha abierto antes. Entre las tablas del suelo, Ruth oye a Giles girarse en la cama y contiene la respiración unos segundos, hasta que este vuelve a acomodarse, antes de mirar por la ventana para escudriñar la noche. La fogata queda oculta por los árboles desde ese ángulo, pero ella recuerda el cuadro del cernícalo que hay en la pared de Frieda, con los tejados y las chimeneas de las casas adosadas de fondo, una perspectiva que solo es posible si la foto se tomó desde el otro lado de la alambrada. En la esquina derecha de esa foto se veía a lo lejos el techo flotante de la gasolinera. El único lugar de la calle en el que Ruth no ha estado nunca es detrás de la tienda. Allí, oculto en algún lugar, está el acceso a las vías muertas.

Coge el abrigo y las botas en el salón y se los pone por encima del pijama para evitar despertar a Giles abriendo cajones en el dormitorio. Cierra la puerta principal hasta que el pestillo encaja suavemente en su sitio y corre hacia la parte trasera de la casa, guardando en el bolsillo el juego de llaves de repuesto que ha encontrado en la cocina. Detrás de la reja del tren, los árboles oscuros se mecen al viento y los troncos y las ramas se mueven al unísono, como si bailaran en formación o los arrastrara la marea.

—Leila —susurra con fuerza—. ¿Dónde estás?

Ruth corre por el sendero de la parte de atrás, golpeando con los pies las piedras del pavimento mientras busca a su derecha la hoguera que ha visto desde la habitación. El amanecer empieza a disipar la oscuridad y una silueta atraviesa su campo visual: una presencia en el bosque, una figura que se mueve entre los árboles. Cruza la huerta de un vecino y se agarra a los puntales de la valla, entrecerrando los ojos en la oscuridad para encontrar sentido a esa sombra entre las sombras. Esta se mueve con rapidez y su perfil en la distancia se hace evidente por su velocidad lineal, que contrasta con el vaivén suave de los árboles. Además, es más baja y más compacta que los troncos y las ramas. Podrían ser una cabeza y unos hombros. ¿Tal vez de una mujer?

—¡Leila!

La sombra desaparece entre los matorrales. Ruth vuelve corriendo al sendero en dirección a la gasolinera y sus piernas le proporcionan el impulso necesario para cruzar la explanada, pasar por delante de la tienda cerrada y rodear el edificio hasta la parte de atrás, donde el viento ha arrojado a la maleza un montón de desperdicios: vasos de café desechables, envoltorios de caramelos, bolsas de plástico... La basura está por todas partes y es infinita. Una de las ventanas de la tienda, probablemente la que Leila rompió, está tapiada con un tablero de aglomerado y contra la verja han puesto una plancha de madera mayor, apoyada sobre las vías. Ruth la aparta hacia un lado hasta localizar la entrada, una brecha pequeña en los barrotes que alguien ha cortado y amontonado a un lado. Con todo el cuerpo temblando, no sabe si de miedo o de frío, se cuela por un sendero estrecho que se adentra entre los matorrales espinosos, ignorando el ajetreo de su cerebro y limitándose a mover las manos y las piernas para hacer lo que tiene que hacer. Nota el olor del humo en la garganta. Grita un poco más fuerte.

—¡Leila, soy yo, Ruth!

Tras cruzar unos cuantos metros de maleza densa que abraza la valla, Ruth llega al bosque. El aire frío encierra la promesa de la llegada del día y la luna de la noche anterior se desvanece en el cielo brillante como leche derramada. Unas hojas suaves le acarician el rostro a Ruth y una especie de fantasma la atraviesa; es como adentrarse en una historia que alguien ha preparado, con unos matices que captan su atención y le indican que debe estar alerta. Se encuentra en las profundidades de un bosque de algas y más adelante hay una figura a la que no logra alcanzar.

—Tam. —Ruth pierde el equilibrio sobre el terreno anegado—. ¿Por qué no…?

Tropieza y vuelve al presente. Las bolsas de basura clavadas en las ramas se hinchan con el viento como velas infladas y susurrantes.

A lo lejos, algo vuelve a moverse y un destello de color huye a toda velocidad. Ruth se abre paso entre los árboles. A su derecha, las barandillas son altas y lisas para disuadir a los escaladores y a través de los puntales metálicos ve camas elásticas y montones de abono, así como el obelisco sucio de su gallinero en la distancia. Más allá están el tejado y las paredes de su casa. Su marido y su hija seguirán durmiendo, tan inalcanzables para ella en ese momento como lo serían si estuvieran en otro planeta. Ha cruzado al otro lado; esa es la antimateria de su realidad. Su familia la está llamando y lo único que frena su impulso de correr hacia casa es la necesidad de encontrar a Leila, esa chica que se ha hecho un hueco tan grande en su interior como si fuera de su propia sangre. Ruth se halla dividida entre sus dos niñas y el instinto de proteger a los suyos la arraiga en ese submundo, aunque es peligroso estar en ese erial sin que nadie sepa que se encuentra ahí. En su afán por salir sin molestar a Giles, se ha dejado el teléfono en el dormitorio, así que, si se cayera al suelo y se diera un golpe en la cabeza, se quedaría allí inconsciente, nadie la encontraría y nunca más volvería a ver a Bess, que crecería pensando que su madre la había abandonado. La angelical de Bess, a la que su madre ha ido destruyendo a diario, de forma minuciosa e irreversible. El bebé ha perdido su perfección, pero al menos Ruth ha estado presente, al menos lo ha intentado. Con la de veces que ha fantaseado con la idea de desaparecer y, ahora que puede que esa decisión ya no dependa de ella, se da cuenta con claridad meridiana de que lo único que quería era dejar atrás su inútil persona y empezar de nuevo. «Bess, mi niñita preciosa». Se limpia las lágrimas.

De un arbusto cercano a la casa de Ruth cuelgan los restos de las ramitas del atrapasueños que Frieda le regaló y que ella tiró. Sus plumas están mustias por la humedad y el círculo está incompleto; puede que lo haya roído un animal. Algo brilla sobre el suelo apelmazado que hay debajo, donde arrojó en su día los sacacorchos, el espejo roto y los cuchillos, unos objetos que ella había imaginado que sus pensamientos podían llegar a movilizar por sí mismos con fines violentos. Se agacha, hurga entre la hierba con las manos y encuentra uno de los cuchillos más pequeños, con el mango oxidado y la hoja sucia. Al volver a sostenerlo ahora, Ruth sigue percibiendo su potencial y entiende por qué todos los sensores que ella poseía se habían puesto en alerta máxima, confundiendo el amor por su hija con el miedo y convenciéndola de que hasta la situación más anodina podía volverse aterradora si tomaba la decisión equivocada, cuando en realidad lo único que intentaba era proteger a Bess de absolutamente todo, incluso de la posibilidad inconcebible de que ella misma pudiera hacerle daño. Ruth lo sabe ahora con la misma seguridad con la que una vez dudó de sí misma; ella nunca ha sido una amenaza para Bess. Simplemente, estaba arrodillada ante la leona en la que se había convertido. Le da la vuelta al cuchillo en la mano. El barro se convierte en polvo en la palma.

Oye un chasquido a sus espaldas. Se gira para enfrentarse a lo que sea que se dispone a atacarla, pero allí no hay nadie, solo los árboles bamboleándose por una réplica del viento. A lo lejos se ve un claro pequeño y una columna de humo. Ruth hunde la boca en el cuello del abrigo y avanza con sigilo hacia allí. Se adentra en ese espacio abierto que le resulta vagamente familiar, como si se tratara del recuerdo de un recuerdo, hasta que sus ojos enfocan la perspectiva de las fotos de Frieda.

En medio del claro hay una hoguera. El viento atiza las brasas del montón de cenizas y la correa de un bolso se estira como si quisiera huir de las llamas. Un sobre carbonizado —de los que se usan para guardar las fotos reveladas— pasa volando por delante de sus tibias. Se agacha, rebusca entre las brasas con la hoja del cuchillo y empuja una piedra grande y candente. Debajo hay un trozo de tela que se ha mantenido a salvo del fuego. Levanta el tejido con la punta del cuchillo. Es de seda. Sacude la ceniza y lo eleva hacia el cielo, que empieza a aclararse. Bajo la suciedad, todavía se ven los lunares del pañuelo de Farah. Se levanta lentamente mientras el círculo de árboles susurra. El sonido es tan puro que acrecienta su confusión sobre por qué Leila habría quemado el pañuelo de su hermana. Mira a derecha e izquierda. Alguien ha arrojado al borde de las cenizas un cofre de metal pequeño y maltrecho con las iniciales «F. C.» en la tapa. A Ruth le resulta familiar, pero tiene tantas cosas en la cabeza que no logra recordar por qué, hasta que cae en la cuenta de que se trata de la caja que vio debajo de la cama de Frieda y que estaba llena de fotos. La han volcado para vaciarla y su contenido se ha convertido en cenizas. Un poco más allá del claro, hay una zona de terreno irregular. Trepa por él y ve una porción de tierra recién removida. Allí el suelo está húmedo y apesta, como si los siglos de historias que han tenido lugar en ese sitio estuvieran saliendo por fin a la superficie, revelando sus secretos. El instinto le dice que debe tener miedo, pero no tiene tiempo para pararse a desentrañar el significado de todo aquello. Debe encontrar a Leila y, cada vez con más urgencia, necesita volver a casa con su bebé.

Sigilosa como un zorro, retrocede para salir del claro y tropieza con un árbol caído. El viento se levanta y los árboles rugen con su energía; el bosque está tan desolado como cuando entró.

—Por el amor de Dios, Leila, ¿dónde estás?

Ruth recupera el equilibrio y, mientras gira hacia la salida, ve que algo se mueve bruscamente cerca de la verja y desaparece. Su instinto de regresar al hogar se agudiza de inmediato y echa a correr, al principio con torpeza y luego cada vez más rápido, con una energía animal que no sabía que poseía. Necesita alcanzar a Leila antes de que se vaya, decirle que está a salvo, llevarla a casa con Giles; basta de secretos, es hora de contárselo todo. Nada de lo que ha sucedido entre ellos importa ya; lo único que cuenta es el hogar, la familia y hacer que la cosa funcione. Las casas pasan a toda velocidad por su izquierda mientras cuenta los números entre los árboles. La perspectiva desde ese lado de la alambrada resulta extraña y confusa. Algunas cortinas de los dormitorios de sus vecinos se retroiluminan a medida que estos empiezan a despertarse. La última casa que hay al lado de la salida es la de Sandra y Liam. Abajo, en el salón, hay una luz encendida.

Cuando llega a esa altura, la voz hosca de Liam llega hasta ella a través de las vías muertas, incluso a esa distancia. Una voz femenina y frágil le da la réplica. Ruth jadea, al borde del colapso, y se detiene una décima de segundo para recuperar el aliento. El muro elevado tapa casi toda la ventana de la casa de Sandra y Liam, pero desde ese ángulo de las vías muertas ve más cosas que desde el camino: la parte superior de la ventana, el techo y la lámpara. En el interior, unas siluetas se mueven por el techo como un teatrillo de sombras que boxean retorciéndose y rebotando, acompañadas por la voz cada vez más estridente de Liam. Ella se acerca rápidamente y se pone de puntillas, pero no alcanza a ver más detalles. Un par de golpes y un grito agudo: Sandra está atrapada en casa con ese hombre. Ruth corre hacia la salida, donde el amanecer pálido deja al descubierto la entrada de varias madrigueras de animales. La cola tupida de un zorro desaparece dentro de uno de los agujeros.

Voces a lo lejos, el portazo de un coche, un motor que se enciende… Sale por el hueco, aterriza sobre el asfalto, vuelve a colocar el tablero en su sitio y se escabulle por el camino de la parte de atrás hasta donde empiezan las casas adosadas. Liam vuelve a gritar; como ahora está más cerca, Ruth lo oye con más claridad. Se plantea la posibilidad de correr hacia la parte delantera de la casa y aporrear el portal del jardín para exigirle que le entregue a Sandra, pero las piernas se le han vuelto de plomo. Liam la mataría si se presentara en su puerta. Ella sabía que era posesivo, pero nunca antes le había preocupado que pudiera llegar a ser violento, aunque siempre hay una primera vez.

El muro es alto y está rematado por un enrejado sólido que empieza un par de centímetros por encima de la cabeza de Ruth. Desde ese ángulo del camino, esta no consigue ver la ventana. Intenta trepar un par de veces. No tiene ningún punto de apoyo y resbala una y otra vez, raspándose las rodillas a través de los pantalones. Le da una patada a esa pared cutre que tiene pinta de haber sido levantada a toda prisa y un trocito de cemento cae al suelo. Vuelve a patear el muro y este se desmorona un poco. Se agacha y limpia con la mano la zona que se ha derrumbado. Un pedazo de pared se tambalea a la altura de sus rodillas. Agarra uno de los ladrillos: está suelto, pero sigue anclado por una esquina a la pared. Entonces repara en el cuchillo que había olvidado que llevaba en la otra mano y que ha estado apretando con tanta fuerza que casi se le ha fundido dentro del puño. Lo clava en el cemento, empieza a raspar hasta que es capaz de introducir los dedos alrededor de los bordes del ladrillo y hurga en la parte de atrás hasta que se suelta un fragmento. Tira. El cemento le mancha las manos de polvo y un trocito de mampostería se rompe.

Ruth deja caer el cuchillo y apoya el pie en el hueco que ha quedado en el muro de ladrillo, agarrándose a la cornisa que hay en lo alto del muro, donde empieza el enrejado. Sin hacer ruido, se impulsa hacia arriba. Asoma la frente por la parte superior y parpadea con fuerza. Justo delante de ella, Liam se halla de pie en medio del salón, con los puños a los lados del cuerpo. Y en el suelo, protegiéndose la cabeza con un brazo y mirando asustada hacia la ventana, se encuentra Leila.

## 17

Giles está hundido en el sofá, como si se hubiera derrumbado allí y lo hubieran escayolado. Tiene a Bess en brazos y la pequeña intenta zafarse, malhumorada. Tanto el padre como el bebé llevan el abrigo puesto y tienen las mejillas encendidas por el calor. A los pies de Giles hay una maleta de mano junto con un par de bolsas de supermercado con ropa metida a presión y algo de comida de la despensa; un equipaje hecho apresuradamente y con rabia, con lo temprano que es todavía.

—¡No, Giles! —Ruth entra y cierra de un portazo la puerta principal, asfixiada después de haber vuelto corriendo a casa—. Por favor. —De repente le sobreviene un *déjà vu* relacionado con otra emergencia más y con otra versión de la ira de Giles, pero debe ignorarlo: esa vez no le queda más remedio que intentar convencer a su marido—. Ahora no tengo tiempo para esto.

Giles hunde un poco más la cabeza en el cuello.

—Pues está pasando, te guste o no —dice él con dureza y determinación, sin rastro alguno de compasión ni de la culpabilidad de la noche anterior; está claro que la frágil tregua ha llegado a su fin.

Ruth mira un par de veces las bolsas y la cara de su marido, que tiene los ojos enrojecidos por las lágrimas.

—Giles, tienes que escucharme. Necesito tu ayuda.

Este no se levanta ni grita cuando se dirige hacia él; ya no le quedan fuerzas para seguir luchando.

—Hace falta tener valor. —Bess se pone a llorar y él la abraza—. Creía que después de lo de anoche por fin lograríamos encauzar las cosas, que finalmente seríamos sinceros, y vas tú y desapareces en mitad de la noche. Como si todo lo sucedido ayer no significara nada.

Ella se agacha delante de sus rodillas, ignorando sus palabras.

—Tienes que ir a casa de Liam ahora mismo. Ha secuestrado a una persona. Debes hacer que te abra la puerta. Si vas tú, no podrá negarse.

—Ya. —Giles se ríe entre dientes—. Obviamente, el problema tiene que ver con ellos, para variar. ¿Sabes, Ruth? Tal vez sea hora de que aceptes que esa amistad ha terminado. De hecho, por lo que yo sé, Sandra lleva siglos intentando distanciarse, pero tú no dejas de asediarla con tus problemas interminables.

—Esto no tiene nada que ver con ella. Ni siquiera estaba allí. —Se aferra a las rodillas de Giles—. ¡A lo mejor Liam le ha hecho algo también a ella! —Inclina la cabeza de forma que a él no le queda más remedio que mirarla—.

Lo siento, ¿vale? Debería habértelo contado antes, pero sabía que no me ibas a creer. Esta vez estoy diciendo la verdad. —Ruth le agarra la mano—. Ya no puedo continuar sola, Giles. Tienes que ayudarme.

Él aparta la mano, taciturno y demacrado.

—Hay una chica —sigue ella—. Una chica de verdad. He estado cuidando de ella. Creía que había huido, pero Liam se la ha llevado. Y ha quemado sus cosas al lado de las vías, para intentar borrar su rastro. Sabía que ella nunca habría dejado sola a Bess.

Giles gime, con la paciencia al límite.

—No, Ruth, otra vez no.

—Deja de ignorar todo lo que digo. No estoy enferma.

—¿En serio?

Él aparta las rodillas para zafarse de las manos de su mujer y esta cae al suelo.

—Sí, en serio.

Giles la mira con la cabeza ladeada y respira hondo.

—Cuando me he despertado esta mañana y he visto que no estabas, te he llamado al móvil, pero te lo habías dejado en la habitación. Después de lo que nos hiciste pasar a Bess y a mí ayer y de prometer que todo cambiaría. —Incómodo, cambia el peso a la otra nalga mientras Bess se le agarra con fuerza al cuello, mirando a Ruth con los ojos como platos—. Entonces he caído en la cuenta de algo terrible: esto no va a terminar nunca y tú nunca vas a aceptar que necesitas ayuda. La pesadilla va a seguir y seguir hasta que acabes con todos nosotros.

—Oye, nada de eso importa. Por favor, Giles, nunca he estado más cuerda ni he hablado más en serio.

—Estoy agotado, Ruth. Ya casi me da todo igual, al menos en lo que a ti respecta. O a nosotros. Pero no pienso perder la esperanza con Bess. Se merece algo mejor que este caos constante.

—Giles, hay una razón...

—Siempre hay una puta razón. —Se crispa: nunca había maldecido de esa forma delante de Bess y la ira se refleja en su cara. Se pone en pie tambaleándose un poco y Ruth se aparta de su camino antes de retroceder un paso—. ¿De quién se trata esta vez? —pregunta—. ¿Quién es esa chica nueva que necesita ser rescatada? ¿O es la misma de siempre? ¿Tu hermana, que primero estaba en las fotografías y luego entró en la pared? ¡Ah, y no olvidemos que también salió del suelo!

—No lo entiendes. —El ventilador del baño de abajo traquetea con un ruido similar al de los rodamientos de una secadora—. Pero lo vas a ver con tus propios ojos si vienes conmigo a casa de Liam. Si no vamos pronto, podría hacerle daño a Leila o llevársela y, entonces, no seré capaz de volver a encontrarla nunca más.

—Anda, si esta tiene nombre y todo. ¿Y por qué iba a hacerle daño Liam? ¿Para qué iba a tener a esa tal Leila en su casa, a ver?

—Porque trafica con mujeres.

—Por favor, Ruth. —Giles se vuelve hacia la pared riéndose, como si esta fuera a darle la razón—. ¿Cómo puedes ser tan retorcida?

—Pues llama a la policía, me da igual. —Le pasa el teléfono fijo—. A ti te tomarán en serio. Pero tenemos que hacer algo. Por favor, te lo suplico, antes de que sea demasiado tarde.

Bess se revuelve en los brazos de su padre, pero aun así Giles se niega a soltarla y la sacude arriba y abajo para tranquilizarla.

—Has llegado demasiado lejos, Ruth, demasiado. Ya está bien. Ya he tenido suficiente —dice él con hastío—. Liam no está haciendo nada raro y, aunque así fuera, no es cosa nuestra, así que déjalo estar, deja de hurgar de una puñetera vez.

Giles levanta la bolsa que está al lado del sofá y la lleva hacia la puerta principal.

—No —dice ella, interponiéndose en su camino—. Tienes que ayudarme. No puedes irte.

—Puedo hacerlo y lo voy a hacer.

Bess busca a su madre y esta extiende las manos hacia su pequeña mientras Giles aparta al bebé hacia un lado.

—Aléjate de ella.

—¿Qué? ¿Te vas a llevar a Bess? —exclama Ruth—. No. No puedes. No te lo voy a permitir. —Intenta coger a la pequeña mientras Giles abraza a Bess contra su pecho, rodeándola con ambos brazos, con los músculos en tensión. Tendría que tirar con fuerza para arrebatarle a su hija y podría lastimarla. Sus preciosos bracitos y piernitas, su piel suavísima—. Es mía —dice entre lágrimas, temblando por el esfuerzo de mantener los brazos a los lados del cuerpo—. Yo la he hecho.

—No me digas. Pues yo también. Y ningún abogado ni médico se opondría a mi decisión de darle a mi hija una vida mejor. Se acabó, Ruth. —Giles le agarra con fuerza el brazo a su mujer para apartarla de su camino, pero en el fondo está temblando con una inseguridad que ella nunca había visto en él—. Me hiciste sentir como una mierda por lo de Faye cuando no fue más que un beso. Eso no te da permiso para seguir arrastrándonos a todos a tu locura. Y no pienso quedarme de rehén por haber metido la pata una vez.

Ruth le aparta la mano.

—Así que hubo algo entre tú y Faye. La cosa sí fue más allá.

—Bueno, ¿y qué esperabas? No soy un pozo sin fondo de compasión.

—Por Dios, ahora no tengo tiempo para esto. —Se pasa las manos por el pelo antes de dejarlas caer sobre los muslos con una palmada—. Leila está en peligro.

—No sé por qué estás rechazando la ayuda, Ruth, pero tienes que acabar con esto. La doctora se pondrá en contacto contigo, he dejado un mensaje en la unidad perinatal para que sepan que ahora estás sola. Puede que cortar por lo sano sea la única forma de que me tomes en serio.

—Eres un cabrón.

—Lo que tú digas.

Giles coge una de las bolsas y uno de los muñecos de Bess cae al suelo.

Ruth recoge el juguete.

—Me da igual lo que hagas tú, pero no pienso dejar que te lleves a Bess —declara, abrazando contra el pecho la muñeca y percibiendo el aroma dulce y empolvado de su bebé en el tejido—. Todo este tiempo con pies de plomo para no espantarte con algún problema o emoción que pudiera resultarte desagradable cuando ya hacía meses que te habías fijado en otra. —Giles intenta coger el peluche y ella se lo arrebata, gritando—. ¡No puedes quedártelo! ¡No voy a permitir que te lo lleves!

Él la mira boquiabierto.

—Ya no te reconozco, no sé dónde acaba la enfermedad ni dónde empiezas tú.

—Tengo que ocuparme de un bebé. Mi vida nunca volverá a ser igual.

—Ni la mía.

Los radiadores desprenden calor y caldean el aire viciado. Ruth se presiona el cráneo con los dedos con ganas de llorar por esa discusión, por la misma montaña de problemas que han tenido de una forma u otra desde el día que nació Bess —quién hace qué, quién consigue qué y por qué nada es justo—, pero ahora es su ira la que se abre paso.

—Todo gira en torno a ti, ¿no? El peso que mi enfermedad te ha impuesto, la diversión que querías tener pero no podías... Pero ahora hay algo más importante que todo eso ¿y tú te vas a ir? Leila está en peligro. Somos los únicos que podemos ayudarla.

Giles se pellizca el puente de la nariz mientras sus lágrimas caen al suelo.

—No lo soporto más —declara su marido, cogiendo una última bolsa antes de dirigirse hacia la puerta—. Yo no me he presentado voluntario para esto.

—No, tú te presentaste voluntario para el puñetero cuento de hadas.

Él abre la puerta principal y saca las bolsas afuera.

—Se acabó.

—¡No puedes llevarte a mi bebé! —chilla ella—. ¡No puedes llevártela!

Ruth intenta coger a Bess agarrándola del bracito mientras Giles se tambalea hacia atrás. La niña empieza a llorar a gritos.

—¿En serio? —Giles la enfrenta desde más allá del umbral—. ¿Vas a montar esta escena delante de Bess? —Al otro lado de la puerta su expresión se endurece, dejando a Ruth fuera para siempre. Esta intenta acariciar a su pequeña, pero Bess solloza sobre el hombro de su padre y ni siquiera mira a su madre. La voz de Giles es casi un susurro—. Me voy a ir, Ruth, y me voy a llevar a Bess. No puedes impedírmelo y no lo vas a hacer. —Le pone una mano sobre la espalda a la pequeña y la niña se desploma sobre el pecho de su padre antes de volver su carita sudorosa hacia su madre con los ojos muy abiertos por el miedo—. Mira lo que le has hecho a mi hija. Quédate donde estás, no se te ocurra seguirnos.

Ruth está respirando demasiado rápido y siente que se asfixia; le arde la garganta como si hubiera tragado agua de mar. Siempre le ha dado pánico que se llevaran a Bess —un miedo irracional, según todos— y ahora la única persona que se supone que debería protegerla a ella está haciendo precisamente eso. La rabia le nubla la vista. Agacha la cabeza para que Bess no pueda verla; se aferra con un escalofrío a la encimera de la cocina para no caerse y, sin querer, tira un paquete que se encuentra detrás del resto de la correspondencia. Este cae a sus pies y ella no puede evitar mirarlo. El sobre va dirigido a la señorita Cailleach y no al señor Smith, como suele ser habitual. Un mensajero debe de habérselo entregado a Giles en los últimos días y este no le ha dicho nada. La solapa de la parte superior está medio rasgada; tal vez se haya dañado durante el transporte, o puede que Giles empezara a abrirlo por error.

Incluso ahí, en ese momento, la presencia del envío incita a Ruth; el paquete se niega a ser ignorado mientras las palabras de Frieda resuenan en sus oídos: «Va a llegar un paquete para mí»; «Guárdalo a buen recaudo». Ella mira con los ojos entornados el sobre que está en el suelo. Le entran ganas de destrozarlo, de romperlo con los dientes, y lo patea con todas sus fuerzas. Este se aleja dando vueltas y se estrella contra uno de los armarios de la cocina. De su interior sale un sobre blanco de Express Photos, la misma marca de los que había debajo de la cama de Frieda y del que ha pasado volando por delante de ella hace menos de una hora en las vías muertas.

Mientras que Giles lleva afanosamente las bolsas hasta la acera, saca las llaves del coche y mira a derecha e izquierda desde la puerta para intentar localizar el vehículo que Ruth ha aparcado justo en la otra punta de la calle, ella se agacha, coge el paquete y, como si tuviera imanes en los dedos, extrae el sobre y rompe el precinto. Hay una tira de negativos en una funda de acordeón. Los tira a un lado y saca las instantáneas, unas fotografías que Frieda debió de enviar a revelar. Revisa rápidamente esas imágenes inexpertas y mal enfocadas, en las que se ven algunos pájaros que no son más que puntos negros en el cielo pálido. Empieza a pasarlas más despacio al ver el claro desde el que Frieda tomó en su día su fotografía favorita del cernícalo, el lugar donde Ruth ha estado hace apenas un momento. Es una imagen de la hoguera que había en medio de aquel, en la que se ven restos de botellas y una camiseta entre el barro que dice: «LAVADO A MANO Y SERVICIO A DOMICILIO». También hay unas fotografías nocturnas y una panorámica hecha a través de los tablones de la valla de la explanada de la gasolinera; su vecina anciana debía de estar agazapada entre la maleza, espiando con el objetivo largo. La velocidad de la película ha hecho que las fotografías salgan granuladas por falta de luz, pero no hay duda de lo que muestran. Hay una imagen de una furgoneta Transit en la explanada, bajo el resplandor de la farola, y otra del pozo abierto; Frieda le había dicho que sabía que pasaban cosas por las noches. Después se ve a una mujer de espaldas saliendo del suelo, exactamente lo que Ruth vio aquella madrugada. En una de las fotos sale ampliada la imagen del conductor que está colocando la tapa de la alcantarilla, con una claridad incluso a esa distancia que el teléfono de Ruth nunca podría ofrecer, y, aunque su cara no estuviera en primer plano, ella habría adivinado, por su camiseta blanca resplandeciente, que se trataba de Liam.

—Mierda.

Se seca las lágrimas para poder ver mejor; Frieda estaba tratando de proteger a la chica que había rescatado al tiempo que intentaba evitar que detuvieran a su hijo como podía, aferrándose a cualquier cosa que le permitiera seguir estando bien a su manera. No era de extrañar que Liam estuviera desesperado por entrar en casa de su madre; Frieda debía de haberle contado lo de las fotos que iba a recibir para intentar negociar con él. Todo ese tiempo, la anciana había tenido las pruebas.

La última imagen es la de otra persona en la explanada. Una mujer en zapatillas de deporte y chándal con el pelo recogido en una coleta, como si estuviera a punto de salir a correr. Aun así va bien arreglada y resulta innegable que se trata de Sandra. Ruth deja de golpe las fotografías sobre la encimera; le tiemblan demasiado las manos. Sandra le está hincando una rodilla en la espalda a la mujer que acaba de salir de la alcantarilla para inmovilizarla contra el suelo y Ruth empieza a hacerse cargo de la verdad: la candidez de su amiga, que ella había interpretado como amabilidad y vulnerabilidad, no era más que una forma de ocultar su esencia venenosa. Mira con los ojos entornados la imagen de la chica sobre el asfalto. Lleva atado al cuello un pañuelo de lunares, el mismo que Liam trató de quemar al lado de las vías. En cuanto a aquella magulladura en la mejilla de Sandra... Ella nunca ha necesitado protección, son los demás los que deberían temerla.

Apoya una mano en la pared para aguantar el embate de la ola y separa bien los pies, negándose a permitir que esta la arrastre.

La cancela se cierra con fuerza y se escuchan los pasos de Giles, que vuelve a la puerta principal con los ojos llorosos. Por un brevísimo instante, ella cree que va a disculparse. Pero no es así.

—¿Dónde coño está el coche?

Ruth le lanza las fotografías. Él se encoge como si creyera que ella va a pegarle; ese hombre al que ha amado y con el que ha tenido una hija.

—Mira —dice ella, poniéndole la imagen de la furgoneta en la explanada delante de la cara.

—Ya basta, Ruth —exclama él, apartando la fotografía de un manotazo—. Déjame en paz.

Ella sostiene la fotografía de la alcantarilla abierta delante de sus narices y luego la de la mujer saliendo del agujero. Giles se tambalea un segundo y luego recupera el equilibrio. Levanta la barbilla mientras Ruth le pone en la mano que tiene libre las otras dos fotografías, en las que se ve claramente a Liam y a Sandra. Él entra en la cocina y se inclina bajo la lámpara, reacomodando a Bess en la cadera. Ruth extiende los brazos hacia el bebé. Giles la mira con el ceño fruncido y una expresión encendida y confusa, pero ofrece una resistencia mínima antes de soltar a la niña y volver a centrarse en las instantáneas que tiene en la mano. Ruth coge a su pequeña en brazos, la estrecha con fuerza e inspira su olor como si Bess fuera oxígeno, como si por fin hubiera salido a la superficie a respirar.

Giles va pasando una a una las imágenes antes de repasarlas todas juntas apresuradamente. Luego se vuelve hacia Ruth, moviendo la lengua dentro de la boca, pero incapaz de articular palabra, mientras cae en la cuenta de todo.

# 18

Ruth no soporta la música *country* ni la del oeste y ese día el tono empalagoso del corazón roto de la cantante le resulta aún más irritante que de costumbre. No necesita que nadie le diga que debe estar triste, pero han puesto esa canción por algo y debe mostrar un poco de respeto, ya que era la banda sonora de los momentos importantes de la vida de alguien.

Las cortinillas se bajan y ocultan el ataúd mientras la gente congregada en la iglesia agacha la cabeza. Ruido de pies. Una persona de la fila de al lado de Ruth mira el reloj. La concurrencia es escasa, como era de esperar al tratarse de una persona que vivía aislada de casi todo el mundo, cuyo horizonte se había visto limitado por las circunstancias.

La música se interrumpe bruscamente, como si alguien hubiera decidido pulsar el botón de pausa. Los asistentes vacilan; nadie quiere ser el primero en marcharse, aunque resulta obvio, por la forma en la que las cabezas se giran hacia la puerta, que todo el mundo está deseando volver a respirar aire fresco. Ella guarda el programa de la ceremonia en el bolso después de echar un último vistazo a la fotografía de la cubierta: una imagen alegre, casi pícara, que no encaja en absoluto con la persona frágil que ella conoció en su última época. Se seca los ojos con un pañuelo de papel y se lo mete en el bolsillo. Ha estado a punto de no llevar clínex porque dudaba que los fuera a necesitar e interiormente se reprocha su egoísmo, porque en realidad ha acabado llorando por la parte de su propia vida que ha perdido en lugar de por la persona que se ha ido.

Bess está extendiendo los brazos hacia su madre.

—No me importa llevármela afuera un rato... —dice Frieda; las pulseras se amontonan y tintinean en sus brazos mientras esta hace saltar a la pequeña sobre sus rodillas para que esté tranquila; la mujer se aferra con fuerza a Bess y la nostalgia por su nieto es visible en cada uno de sus nudillos y sus dedos—. Si necesitas un poco más de tiempo para ti.

Ruth se traga la última lágrima.

—Vale, gracias.

Pero Bess está de mal humor y se aferra a la manga de su madre. Esta esboza una sonrisa débil y asiente mirando a Frieda, que cede y le deja a la pequeña en los brazos.

—Ya está, nena —dice Frieda—. Ve con mamá.

La niña se abraza de inmediato con fuerza al cuello de su madre mientras Ruth se empapa de su pequeña y se estremece con su suavidad, con la fluidez de este amor que va en aumento cada día y que no deja de sorprenderla con su capacidad de encontrar cada vez más espacio en su corazón. Le besa la cabeza a Bess, vuelve a colocar con cuidado a la pequeña en su cadera y con el brazo libre le rodea los hombros a Leila, que está llorando más que nadie en la sala.

Esta la mira con los ojos enrojecidos.

—Lo siento mucho, sigo intentando detener.

Ruth la estrecha con más fuerza.

—No tienes que disculparte por nada.

—Es que me acuerdo. —La chica se suena con fuerza la nariz—. No puedo evitarlo.

—Lo sé, te entiendo. Todavía es muy reciente.

Ruth atrae a la muchacha hacia ella y el sollozo del pecho de Leila la atraviesa. Vuelve a preguntarse por qué ha dejado que la acompañe, pero la joven insistió tanto que creyó que podría venirle bien formar parte del dolor de otra persona.

«Yo también quiero ayudarte», le había dicho Leila, aunque esta joven amiga de Ruth ya está sobrellevando una carga mayor de la que nadie debería asumir.

Los asistentes salen de la iglesia bajo la luz del sol. Es un día fresco de invierno; el frío resulta tonificante y la gente levanta el rostro hacia el cielo, recordándose a sí misma lo maravilloso que es estar viva. Ruth deja a Bess en el suelo para abrocharse el abrigo. La pequeña empezó a andar a los catorce meses y ahora tiene casi un año y medio; agita las piernas con impaciencia por la necesidad de correr.

Pero ella no piensa permitírselo. No quiere perder a su hija entre la multitud.

La madrastra de Ruth es la última en salir del templo. Está permanentemente bronceada, aunque en esa época del año en España debe de hacer frío. Un par de mujeres a las que no ha visto nunca consuelan a Beverly; forman parte de una congregación pequeña de gente de su misma edad vestida con ropa cara que ha formado su propio pelotón. Deben de ser los amigos de su padre que viven en España. No es que le queden muchos amigos vivos en Inglaterra y tampoco se molestaba en mantener el contacto con ellos. Coge de la mano a Bess y se acerca a Beverly.

—Ruth, cariño. —Beverly besa el aire que le rodea las mejillas, sin que un milímetro de su piel le roce la cara—. Y Bess, qué monada. —La mujer la observa unos instantes, hasta que se le quiebra la barbilla—. Qué guapa estás, eres la viva imagen de tu padre —asegura antes de deshacerse en lágrimas—. ¿Qué voy a hacer sin él? —Ruth extiende la mano y le acaricia el brazo a su madrastra mientras esta se enjuga las lágrimas, respira hondo y se recompone—. No me hagas caso —dice antes de sacudir el pañuelo y esbozar una sonrisa débil—. Tu padre y yo no llevábamos mucho tiempo juntos, pero cuando llegas a mi edad y conoces a alguien con el que congenias…, pues, bueno, tienes que aferrarte a él mientras puedas. —La mujer se sorbe la nariz y se seca una fosa nasal—. Me va a costar acostumbrarme de nuevo a la soledad.

—Me lo imagino.

Beverly se suena la nariz con pequeños soplidos.

—Sé que no podías ir a vernos cuando Bess era pequeña, pero tienes que ir a visitarme. Prométemelo. A tu padre le habría encantado.

Ruth le devuelve la sonrisa.

—Seguro que sí. —Las dos mujeres se sondean mutuamente, no de malos modos, sino simplemente para constatar que esas son formalidades que nunca llegarán a cumplirse—. Y gracias, lo tendré en cuenta.

Un pájaro canta en un árbol cercano y ella se sorprende buscándolo entre las ramas desnudas mientras se pregunta cuánto más deben seguir así ella y Beverly, qué proporción de tiempo equivale a la cantidad adecuada de respeto.

—Lo siento, pero no me podré quedar mucho en el bar —se excusa Ruth, procurando no parecer demasiado aliviada—. Tengo que volver, por Giles. —Beverly frunce el ceño con compasión mientras ella sigue hablando—. Últimamente todo tiene que estar cronometrado al milímetro. Siente no haber podido acompañarme, pero está con un proyecto importante y no puede permitirse faltar más al trabajo, después de todo lo de... Bueno, ya sabes.

—No pasa nada, querida —dice Beverly, apretándose más el cinturón del abrigo color camel—. Ya sabía que sería difícil que vinierais los dos.

A Giles no le toca estar con Bess hasta el fin de semana, pero se ha ofrecido a cuidar a la pequeña esa noche para hacerle un favor mientras esta va a la galería, así que va a volver directamente a casa después del trabajo en lugar de irse a su piso. La exposición de Ruth con las fotografías que hizo cuando Bess tenía alrededor de seis meses se inaugura la próxima semana y todavía le quedan muchas cosas por hacer: enviar invitaciones de última hora, asistir a la reunión con un patrocinador que no ha podido aplazar, y encargar *prosecco* y copas. Quiere que el vino espumoso sea de una calidad decente, porque van a asistir sus amigos del anterior trabajo; aunque les hace tanta ilusión lo de Ruth que seguramente les daría igual que les sirviera sidra barata. Hasta Minnie le dijo el otro día, mientras comían juntas, que era «la envidia de la oficina». Y añadió: «Todos soñamos con hacer lo que tú estás haciendo, pero al final nadie tiene lo que hay que tener para dejar el trabajo». Para ella, sin embargo, ese cambio laboral no había sido tanto una decisión meditada como una cura psicológica, ya que su enfermedad la ha obligado a mudar de piel para cambiarla por otra más suave y pura, en la que está aprendiendo a sentirse cómoda con sus propias imperfecciones.

El día anterior, cuando se puso en medio de la sala de exposiciones con todas las imágenes a su alrededor, se sintió como si estuviera observando a través de una ventana esa época tan difícil. Por fin apreciaba en su totalidad la belleza que tan ávidamente había buscado para contrarrestar su depresión pasada, y sentía que finalmente estaba exorcizando la mayor parte de la carga que su enfermedad le había impuesto. Bueno, casi toda: faltaban dos fotografías que todavía estaban enmarcando y que aún no había colgado. Son más antiguas que las demás y en ellas se ven destellos de la cámara y sombras que crean un efecto líquido y etéreo. En el catálogo de la exposición, el título de esas fotos es «Hermana».

—Te he traído esa caja de cosas viejas que te había comentado, la que encontré al hacer limpieza. Seguro que tu padre querría que la tuvieras tú. Está en el coche de Janet. ¿Prefieres que te la dé ahora o más tarde? —le pregunta Beverly.

—¿Dónde ha aparcado?

Beverly señala hacia la flota de coches de alquiler que hay al lado de unos arbustos.

—Allí atrás.

—Mi coche está casi al lado. Puedo guardarla directamente en el maletero —dice Ruth.

—Fenomenal. A ver si veo a Janet. —Beverly estira el cuello, examinando el grupo compacto de personas como si fueran una multitud en lugar de unos cuantos—. Ah, ahí está —dice mientras se dispone a liberar a Janet de la charla sobre golf del primo Dick.

Ruth se acerca a Frieda y Leila, que están sentadas en un banco. La segunda ha dejado de llorar y la primera le está agarrando la mano mientras le rodea la espalda con el otro brazo. Ruth, Frieda y la madre de acogida de Leila, Penny, se turnan para que nunca esté sola, para que nunca le falte apoyo ni necesite preguntarse si se encuentra a salvo; son como un botecito salvavidas en el océano de tristeza de la muchacha. Ella sabe lo que duele perder a una hermana —sentir que te falta una extremidad, ser para siempre una gemela desparejada—, pero la forma en la que le arrebataron a Farah hace que siempre corra el riesgo de hundirse más.

A medida que Ruth se acerca a sus amigas, su corazón se expande con una calidez repentina, como si estuviera saliendo del agua helada bajo un sol radiante. Qué familia tan peculiar ha formado, pero es la mejor que podría desear y, además, elegida por ella. Deja a Bess en el regazo de Leila sin preguntar ni advertírselo y sus dos niñas se acurrucan la una contra la otra; la onda expansiva de amor que siempre fluye entre ellas sigue siendo la misma que la primera vez que se tocaron las palmas en el porche trasero de la casa de Frieda. Leila no puede evitar sonreír.

—Volveré lo antes posible —asegura antes de darle a su bebé un beso en la coronilla llena de rizos y de pasarle a Leila rápidamente la mano por la cabeza.

Janet llama con la mano a Ruth y esta va hacia ella.

Dentro de su coche hay una caja vieja de cartón que ella guarda directamente en el maletero del suyo, a solo un par de vehículos de distancia.

—Te dejo sola —le dice Janet antes de irse.

Debería esperar hasta más tarde, pero no puede evitar echar un vistazo a lo que su padre ha guardado todos esos años. Abre las solapas de la caja y se topa con una capa superior formada por libros. Ediciones amarillentas y con las páginas dobladas de *El secreto* y *Alta fidelidad* que le producen un cosquilleo de nostalgia en el pecho. Mira hacia atrás para comprobar que sus amigas se encuentran bien. Bess está parloteando con Leila y esta se está riendo. Deja los libros a un lado y bucea entre otra capa de revistas antes de encontrar una Torre Eiffel de plástico que Tam tenía en la estantería de su cuarto; su hermana la compró en un viaje de estudios a París. También hay una barra de labios vieja de Rimmel, a medio usar, y Ruth la examina, estudiando la punta de cerca. En la cera roja se han fosilizado unas rayas minúsculas, las huellas de los labios de Tam. Parpadea para contener las lágrimas y vuelve a cerrar el carmín para guardarlo con cuidado en la caja. Hay un par de pósteres plegados, con los bordes rasgados tras haber sido arrancados de la pared y unas bolitas grasientas y endurecidas de la masilla adhesiva en las esquinas. Despliega las fotos de los grupos —Sonic Youth, Sleater-Kinney— y cae en un pozo lleno de recuerdos: Tam y ella agarradas de la mano, bailando al ritmo de la música, con la garganta dolorida por cantar a voz en grito las canciones de los CD, poniendo sus temas favoritos una y otra vez, porque les daba la gana y porque podían. Ruth se ríe entre sollozos. Había olvidado todos los momentos felices, el poder supremo que sentía entonces al creerse intocable, y los recuerdos se acumulan en su interior. Vuelve a dejar los carteles en su sitio, sintiéndose un poco más completa.

En el fondo de la caja hay un cuaderno de color rojo chillón, cuidadosamente envuelto en varias capas de papel de seda, que tal vez nunca se haya vuelto a sacar desde que se guardó. Al verlo, Ruth revive otro momento en el que no ha pensado durante años: un día que entró en la habitación de Tam, meses después de su desaparición, y se encontró a su madre sentada en la cama, rodeada de las cosas de su hermana, con cajas en distintas fases de embalaje desperdigadas por el suelo y ese mismo libro abierto sobre las rodillas. Su madre la miró con lágrimas en los ojos y le dijo: «No te quiero aquí. Ya has hecho bastante daño».

Ruth desenvuelve el libro y pasa las páginas del diario de Tam, que desprende un olor a papel viejo. Le tiemblan los dedos al sentir las pequeñas hendiduras hechas por un bolígrafo que en su día Tam presionó sobre esas mismas páginas. En uno de los pasajes habla de los chicos, de la escuela y de que no le habían permitido ir a una fiesta porque tenía que repasar; el lenguaje está sobrecargado de una melancolía torpe, pero también es sincero y abierto; la emoción de aquella página es Tam en estado puro y su voz fluye en la mente de Ruth como si Tam estuviera continuando una conversación que acabaran de tener durante el desayuno. Se estremece; contiene la respiración y no puede evitar pasar a toda prisa el resto de las anotaciones, hasta que llega a lo último que Tam escribió:

> *Mamá y papá quieren que vaya otra vez al médico, pero yo no quiero seguir atontándome solo para aprobar los puñeteros exámenes. Cada vez que traen a amigos a casa, me hacen bajar para contarles lo del premio de Ciencias, como si fuera una especie de mono de feria. Qué vergüenza, odio que hagan eso y los odio a ellos. A veces me entran ganas de escaparme o de desaparecer. Puede que les dé un susto. A lo mejor así me toman en serio.*

Ruth cierra el cuaderno de golpe. Este se le cae de las manos. Se apoya en el borde del maletero del coche y se inclina hacia delante mientras sus lágrimas, círculos oscuros y gruesos, emborronan el diario. Tam, la chica de oro, se estaba malogrando y los padres, que no podían impedirlo, ignoraron deliberadamente sus llamadas de atención. Tal vez lo que le sucedió a Tam en el mar aquel día fue fruto del acto deliberado y desesperado de una joven que creía que nunca la escucharían —es posible que estuviera enferma hasta ese punto o que fuera así de desdichada—, pero Ruth tiene la sospecha firme de que su hermana simplemente calculó mal la magnitud de aquel reto provocador; Tam se comportó como era propio de ella y seguramente pensó que era más fuerte que el mar. Y, después de su muerte, a los padres les resultó más fácil vivir en el engaño de que no habían tenido nada que ver con el dolor de Tam, así que acabaron creando su propia historia alternativa, en la que su papel en el descalabro de la niña brillaba por su ausencia; se quedaron atrapados en esa fantasía y obraron en consecuencia. Además, encontraron un chivo expiatorio fácil en Ruth. Que esta no les contara a sus padres que Tam se había quedado en el mar fue un fallo garrafal, un error infantil del que se arrepentiría hasta el fin de sus días, pero no lo hizo con mala intención. Tensa las manos, se da un cabezazo contra la puerta del maletero abierto y grita con los dientes apretados.

Alguien le pone una mano en el hombro.

—¿Ruth? —Es Frieda—. ¿Estás bien?

—No. —Se seca las lágrimas—. Pero lo estaré en cuanto salga de aquí. —Cierra el maletero con fuerza y coge a Bess de los brazos de Leila, que está de pie al lado de Frieda—. Vamos —dice, yendo hacia el lateral del coche.

—¿Ahora toca el homenaje? —pregunta Leila, abriendo la puerta que está enfrente a la de Ruth.

—No —responde ella mientras sienta a Bess en la sillita del coche y engancha los cinturones moviendo las manos con rapidez para poner las hebillas en su sitio, con una sensación de alivio cada vez mayor—. Ya le he dado a mi padre todo lo que tenía que darle.

Lo único por lo que debería llorar es porque su madre y su padre no fueron de los que se hacen cargo del dolor de su hija.

Frieda y Leila se miran y luego se vuelven hacia ella.

—No pasa nada, estoy bien —asegura Ruth, que se sube al Prius y deja el bolso a los pies del asiento de atrás—. Además, así me da tiempo a dejarte en el instituto, Leila. Si todavía quieres ir, claro.

—Si estás segura, por mí genial. —Leila se sienta atrás, al lado de Bess, y bosteza ruidosamente—. La biblioteca está más tranquila por las tardes y tengo que ponerme al día.

Bess le devuelve el bostezo con los ojos muy abiertos; ha sido un día largo y se ha saltado la siesta. Leila le acaricia el pelo a la niña y, como por arte de magia, la pequeña se queda dormida.

—No pasa nada por entregar la redacción un poco más tarde —comenta Frieda, inclinándose a través de la puerta del copiloto para dejar el bolso en el suelo—. Sobre todo si les dices dónde has estado hoy.

—No quiero que los otros estudiantes crean que soy una flor de pitiminí.

—¿Qué? —exclama Ruth con voz chillona; Bess se despierta un segundo antes de volver a dormirse al instante—. Tómate el tiempo que necesites, nadie tiene derecho a juzgarte —añade, ya más calmada—. Además, ¿de dónde has sacado eso? ¿Te lo ha dicho alguien?

—No, lo he oído en la tele. A Penny le gusta el programa *Question Time*. Lo vemos juntas.

—Ah —dice Ruth, asintiendo, mientras se abrocha el cinturón de seguridad—. Puede que sea mejor que *EastEnders* para conocer la cultura británica.

—Eso también lo vemos.

Ruth y Frieda se ríen.

—Bueno, pues entre los dos programas ya tienes toda la información que necesitas —le asegura, inclinándose por encima del asiento para colocarle el abrigo a Bess, que se ha quedado arrugado debajo del cinturón de la silla; la pequeña ni se inmuta—. ¿A qué hora tienes que irte, Frieda?

—Mi autobús sale en un par de horas. —La anciana se apoya en los laterales de la puerta para empezar a agacharse hacia el asiento del copiloto, con las mangas de colores ondeando al viento y el pelo gris más largo e indómito que nunca, una versión absolutamente sin censura de la mujer que Ruth conoció al principio y cuya imagen había suscitado las miradas de asombro de algunos de los asistentes al funeral más conservadores—. Tengo que darle la comida y las medicinas a la gata antes de salir, así que ahora tendré tiempo de sobra para hacerlo.

—¿Vas a salir? —le pregunta Leila—. Pero será tarde. Y hace frío.

—No pasa nada, muchacha. —A Frieda le silba el pecho al respirar. Ruth intenta ayudarla a sentarse, pero ella se lo impide—. Solo he quedado con una amiga en el bar. Después le pediré que me lleve a casa.

La mujer descarga su peso sobre el asiento y mira fugazmente a Ruth a los ojos. Esta baja la vista; es imposible disuadirla de que renuncie a sus planes y a ella le dolería en el alma ayudarle en eso. Frieda va a ir en autobús a la estación, como hace todos los meses, para luego coger un tren hasta un hostal lo suficientemente próximo para aprovechar las horas de visita matinales del día siguiente; la prisión más cercana con plazas en una unidad maternoinfantil estaba a las afueras de Londres. «El resto de la gente de Sandra se ha lavado las manos», le dijo Frieda cuando se enteró de que la visitaba. «Así que soy la única familia que tiene Ian». «Pero ¿y Sandra?», le preguntó Ruth. «¿Cómo puedes soportar estar cerca de ella?». Frieda negó suavemente con la cabeza. «Ahora me hace la pelota, como si todo lo que ha pasado entre ella y yo fueran imaginaciones mías, pero solo porque cree que podría ayudarla en el caso, hablar bien de ella o algo así, como si eso pudiera evitar que le quitaran a su hijo». Una rabia lejana volvió a aflorar en Ruth al oír hablar de su examiga. Frieda añadió: «Es un milagro que los haya convencido para que le dejen tener a Ian con ella todo este tiempo, aunque ya conoces a Sandra, ha logrado engatusarlos. Pero yo la tengo calada, la he tenido siempre. En cuanto Ian tenga dieciocho meses y la familia de acogida se haga cargo de él, ella no volverá a verme ni en pintura».

Ruth está segura de que Frieda también visita a Liam, aunque nunca lo ha manifestado abiertamente. Lo único que dijo la anciana cuando lo detuvieron fue: «Yo lo quiero. No puedo evitarlo. Algo habré hecho mal para que haya acabado así». Su paranoia inicial de no involucrar a la policía estaba relacionada con la protección de su hijo; claro que entonces todavía no había comprendido del todo la gravedad de lo que él se traía entre manos y tampoco sabía lo de Farah. Nadie lo sabía. Las cosas habrían sido muy diferentes si ella hubiera estado al tanto. Ahora Ruth intuye que es un sentimiento de culpa muy profundo, más que su terquedad, lo que le impide hablar de su hijo. Pero ella es incapaz de juzgar a su amiga, porque, si fuera Bess, ella tampoco sería capaz de ver sus defectos y haría todo lo posible para permitir que continuara estando a salvo y cerca de ella. Y libre.

Sin embargo, sí puede juzgar a Liam y a Sandra a sus anchas, sobre todo a ella.

La defensa de Liam se basa en que la muerte de Farah fue un accidente terrible, un forcejeo que se le fue de las manos y tras el que cundió el pánico; él asume toda la culpa y sigue reverenciando a la princesa Sandra, que finge no tener ni idea de nada y que los está embobando a todos de tal forma que hasta la fiscalía se está cuestionando si realmente es ella la que aparece en las fotos. «¿Por qué no me dijiste que sabías que Liam era Ray, que se trataba de Rainbow?», le preguntó a Leila cuando rescataron a la niña. Ella se encogió de hombros y respondió: «Creía que era amigo tuyo. Frieda me dijo que la mujer de Ray era capaz de convencerte de cualquier cosa». Cuando el caso llegue finalmente a los tribunales, Ruth estará en primera fila entre el público para presenciar el testimonio de Leila, deseando ver qué cara se le queda a Sandra cuando su historia se desmorone. La chica le había contado que, cuando estaba atrapada en casa de Liam, Sandra era la que lo azuzaba, amenazando con hacerle lo que le habían hecho a Farah si no volvía a trabajar. «Me llamó "producto defectuoso". Dijo que hay muchas más de donde venimos Farah y yo», le dijo Leila. Y ella no lo duda; conoce de primera mano el corazón oscuro y manipulador que se esconde bajo el exterior etéreo de Sandra. Tras las detenciones, la policía descargó el historial de su teléfono y encontró una serie de llamadas al número de Ruth. Sandra solo había tenido que ocultar su número y fingir que era una voz de ultratumba para que ella dudara de todo lo que oía y veía. «Soy Tam». ¿Cómo se atrevía Sandra a utilizar la muerte de su hermana para socavar su cordura?

Y, entretanto, la mantenía a raya jugando con su soledad, vigilándola, porque sabía demasiado, incluso cuando hacía semanas que se había desentendido de su amistad. Esa misma Sandra era capaz de aislar su amor por Ian, de poner en una balanza las necesidades de este frente a las de los demás, de atribuir más valor a su propio hijo que a los hijos del resto. Haber nacido al otro lado de una frontera, comer una comida diferente y hablar otro idioma habían hecho que Farah, Leila y el resto de las chicas merecieran menos, sintieran menos y sangraran menos; su único delito había sido escapar y esperar hallar compasión. Se supone que el instinto maternal es un gran ecualizador, aunque Ruth es muy consciente de que la realidad de cuidar a un bebé la ha enfrentado al papel que se había imaginado para sí misma. La maternidad había sido una locura tanto para ella como para Sandra, quien había decidido proteger a su familia con dinero, haciendo de la esclavitud su alquimia para transformarla en coches y ropa, en el último modelo de carrito de bebé y en la entrada para una casa grande. Ella, por su parte, había elegido el miedo. Ninguna de las dos cosas estaba bien, pero, aunque su maternidad no estaba a la altura de lo que ella esperaba, al menos le quedaba el consuelo de actuar siempre de forma desinteresada.

El móvil de Ruth se ilumina con un mensaje. Es de Giles. «Ya estoy en casa». Todavía tiene un juego de llaves. «¿Preparo algo para cenar? Deberías comer algo antes de irte». El bueno de Giles no deja de intentar compensar su traición y su desconfianza y ahora ella se encuentra viviendo en ese mundo al revés extraño en el que él la espera, nervioso, dudando de sí mismo y preguntándose si alguna vez ella querrá recuperar el matrimonio que en su día quiso formar con él —y que también perdió—, antes de que todos aquellos meses de enfermedad y traumas desestabilizaran a los miembros de la familia hasta tal punto que ya no se sabe si siguen encajando como tal.

Otro mensaje de texto: «¿Y cuándo han derribado la gasolinera?». Normalmente es Ruth la que lleva a Bess a su piso, así que hace un par de semanas que Giles no pasa por casa y aún no había visto que habían demolido la tienda y desmantelado la cubierta y la explanada para empezar a construir en las vías muertas. Profesionales jóvenes acuden en masa al barrio ante la promesa de una línea de tranvía y los proyectos de los arquitectos para construir hectáreas de balcones acristalados han hecho que la gentrificación que predijo se esté produciendo finalmente. El cartel que el ayuntamiento ha puesto en la explanada grita: «REGENERACIÓN». Monica, la vecina, lo llama «limpieza social». «Ninguno de mis hijos podrá permitirse esos pisos», le dijo un día mientras tomaban un café. Ruth también ha recibido folletos de agentes inmobiliarios que le ofrecen un precio tentador por su casa, pero no va a contribuir a que haya una vivienda más en la calle con ventanas de color gris oscuro y ladrillos cubiertos por una capa nueva de enlucido blanco.

Pulsa el botón de encendido para arrancar y conduce el coche hacia la salida. El camino estrecho que lleva a la calle principal está flanqueado por unos pinos altos y la luz del sol se proyecta a través de las ramas sobre los párpados de Bess. Leila tiene la frente pegada a la ventana y Frieda cierra los ojos para protegerse de la claridad. Ruth piensa en las decisiones que ha tomado en el último año y medio: su enfermedad no había sido elección suya, su condición de madre había dejado de serlo y ayudar a Leila era más bien una obsesión. Pero su vida —tanto si decidía vivirla como acabar con ella— siempre había estado bajo su control.

Se acerca otro vehículo en dirección opuesta. Se detiene en el arcén para dejarlo pasar. El motor del Prius se apaga al pararse y el silencio se adueña del coche; no tiene poder sobre el mañana, pero ese momento sí puede ser suyo. Coge el teléfono y le envía un mensaje a Giles: «Lo de la cena me parece genial».

La carretera se despeja. Ruth pisa el acelerador, el motor se pone en marcha y ella vuelve de nuevo al asfalto. El sol de invierno atraviesa el parabrisas y calienta el interior del coche con su luz dorada. Echa un vistazo a su alrededor para mirar a sus amigas y a su preciosa hija.

—Es hora de volver a casa —dice, con una sonrisa.

# AGRADECIMIENTOS

Quiero dar las gracias a mi maravillosa agente, Sue Armstrong, por toda su ayuda y sus magníficos consejos, así como a Emma Finn por sus excelentes comentarios sobre el primer borrador. Muchísimas gracias también a mi editor, Sam Humphreys, una persona extraordinaria e inteligente que me ayudó a desenterrar esta historia de entre las palabras, y también a Maria Rejt, Josie Humber y a todo el equipo de Mantle por su paciencia infinita y sus consejos mientras me tomaba mi tiempo para terminar este libro.

Mi agradecimiento a mis compañeros y amigos escritores Kathy Andrew, Jacqui Burns, Laura Darling, Rosalind De-Ath, David Green y Kate Wesson por su lectura y su apoyo, y a Susannah Waters y Catherine Smith por su orientación y su inspiración. A Jo Bloom y Alex Hourston, gracias por levantarnos tanto a mí como a la historia sin cesar, y también por los tallarines, el vino y las charlas: ¡estoy deseando repetirlo!

A todos los demás a los que he molestado con correos electrónicos, llamadas telefónicas y preguntas, gracias por ser tan generosos con vuestro tiempo y vuestros consejos; no podría haber llegado hasta aquí sin vosotros: Clive Autton, Graham Bartlett, Rosie Cole, Jamie Cruisey, Andy Cummins, el doctor Sam Fraser, el doctor Richard Fraser, la inspectora de policía Jayne Hayes, Carly Houston, Eirene Houston, Rich Lancashire, el inspector de policía Brad Loyzinski, Ellen Nolan, Elaine Ortiz, Charli Regan, Jeanette Rowsell, Caroline Smith, Joanne Squire, Steven Wise e Ian Woodgate. Espero haberos hecho justicia; cualquier error es exclusivamente culpa mía.

Y a Rob, Bea y Billy, por ser la familia que deseaba.

Este libro se publicó
en el mes de septiembre de 2021

**«Para viajar lejos no hay mejor nave que un libro.»**

EMILY DICKINSON

# Gracias por tu lectura de este libro.

En **penguinlibros.club** encontrarás las mejores recomendaciones de lectura.

Únete a nuestra comunidad y viaja con nosotros.

**penguinlibros.club**

Penguin Random House Grupo Editorial

penguinlibros